名家自选学生阅读经典

主编／林建法

读海文存

刘再复／著

辽宁人民出版社

© 刘再复   2012

图书在版编目（CIP）数据

读海文存/刘再复著. —2版. —沈阳：辽宁人民出版社，
2013.1（2020.6重印）
（名家自选经典书系/林建法主编）
ISBN 978-7-205-07564-4

Ⅰ. ①读… Ⅱ. ①刘… Ⅲ. ①散文集—中国—当代
Ⅳ. ①I267

中国版本图书馆CIP数据核字（2013）第002059号

出版发行：辽宁人民出版社
　　　　　地址：沈阳市和平区十一纬路25号　邮编：110003
　　　　　电话：024-23284321（邮　购）024-23284324（发行部）
　　　　　传真：024-23284191（发行部）024-23284304（办公室）
　　　　　http://www.lnpph.com.cn
印　　　刷：龙口市新华林文化发展有限公司
幅面尺寸：168mm×235mm
印　　张：17
插　　页：2
字　　数：281千字
出版时间：2013年1月第2版
印刷时间：2020年6月第5次印刷
责任编辑：刘铁丹
装帧设计：丁末末
责任校对：于凤华
书　　号：ISBN 978-7-205-07564-4

定　　价：40.00元

散文詩

朝露吟 002

山 顶 003

乡 恋 003

苍鹰三题 004

为什么灯火更明亮了? 006

我找到了那一缕海波 007

心爱的白鸽飞走了 008

月季颂 008

死之梦 009

洁白的纪念碑
　　——读《傅雷家书》 011

读沧海 015

又读沧海 018

我对命运这样说 021

榕树,生命进行曲 023

慈母颂 028

爱因斯坦礼赞 033

故乡大森林的挽歌 043

秋天安魂曲 048

游记

悟巴黎　　　　　　　　　　　054

初见温哥华　　　　　　　　　058

走访黑山四总统　　　　　　　062

凯旋门与斗牛场　　　　　　　066

从纽伦堡到柏林　　　　　　　070

文化随笔

乞力马扎罗山的豹子　　　　　076

思想者种族　　　　　　　　　078

救援我心魂的几个文学故事　　079

不朽的楷模与挚友　　　　　　086

活着多么好　　　　　　　　　087

两个给我力量的名字　　　　　089

命运之赐　　　　　　　　　　090

罗丹的三点启示　　　　　　　092

人生的盛宴　　　　　　　　　　093

谁是中国最可怜的人　　　　　　095

人类的集体变质　　　　　　　　098

第二人生的心灵走向　　　　　　102

人物纪事

最后一缕丝　　　　　　　　　　108

钱钟书先生纪事　　　　　　　　110

施光南纪事　　　　　　　　　　123

海德格尔激情　　　　　　　　　131

亲情散文

别外婆　　　　　　　　　　　　136

苦　汁　　　　　　　　　　　　137

又是圆月挂中天　　　　　　　　139

又看秋叶　　　　　　　　　　　140

毕业赠言　　　　　　　　　　　141

慈母祭 143

世相杂文

肉人论 146

贾环无端恨妙玉 151

飞旋的黄鼠狼 153

四代"卫卫"的故事 154

生活小品

瞬 间 160

草 地 162

玩屋丧志 163

学开车 165

征服蒲公英 166

悟 語

《独语天涯》自注　　　　　　172

《山海经》的领悟　　　　　　182

红楼悟语五十则　　　　　　188

《双典批判》三十则　　　　　210

两地书信

论我所热爱的那个世界　　　224

论德谟克利特之井　　　　　227

论大器存于海底　　　　　　230

论人生分期　　　　　　　　232

论快乐的巅峰　　　　　　　236

论性格的诗意　　　　　　　240

论慧根与善根　　　　　　　243

论拒绝世故　　　　　　　　246

论罗素的三激情　　　　　　248

序跋

不为点缀而为自救的讲述

　　——"红楼四书"总序　　　　252

今昔心境

　　——《独语天涯》上海版自序　　255

亲情与才情的双重诗意

　　——剑梅《狂欢的女神》序　　258

诗意从摇篮里诞生

　　——杨喜莱散文诗集《年轻的海》序　260

后　记　　　　264

散文诗

SANWENSHI

朝露吟	洁白的纪念碑
山顶	读沧海
乡恋	又读沧海
苍鹰三题	我对命运这样说
为什么灯火更明亮了？	榕树，生命进行曲
我找到了那一缕海波	慈母颂
心爱的白鸽飞走了	爱因斯坦礼赞
月季颂	故乡大森林的挽歌
死之梦	秋天安魂曲

朝露吟

每一个，每一个温柔的黎明，我都在寻找你，在草叶与树叶上，在刚刚燃烧的花瓣上。

黄回绿转，不管是留驻故园，还是浪迹天涯，我都在寻找你，把昨夜生动的梦和今天最清新的情意献给你。

你出现在最美好的时辰，热爱美好时辰的人们，都喜欢寻找你。那些像早晨一样天真的少男少女，常常在你身边留恋，徘徊，用柔润的目光和你微语。

我曾在故乡的小池塘边，看到一片嫩绿的荷叶，托着晶莹如玉的你，像托着一颗晶莹如玉的心，在晨风中婆娑，大约是在呼唤着曦光，美丽极了！

许许多多的花间草间都有你，他们都把你作为一面小镜，在你身上寻找自己的童年。也许是因为被你的泪珠所滋泽，他们的生命才如此充满芬芳。

我寻找你，也像那一花一叶，把你作为一面镜子，在黎明中梳理自己的心绪，净化自己的胸襟。我将永恒地寻找着，梳理着，为了使自己也像你那样透明，为了在血液里常常飘动着你那纯洁的精灵。

山 顶

望不见山顶，只知道有山顶；然而，我还是要攀登。

望不见山顶，也不知道山顶上有什么。也许那里有翩翩的白鹤，有圣洁的雪莲，有珊瑚枝似的绮丽的花丛，有鹅绒似的柔美的草甸。也许什么也没有，只有山顶，只有光秃秃的山顶，或者只有焦土和死草，只有飘曳在山顶上的云雾，甚至只有埋藏在云雾中的前一代攀登者的尸骨，和陪伴着他们的寒冷而凄凉的风（也许还有蜿蜒的蛇，喷着毒焰；饥饿的鬼，唱着摄魂的歌）。然而，我还是要攀登，还是要带着少年时代那种自强不息的刚勇和青春的赤诚攀登。我的生命的欢乐，就在这日日夜夜的攀登旅程中。

乡 恋

小时候，沉醉在绿意绵绵的草圃，沉醉在水清如银的小河。艳阳下，山坡上，和村里的小兄弟追逐蜻蜓，采掇山果。我摘下一朵杜鹃花，插在堂妹子的头上——

故乡，你是我童年时代的欢乐。

长大了，辞别了家乡，远离了故土，在遥远的北国，对着纷纷飘落的白雪，想起了慈母的白发，想起了爱人的眼泪——

故乡，你是我青年时代的寂寞。

如今，什么都见到了，名园花圃，大厦高楼，近处的轻歌，远处的曼舞。然而，常记得风中的弟兄，雨中的稻谷，不敢在花里奢侈，酒中沉浮——

故乡，你是我中年时代的纯朴。

明天，生命的黄昏就要来临，垂暮的日子没有什么苛求。繁忙中，心事该是连着浩茫的广宇，正直的大街，也该连着寂静的村庄，弯曲的小路。

故乡，如果我的一生不算虚度，此时该可以自豪地对你说——故乡，你是我爱的归宿。

苍鹰三题

站立之鹰（1）

两只苍鹰站立着，像思索着的纪念碑。

山上不长一棵草，连芨芨草也没有。山上没有一朵花，连被太阳烤成黑色的鸡冠花也没有。

这里没有野兽，也没有甲虫和蚂蚁。满目只是漠漠黄沙。啊，火焰山，是你被生命所遗忘，还是你遗忘了生命？

然而，鹰就在这里站立着。坚爪就像钢铁镶嵌在岩顶上。不知道他为什么选择这个地方歇脚？也许是为了烧焦自己，完成一次寓永恒于瞬间的死亡和更换生命的涅槃；也许是为了实现自己，准备向着光洁的穹庐展开更远大的飞翔；也许为了干净与清白，为了远离被觅食的鸡搅混的烂泥和天葬中那群争夺尸首的枭雄；也许为了安宁，这里虽然热浪翻滚，但没有浮嚣与聒噪；也许什么也不为，只因为茫茫天宇下根本就没有路没有落脚的地方。只有赤条条的火焰山，愿意接受他的漂泊。

他在这里已经站立很久了。我怕凝固的火焰会烧毁他的双脚与双翅，便默默呼唤他快点起飞。但他还是站立着，站立在尚未死寂的地火中。我继续期待着，渴望见到惊心动魄的一刹那，在没有生命的山峰上，有一强大的生命羽翼，打破时间与空间的死牢，在云端上作着强健的、自由的翔舞。那一定是一幅无比雄伟的图画，一定是一次魔幻似的壮观。

然而，我挥别火焰山时，他还是站立着。他的云端翔舞和奇幻壮观不知道想献给谁？大约只献给蓝天。我真羡慕蓝天，真羡慕蓝天那永久开放着的眼睛和伟大的、无所不包的怀抱。

站立之鹰（2）

头顶是喷射的太阳，脚下是滚烫的山尖，他就置身于两股火焰之间。

地火已吞食所有生命，连万籁的声响也被扫荡。最后一声狼嗥，在很久以前就消失在群山的记忆里。此刻，唯一的影子，就是他那粗糙而单调的影子。

他站立着，并不抬头看看赤裸的火焰，也不低头看看被沙石包裹着的火焰。他已习惯了，习惯于站立在干旱、荒凉与炎热之中。站立着就是凯旋。他的直立的双脚像两根柱石，连同他的身躯，正是火焰山上生命的凯旋门。

他随时都可以俯冲，随时都可以闪电似的直扑云空，但他只是站立着。黄森森的眼睛流泻着一曲孤傲，对干旱、荒凉、炎热全投以轻蔑的光。轻蔑的眼睛，使我想起横眉冷对的鲁迅，想起失明前的雄狮般的贝多芬。贝多芬就以凝聚着力的轻蔑，战胜了诱惑，把孤独写成英雄的千古绝唱。

飞翔之鹰（3）

已经飞越过许多山崖与峡谷，已经穿刺过许多风雨与云雾，双翅已蓄满飞行的倦意。

该找个落脚点，该找一片栖息的树林，该找一处青翠的山坞，然后再做腾飞的梦。

她寻找着，俯瞰着蜿蜒起伏的大地。她的双眼已经苦涩，羽毛时常脱落，心灵已经困乏，还是寻找着。然而，总是找不到一片栖息的树林，总是找不到一处落脚的青翠。

羽翼下的这一边是寂寥，是古老的黄沙；羽翼下的那一边是喧嚣，是飞扬的烟埃。没有树林，也没有山坞。

听风说，树林在天涯，滋润羽毛的碧绿在白云的深处。

听雨说，山坞在海角，存放心灵的青翠在遥遥的远方。

她只好继续盘桓。千回百转，日升日落。呵，灵魂的故土，羽翼的家园，你在哪里？

突然，她的眼睛明亮了。一个决断使她明亮：不要寻找栖息，只管飞翔。什么地方都可以落脚，无论是灼热的沙漠，还是冰封的河川。只要有钢铁锻打出来的双翼。

为什么灯火更明亮了？

山村的夜晚多静谧呵，只有暗影在深谷里游荡。

当我把头埋进小课本时，为什么灯火更明亮了？哦，是妈妈悄悄地在小油灯盏上，添上了一根洁白的灯芯草。

为了给我增添这点脆弱的光明，不知道妈妈又从哪儿省下了一点花生油？不知她在黑夜里又苦熬了多少时候？大约是为了这点光明，年轻的妈妈更瘦了，黑斑悄悄爬上她的脸颊，白发悄悄地在她头上抽出了第一丝。

唯有我知道，是妈妈悄悄地把自己的心，揉成了灯芯草。在灯盏里燃烧的是妈妈的心。妈妈的心燃烧得多明亮呵！

明亮的灯火照着我的课本，照着我课本里的天空、土地、山峦和小河。我告诉自己，快点儿学，快点儿长大。别辜负妈妈用自己的心揉成的灯芯草。

我找到了那一缕海波

我在北方的海岸，你在南方的海岸。我寄一缕海波给你，你收到了吗？

那一年夏天，那一个月光如水的静谧的夜里，我们在南方故乡的海岸边，和晴朗的明月一起，欣赏着海，寻思着海的远方。你说："假如有一天，你在北国的海岸线上，我寄一缕海波给你，你能辨认得出来吗？"

今夜，我就在北方的海岸，也有清朗的月光。我在月光下寻找你的诺言，你的信笺。

层层叠叠的海浪从我眼前奔驰而过，一群又一群，都是那么蓝，那么蓝。然而，我终于辨认出来了，终于找到你寄我的那一缕海波，那一缕遥远的思念。就是那一缕，就是那一缕最温柔的波，就是那一缕和你的眼泪与微笑一样透明的波，就是那一缕跋涉过千里烟涛依然情意绵绵的波，就是那一缕轻轻地吟着李清照的"知否知否"的波，就是那一缕用儿女的真挚之爱亲吻着祖国海岸的波，就是那一缕带着江南永恒的情思流进我心中的波。

我找到了，找到那一缕海波，那一缕遥远的思念，我回赠一缕海波给你，你收到了吗？我故乡的朋友，我常常缅怀着的故人。

心爱的白鸽飞走了

黄昏了，白鸽该回家了，可是她再也没有回来。那是一个大风暴即将开始的前夜，她再也不回来了。是折断了翅膀，还是迷失了方向，我都无从猜想。

我和我的小女儿心爱的白鸽，就这样悄悄地飞走了，我的小女儿整整哭了一夜，我也一夜感到隐隐的忧伤。

雪白的鸽子是我女儿的伴侣，我们家亲密的一员。她与小女儿一起玩耍，常常聆听着女儿从安徒生与格林那里找来的故事，还常常与小女儿一起在镜子里照着自己洁白的羽毛。

当她垂落在女儿的肩上，我感到家的安宁，心的安宁，大地的安宁。

然而她飞走了。很久很久没有回来。

十年过去了，安宁又回到我们的家中，初春最后的雪片在告别我的窗口，我们多么想念那只像雪一样洁白的鸽子呵！

我相信生活确实广阔，需要有悲壮的战斗，狮虎的勇猛，但也需要孩子的歌声，安徒生的故事，鸽子的雪白的温柔。

月季颂

我胸中那一盏日夜闪亮的小橘灯，是这一朵月季花点燃的；

我心中那些飘忽的尘土，是这一朵月季花上的露珠洗净的；

我的沉睡的良知和沉睡的勇敢，是这一朵月季花唤醒的。

我笔下的太阳、土地、人，我书中的音乐、灵感、爱，是这一朵月季花奉献给我的；为了奉献这一切，她曾经受过风的摧残，雨的剥夺。

我曾经在黑暗中徘徊过，在歧路中迷惘过，在劫难中哭泣过，然而，因为有这一朵月季花，我没有沉沦，没有颓废，没有堕落。

吃了上帝那么多的禁果，没有变成邪恶的蛇；踏进那么多艰险的禁区，没有在悬崖上撞碎灵魂的脊骨，只因为，这一朵月季花，像天使的火把，常常高擎在我的心头。

月季花，大地上最美的儿女；

月季花，人世间永恒的星斗；

月季花，是我亲爱的老师的名字；

月季花，是天下所有的老师的名字。

死之梦

黑色的夜。

我梦见了死。梦见了白色的死神，穿着轻盈的羽衣，给我发出死的通知。

一张冰冷的纸片。没有人世间的繁琐，通知简洁极了。死，已无可辩驳。

我不怕死，并涌起一阵死的大欢喜。

谢谢你，彼岸的使者。你来了，你知道我太疲倦了，应当结束劳累和困顿，应当让我在仁慈的地母怀里休息了。那里有泥的香味，草的低语，泉的轻吟，还有供我沉思的小土屋。

我真高兴，从此我的心灵再也不必负载沉重的世界，不必像一根紧绷的弦，时刻准备弹回突然来袭的响箭，也不必再去理会那些悲剧性的纠缠，闹剧性的判决。我真不愿见没有灵的肉，没有爱的胸脯，也不愿见没有肉的灵，没有活气的漂浮的语言。

常被拖入本没有战场的战场。没有壮阔，只有令人窒息的硝烟。还不如早些离开这硝烟好。然而，一旦走开，硝烟又要说我胆怯，它又可以得到虚假的凯旋，而且还用凯旋的虚假去窒息其他无辜的花草。亲爱的死神，谢谢你，此刻你用你的通知使我名正言顺地摆脱这些战场，又不必背负怯懦的罪名，你真好。

那些蚊子真讨厌，今后可以不管他们了。蚊子大约不愿意吃死人的肉。蚊子大约不愿意和我一起入地狱。地狱里大约没有蚊子。苍蝇、跳蚤、蚊子，与人类为敌的夏三虫，鲁迅最讨厌的是蚊子，我因为爱鲁迅，也最讨厌蚊子。吸血时还要唱歌，歌声又那么单调。晴朗的夜空，和平的圆月，山好水好的土地，我本该多多耕耘，可蚊子老是唱着歌。这回死了，再也听不见了。死了大约没有知觉。否则，该可以安静地欣赏一下山那边的红霞和明月。我的生命的火焰，是红霞点燃的。我的心灵的尘土，是月华洗净的。童年时代的心灵总是受到月华的抚爱，所以它总是那样纯洁。如今连与明月相会的时间都没有了，真可怕，没有红霞的祝福和明月的洗涤，哪能有身体的健康与灵魂的健康呢？

死，真神奇。静悄悄地熄灭，静悄悄地变动。因为我的死，许多眼里仇恨的火焰熄灭了，牙齿也没有声响。本想把我送入地狱，这会儿又说是送我升入天堂，还说允许我歌唱，像初春的百鸟一样自由地争啼。我很高兴，但我开不了口，我憎恶我开不了口。死，真是扭转世界的杠杆。我真喜欢死，我真崇拜死。

可是，我的梦突然破碎了。另一场梦又在破碎中诞生，像破壳而出的小雏鹰。我梦见我不愿意死。我看见生与死之间只隔着一条小河。不顾死神的愤怒，我撕碎那张死亡的通知。你这穷凶极恶的死神，滚吧，你以为我会接受你的通知吗？不，我偏偏还要活在人间，偏偏还要挺着脊梁活在人间。

死神却冷冷地告诉我：死是不可抗拒的，谁也没有力量撕破这张死亡的通知。

我终于感到死的不可避免，于是，我感到死的大苦痛。

等待着我的前方竟是虚无，竟是实实在在的永恒的虚无。我不爱虚无，不愿意在虚无中满足。生时我就不喜欢虚无的哲学。我爱庄子是因为他的文采和他的雄辩。我习惯于踩着铁蒺藜的征战和被逼到悬崖上的拼搏。邪恶并不可怕，与他们周旋一番不算壮观，但毕竟也是生活。蚊子觅血的歌，也不妨听听。阳光四射的白昼，蚊子其实很少，因为厌恶蚊子而厌弃生活，才是真的堕落。

我不愿意死，不愿意告别我喜欢的太阳、土地、人，不愿意远离星光、月光和遥远的宇宙之光。我还想知道飞碟的谜和许多别的谜。这谜里的微笑是我童年时代的长着金丝发的公主。无边无际的太空中真的没有小花和小草吗？真的没有一片令人倾心的绿叶与红叶吗？我不信。带着那么多美丽的困惑到小土星长睡，我睡不着。

还有这眼前的一切：红色的旗帜，蓝色的日记本，又红又蓝的铅笔，似悲似喜的书籍，新译好的聂鲁达和艾略特的诗歌，小墙上带着忧思的罗丹的少女，窗台上素洁如玉的水仙花，晨曦中女儿正在弹奏的汤姆森的仙宫曲。真想再听一听这曲子，仙宫毕竟在现实的地上，毕竟在劳动不息的人生中。我真喜欢莎士比亚的至死情深、没有势利眼的苔丝德蒙娜，真喜欢托尔斯泰的情感热烈到犯错误的娜塔莎，真喜欢曹雪芹的那位爱哭而爱嫉妒的林黛玉，就连罗曼·罗兰的那位清高而懒散的萨皮纳，我也喜欢。对于她们，我还有些话要说，我还要献给她们一点评论的文字。

死，真神奇。它竟唤起我那么多的回忆，那么多的情感。一切一切，都在瞬息间涌来，汇聚、冲撞。一切都使我重新感到她的迷人：刚刚展示的大街，悄悄崛起的高楼，使劲转动的游乐场，纵情高歌的音乐厅，飞翔的白鸽，痴情的大雁，房前的绿柳，屋后的凉亭，正在转青的山河，正在翻身的田野，儿时就和我的心灵连在一起的村庄。

洁白的纪念碑
——读《傅雷家书》

1

翻译家死了，留下了洁白的纪念碑，留下了一颗蓄满着大爱的心。

2

纯真得像个孩子，虔诚得像教徒，比象牙还缺少杂质。

3

把全部爱都注入洁白的事业，像大海把全部爱情都注入了白帆。

4

在莫扎特的曲子中醉了，因为畅饮了善的纯酒。能在善里沉醉的人，才能在恶的劫波中醒着。

5

雪，任凭风的折磨，雨的打击，总还是一片洁白。

6

人的意志可以把雪抛入泥潭，但不能改变雪的洁白的颜色。

7

我爱默默的白塔，翩翩的白鸽、白鹤与白鹭，但更爱洁白的、不被尘埃污染的心怀。

8

比诗还令我泪下，比小说还动我情感，比哲学还令我沉思。征服人的心灵的，是心灵本身。

9

心灵是文学的根柢。伟大的文学仰仗着心灵的渗透力，把高洁的芬芳注入世界。

10

未能发现心灵的潜流，只能盘桓于文学的此岸，感慨彼岸他人笔底的波澜。

11

是时代的镜子。显示着一代天骄怎样闪光，怎样凋残，怎样怀着忠诚，至死还对故土唱着亡我的爱的恋歌。

12

是心灵的镜子，照着它，能使人纯洁，使人文明，离兽类更远。

13

对着洁白反省，才能清醒地淘汰一切不洁白。

14

如果我们的土地容不得这样的真金子，那我们的土地一定是积淀了太多的尘埃。

15

不懂得珍惜水晶心，那是真正的不幸。

16

粉碎物的珍珠不是悲剧，毁灭心的珍珠才是悲剧，被毁灭的价值愈高，悲剧就愈加沉重。

17

应当为失去江山国土而忧愤，也应当为失去洁白的心灵而忧伤。

18

正直的战士，保卫着祖国的森林、海洋、城郭和田野，也应当保卫洁白的心灵和智慧的前额。

19

纪念碑飞翔了，洁白复归了，我感谢春天母亲的情怀，她懂得爱，懂得珍爱那些和自己的乳汁有着一样颜色的儿女。

读沧海

1

我又来到海滨了，又亲吻着海的蔚蓝色。

这是北方的海岸，烟台山迷人的夏天。我坐在花间的岩石上，贪婪地读着沧海——展示在天与地之间的书籍，远古与今天的启示录，我心中不朽的大自然的经典。

带着千里奔波的饥渴，带着长岁月久久思慕的饥渴，读着浪花，读着波光，读着迷蒙的烟涛，读着从天外滚滚而来的蓝色的文字，发出雷一样响声的白色的标点。我敞开胸襟，呼吸着海香很浓的风，开始领略书本里汹涌的内容，澎湃的情思，伟大而深邃的哲理。

打开海蓝色的封面，我进入了书中的境界。隐约地，我听到太阳清脆的铃声，海底朦胧的音乐。乐声中，我眼前出现了神奇的海景，我看到了安徒生童话里天鹅洁白的舞姿，看到罗马大将安东尼和埃及女王克莉奥特佩拉在海战中爱与恨交融的戏剧，看到灵魂复苏的精卫鸟化作大群的银鸥在寻找当年投入海中的树枝，看到徐悲鸿的马群在这蓝色的大草原上仰天长啸，看到莫扎特与舒伯特的琴键像星星在浪尖上跳动……

就在此时此刻，我感到一种神奇的变动在我身上发生，一种无法言说的谜在我胸中跃动：一种曾经背叛过我自己但是非常美好的东西复归了，而另一种我曾想摆脱而无法摆脱的东西消失了。我感到身上好像减少了很多，又增加了很多，只是减少了些什么和增加了些什么，一时说不出来。只感到自己的世界在扩大，胸脯在奇异地伸延，一直伸延到无穷的远方，伸延到海天的相接处，我觉得自己的心，同天，同海，同躲藏的星月连成一片。也就在这个时候，喜悦像涌上海面的潜流，突然滚过我的胸脯。生活多么好呵！这大海拥载着的土地，这土地拥载着的生活，多么值得我爱恋呵！

我不能解释自己身上所发生的一切，然而，我仿佛听到蔚蓝色的启示录在对我说，你知道什么是幸福吗？你如果要赢得它，请你继续敞开你的胸襟，体验着海，体验着自由，体验着无边无际的壮阔，体验着无穷无尽的渊深。

2

我读着海。我知道海是古老的书籍，很古老很古老了，古老得不可思议。

原始海洋没有水，为了积蓄成大海，造化曾经用了整整十亿年。造化天才的杰作呵，十亿年的积累，十亿年的构思，十亿年吮吸天空与大地的乳汁。雄伟的横贯天地的巨卷呵，谁能在自己的一生中读尽你的丰富而博大的内涵呢？

有人在你身上读到豪壮，有人在你身上读到寂寞，有人在你心中读到爱情，有人在你心中读到仇恨，有人在你身边寻找生，有人在你身边寻找死。那些蹈海的英雄，那些自沉海底失败的改革者，那些越过怒浪向彼岸进取的冒险家，那些潜入深海发掘古化石的学者，那些耳边飘忽着丝绸带子的水兵，那些驾着风帆顽强地表现自身强大本质的运动健将，还有那些仰仗着你的豪强锭而走险的海盗，都在你这里集合过，把你作为人生拼搏的舞台。

你，伟大的双重结构的生命，兼收并蓄的胸怀：悲剧与喜剧，壮剧与闹剧，正与反，潮与汐，深与浅，红与黑，珊瑚与礁石，洪涛与微波，浪花与泡沫，火山与水泉，巨鲸与幼鱼，狂暴与温柔，明朗与朦胧，清新与混浊，怒吼与低唱，日出与日落，诞生与死亡，都在你身上冲突着，交织着。

哦！雨果所说的"大自然的双面像"，你不就是典型吗？

在颤抖的长岁月中，不知有多少江河带着黄土染污你的蔚蓝，不知道有多少狂风带着大陆的尘埃挑衅你的壮丽，也不知道有多少巨鲸与群鲨的尸体毒化你的芬芳，然而，你还是你，海浪还是那样活泼，波光还是那样明艳，阳光下，海水还是那样清。不是吗？我明明读到浅海的海底，明明读到沙，读到礁石，读到飘动的海带。

呵，我的书籍，不被污染的伟大的篇章，不会衰老的雄奇的文采。我终于找到了书魂——一种伟大的力量，一种比海上的风暴更伟大的力量，这是举世无双的沉淀力与排除力，这是自我克服与自我战胜的蔚蓝色的奇观。

3

我读着海，从浅海读到深海，从海平面读到海底我神往的世界。但我困惑了，在我的视线未能穿透的海底，伟大书籍最深的层次，有我读不懂的大深奥。

我知道许多智勇双全的科学家、工程师和探险家，也在读着深海，他们的眼光像一团炬火正在越过黑色的深渊去照明海底的黄昏。全人类都在读海，世界皱着眉头在钻研着海的学问。海底的水晶宫在哪里？海底的大森林在哪里？海底火山与石油的故乡在哪里？古生代怎样开始生物繁衍的故事？寒武纪发生过怎样惊天动地的浮沉与沧桑？奥陶纪和志留纪经历过怎样扣人心扉的生存与死灭？海里有机界的演化又有过怎样波澜壮阔的革命的飞跃？

我读着我不懂的深奥，于是，在花间的岩石上，我对着浪花，发出一串串的海问，从我起伏的热血中涌流出来的海问。我知道人类一旦解开了海谜，读懂这不朽的书卷，开拓这伟大的存在，人类将有更伟大的生活，世界将三倍富有。

我有我读不懂的大深奥，然而，我知道今天的海，是曾经化为桑田的海，是曾经被圆锥形的动物统治过的海，是曾经被凶猛的海蛇和海龙霸占过的海。而今天，这荒凉的波涛世界变成了另一个繁忙的人世间。我读着海，读着眼前驰骋的七彩风帆，读着威武的舰队，读着层楼似的庞大的轮船，读着海滩上那些红白相间的帐篷，和刚刚拥抱过海而倒卧在沙地上沐浴着阳光的男人与女人。我相信，二十年后的海，被人类读不懂其深奥的海，又会是另一种壮观，另一种七彩，另一种海与人和谐的世界。

伟大的书籍，你时时在更新，在丰富，在进化，一刻也不静止。我曾经千百次地思索，大海，你为什么能够终古常新，能够拥有这样永远不会消失的气魄。而今天，我读懂了：因为你自身是强大的，自身是健康的，自身是倔强地流动着的。

别了，大海，我心中伟大的启示录，不朽的大自然的经典，今天，我在你身上体验到自由，体验到力，体验到丰富与渊深。也体验着我的愚昧，我的贫乏，我的弱小。然而，我将追随你滔滔的寒流与暖流，驰向前方，驰向深处，去寻找新的力和新的未知数，去充实我的生命，更新我的灵魂！

又读沧海

1

又是迷人的夏天，又是北方的海岸。又是无边的神秘，又是无底的深渊。又是望不尽的蓝幽幽，又是读不完的白茫茫。

圆月缺了，缺月圆了。已读破了许多圆月，已读圆了许多缺月。

全都写在碧波之上，愤怒与惆怅的文字，思念与告别的文字，绝望与希望的文字。全都写在浪花之上，欢乐与悲凉的乐章，战斗与寂寞的乐章，谴责与忏悔的乐章。

大自然的史诗，千姿万态。透明与混浊的交替，墨黑与柔蓝的转换，放歌与低诉的和谐，全部聚汇在你巨大的生命之上。

是谁赋予你这史诗般的生命呢？大海。

在遥深的底层，在邈远的上空，有谁调动着你，主宰着你，规范着你呢？在缥缈的天涯一角里，真的有一位满头银须的洞察一切的神灵吗？在宇宙的无尽顶端，在万物万有生死转移的冥冥之中，你是否和一颗全知全能的心灵相连呢？

2

我翻阅你的每一页，每一行，细读你字行间那些蓝色的奥秘与白色幽微，但我从未读过上帝与魔鬼留下的踪迹。

我只读到你自己，只读到那深黑色的海心和紫绛色的海魂，那热烈的血与冷峻的血，那主宰着你自己也主宰着一切的强大的汹涌与澎湃。

云间已撒下无数次的风雨雷霆，但你照样展示你的万丈波澜，海底已爆发过无数次的火山熔岩，而你依旧是从容不迫，辽阔无边。你随时可歌，随时可舞，随时可沉默，随时可爆发。刚刚还是圆月下的沉默，沉默得像安详的、熟睡的母亲，瞬间又是沉默中的爆发，爆发得像狂醉的、疯癫的酒神。然而，几个时辰过去，又是一派玛瑙似的透明，一脉绸缎似的蔚蓝。大海，你愤怒时如此长啸，悲伤时又如此动情。你的高歌与呜咽，你的纯情与傲眼，你的豪放与婉约，都使我壮怀激烈，也使我头颅低垂。

没有一种力量能剥夺你的雄浑与豪强，所有想剥夺你的，都被你所剥夺，所有想吞没你的，都被你所吞没。浪尖上，波峰上，礁石上，沙滩上，全记载着，记载着你的浩浩荡荡的灵魂和不可征服的尊严。

3

大海，我心爱的大书卷。我已读破你的经籍般的渊深，史诗般的广袤，而你的蓝色的眼光，是否也穿越我的躯壳，读着我呢？——读着我的身内的大海，那些日夜动荡着的激流，朝夕变幻着的文字，那些已展示和未展示的篇章，带着海的咸味与海的苦味的波澜。

唯有你，变幻无穷的海，可以和人类身内的宇宙相比，唯有你，酷似我心中的世界：一部没有逻辑的诗，一部充满偶然、充满荒谬、充满圣洁的小说，一部在狂暴与温顺、喧哗与缄默、放浪与严肃中不断摆动的戏剧，一部让岸边聪颖的思索与狡黠的思索永远思索不尽、烦恼不尽的故事。

你读到我的海了吗？你读到这些激荡着的诗文和跳跃着的故事了吗？你读到我的轻漾的暖流和纵立的怒涛了吗？你读到我的紫色的沉思与白色的爆发了吗？请你也如我一样多情，请你常常徘徊在我的岸边，我的沙滩，我的岩角。在我的海里，有温柔的水草，也有刚毅的礁石，还有很美的海村和很美的海市，海村里有太阳的明艳和镰月的朦胧，海市里有浅白的天街和深绿的灯火。还有许多飘动的海旗，海树，和疾翔的海鸥，这一切，这一切都是我灵魂的家园，都是我的深藏着的文字和深藏着的生活。

4

大海，我曾多次走到你面前。我见到了你，但你未必见到我。我不倦地阅读你的浪涛，但你未必发现我的烟波。

我不怪你，我的壮丽而浑厚的朋友。

因为我的海，曾是冻僵的海，曾是干涸的海，曾是垂死的海。

因为我的海，曾是沙漠，被横扫一切的风暴席卷过的沙漠。没有花草，没有森林，没有飞翔的大雁，没有旋转的泉流，只有被风沙打击得非常模糊的、凄凉的脚印。

因为我的海，曾是旱湖，被九个太阳晒干了柔蓝的干湖。失落了碧波，失落了浪花，失落了喧嚣与骚动，失落了海燕与风帆，只留下沉入海底的恐龙的化石和其他古生物的残骸。

因为我的海，曾是废墟，被我自己的火焰烧焦了生命的废墟。没有生机，没有活泼，没有潮汐与春秋，只有断垣、颓壁与荒丘。

这海，连我自己也不认识的海，连我自己也不愿意阅读的乏味的书籍，吸引不了你的蔚蓝色的眼睛，我不怪你。

5

死过的海复活了。沉睡过的海醒了。僵冷的大书舒展了新的一页。

我已重生。我已拥有我的大海，拥有海的脉搏，海的呼吸。我已拥有海的温柔与粗暴，海的愤怒与忧伤，海的妩媚与豪放。

我已重新获得我的海魂，洋溢着尊严、力量和美的海魂，拥有奔驰的自由与翻卷的自由的海魂。一切，都已打下海魂的烙印。黑暗，是渊深的黑暗；光明，是坚韧的光明；忧伤，是崇高的忧伤；奋发，是雄伟的奋发。

大海，你感受到我的复活了吗？你感受到我那丢失的海魂已艰难地回归到我的蓝土地和蓝家园了吗？你感受到我身内的书籍已务去陈腐的语言与陈腐的逻辑了吗？你感受到岸边新月似的眼睛和投射到你身上的新曙般的光芒了吗？

今夜，我带着复活了的眼睛，在星辉抚摸的海堤上，重新阅读了沧海，重新阅读你的雄奇与神韵，我将有许多新的领悟。我将用我被风暴打击得更加粗糙的灵魂，去消化你这伟大书籍的艰深，我将用我在痛苦的寻找中变得冷峻的目光，穿越浓雾与阴影，进入你更深邃的底层。我相信我的海和你一样，有强大的胃，能消化掉一切乌云与风暴，重新赢得健康，重新赢得高傲，重新赢得浩瀚。

我不再彷徨，只要你在我眼前，我就不会虚空，我就有望不尽的蓝幽幽，读不完的白茫茫……

我对命运这样说

1

还没有记忆的时候，你就闯进我的生活。你是谁？冥冥时空中，何处是你的家乡？哪里是你的归宿？你知道吗？我叩问过一万次关于你的谜。

你跟随着人类，跟随着世纪，来也神秘，去也神秘，歌也匆匆，哭也匆匆。我分明感到你就在身边，为什么看不到你的眼睛，见不到你的身影？

你这有声有色的虚无，无影无踪的实有。我看不见你，但我感到你的呼吸，你的权威。我曾抚摸过你的残暴，也抚摸过你的温柔，曾抚摸过你的专横，也抚摸过你的仁厚。我知道你游荡在爱与恨之交，生与死之界，但我看不见你，不知道你是什么模样。

昨夜我在梦里见到你，你仿佛是一个马戏团的戏子，戴着小丑的高帽，挥动着枯萎的树枝，戏弄着所有的看客。

古往今来，有人匍匐在你的脚下，有人颤抖在你的面前，或作绝望的抗争，或作着希望的祈求，你都无动于衷。你高傲又卑谦，悭吝又豁达。你随时都可以拥抱我，随时都可以抛弃我。今日你赠给人们以鲜花，明日却洒给人们以苦泪。

我和你，总是隔着一层雾。雾中看着你，只有解不开的朦胧，穿不透的模糊，猜不完的玄奥。

2

我的祖先告诉我，你是魔。在遥远的古希腊，人类还处在孩提时代，你就迷乱了人们的眼睛，让他们不认识自己，也不认识自己的母亲，你竟让他们犯下了娶母杀父的罪孽。作孽呵，母亲的怀抱，竟成了万劫不复的深渊。

人类成熟了，你又玩着古老的伎俩，悄悄地跟在人类的背后，等待着他们的失败与迷惘。然后恨恨地把他俘虏，把他杀戮。那位和浮士德打赌的魔鬼，不就是你吗？你的心那么冷酷，随时准备爆破孩子砌成的高楼，随时准备审判智慧的错误。

你这货真价实的魔鬼，我已看穿你的罪恶：你把贫穷带给善良的茅屋，把皮鞭交给狂妄的庸夫，把花环赠给无聊的骗子，把洪水带给纯朴的村落。

3

可是，我又听到你的辩护：

我并非魔鬼，我是天使。我有天使的彩翼和眼睛。是我把你带到母亲的怀抱——生命永恒的热土；你一降生就进入温馨的家园，家园里有生命的温泉，洁白的乳汁。因为有这家园，你童年的灵魂，才无须到处漂泊。

俄狄浦斯王的罪孽不是我的罪孽，我早已化作神与先知给他指示和告诫。可是他带着不可遏止的情欲，依然戴上忒拜城的王冠。因为我的打赌，浮士德才完成了人生辉煌的征服。人类充满着惰性与邪恶，没有我的皮鞭和赌注，他们宁愿沉睡与满足。

我给探求者献以创造的极乐；给颓废者罚以精神的虚空，给怯懦者安顿在阴冷的墙角，给刚强者展示宽广的道路。所有锲而不舍的寻找者，都是我的友人。我给他们艰难险阻，只是为了激发他们的生命的巨浪；我逼迫他们流下的眼泪，只是为了洗明求索的眼睛。

4

我思索了漫长的时日，无法驳斥命运之神的辩护。

她是谁呢？我说不清。她该半是魔鬼，半是天使，半是狼，半是鸽子。半是我的敌人，半是我的朋友。

给我这么多痛苦，给我这么多折磨，给我这么多虚幻的期待，给我这么多实在的战斗。每天都在奔波，但不知道，奔波是为了战胜她给我的厄运，还是为了去接受她给我的诱惑？生命中那些难忘的欢乐，不知道是她的赠予，还是我的汗水的报酬？

让她去吧，我不再思索。让她去吧，我不再困惑。我相信她是强大的，但我也并不软弱。我相信我可以成为她的主宰，即使主宰不了，也决不甘心作她的奴仆。我甩开她的阴影，将自己寻找，自己选择，自己造就自己的心灵，自己保卫自己的魂魄，我自己赋予自己以强大的力量，挟着她，让她和我一起追求。即使挟不住她，也不会让她牵着走：让我和猫打仗，我不愿意；让我和狼对嗥，我不愿意；让我颂扬命运的铁拳，我不愿意；让我背叛自己的良知，我不愿意；让我停止求索的脚步，我不愿意；让我冻结胸中的火焰，我不愿意；让我对辛勤的园丁和他的花朵求全责备，我不愿意。不管她是魔鬼还是天使，我都不被她征服。不屈服于命运之神的诱惑与调遣，这才是人的生活。

榕树，生命进行曲

1

我时常思念着故乡的灵魂，榕树。

记得有人问我：你追求过怎样美丽的灵魂？我说，榕树。

情感的潺潺，思想的潺潺，再一次流过故乡崎岖的山野，再一次流过往昔峥嵘的岁月，回过头来思量，那昨天使我爱恋过的灵魂，今天依然使我向往着的灵魂，我也只有它——

榕树，我的永恒的爱恋。

2

我爱恋的榕树，不知道使多少陌生人为它兴叹过，倾倒过。

真是太壮阔了。只要你接近它，就会感到它的全身，都充满着一种最动人的东西，这就是生命。

善于思辨的哲学家说，美就是充满生命的人和物。我相信，因为榕树，我才相信。

几乎是整个童年时代与少年时代，我都在观赏这种洋溢着生命的大树。

我喜欢这种绿色世界在无风中的平静、雍容、丰盛、满足，像沉默的大山一样岿然而立。

我更喜欢它在风中的时刻。榕树的每一片绿叶，都像风帆那样善于捕捉最弱的微风。因此，当轻风吹拂的时候，它的叶子就会颤动起来，刹那间，树上好像千百万绿色的蝴蝶，在一开一翕地扇着翅膀，共同编织着生命的织锦。

更使我陶醉的是雄风吹动的时刻。此时的榕树，瞬息间从沉默的大山变成汹涌的大海，波浪在树梢上澎湃着，时时发出拍打蓝天的沙沙的响声。

有一位很重感情的北方的朋友告诉我，他第一次见到南国土地上的高大榕树时，几乎吓呆了。榕树那企图笼罩大地的浓荫，那企图吞没白云的树冠，那企图饮尽地下全部水分的根群，那陡立而又弯曲多节的巨枝所构筑的殿廊、山脉、峡谷和道路，一起在放射着生命的光波与音波。这种柔和而强大的波浪，把他的心灵摇撼了很久很久。

在撼动中，他感到自己的生命被另一种强大的生命所照明，所溶解，所征服。他觉得自己完全被这种强大的生命所俘虏，并且被剥夺了身上的渺小、卑琐、颓唐与消沉。在树下，澄清的空气中，他觉得自己的灵魂升腾起来了，仿佛也变成一只扇动着翅膀的绿蝶，也在这个充满生命的葱茏世界中快乐地翔舞。

3

我比这位北国的友人更了解榕树，生命里积淀着更多的榕树的枝丫与碧叶。

我家乡的山野与原野上，处处都有榕树。肥沃的地上，贫瘠的地上；坚硬的地上，松软的地上；有泥土的地上，几乎没有泥土的地上。

我家乡的山野与原野上，时时都有榕树。潮湿的时节，干旱的时节；雨淋的时节，霜打的时节；有春天的时节，没有春天的时节。

小时候我迷恋过一棵倔强的小榕树。它就在几乎没有泥土的地方发展它的生命。它那生的征程，就在我家屋后的一块浑圆形的岩石上进行。大约三年时光，我一直追随着它的足迹，注视着它那平稳而坚实的脚步。

我不知道它是在岩缝的哪一处破芽而出，是看着它从缝穴里伸展出来的最初的嫩枝。这棵嫩枝在岩石的悬崖上，沉着地、缓慢地跋涉，攀登，开拓着本没有路的路，本没有前方的前方。

当它发现岩石身上的小坑洼处，有一点薄薄的尘土，就果断地在那里扎下了根，扎下一个营寨，然后又向前伸延，迈进，不倦地继续寻找着前方险峻的路，险峻的希望。

更使我惊讶的是，它在找不到任何营寨的时候，竟从生命深处撒出一束根须，像蚕儿抛出的银丝。柔韧的丝丝朝下生长，直至亲吻到地平面上的小草。后来，我才知道，这就是所谓气根。在没有泥土的时候，气根凭借它奋发的天性，吸收空气中的水分，然后把自己养育成榕树另一翼的生命线。

突破，挣扎，发展，挺进，这是一支青绿色的生命进行曲，这是一支铁流似的生命凯旋曲。

正是这支无声、无畏的歌，把巍峨的韧性，第一次灌进了我的贫穷而干旱的童年，启蒙了我的还在襁褓中的人生。

4

后来，我在泉州的清源山和福州的于山里，看到了辉煌的石壁榕，才知道比起我家屋后那支进行曲来，还有更雄壮的进行曲。

清源山的石壁榕，真是生命的奇迹。这棵雄伟的榕树，生长在足有三层楼高的一块巨岩上，而本身又有两层楼高，观赏它时，非仰视不可。

沿着石壁，许多粗壮的根从岩顶射向大地，有的像缆索悬荡在空中，有的像巨蟒盘旋而下。它们把整块巨石紧紧拥抱。假如从云端俯瞰下来，大约会看到这棵榕树像巨人伸出手臂，抱住一块天然宝石，企图把它从大地的母腹中拔出。

我很幸运，竟在一次雾天里见到清源石榕别样的风姿。那时，雾气正像炊烟似的袅袅上升，一阵一阵地掠过岩石，而且一阵比一阵浓烈，最后岩石像沉浸在浩渺的云海中。而榕树，被云岚雾霭所凝聚成的大白盘托住，在迷蒙的烟波中忽隐忽现，好像飘动在云空中的神树。更有意思的是，在榕树背后，有隐约可见到岩石的母山中的一座寺庙，庙宇在云雾缭绕中沉浮，朦朦胧胧的，像是天上的殿堂。见到眼前景象，我竟飘飘忽忽起来，仿佛置身于云中仙山，置身于苏东坡的南方口音："不知天上宫阙，今夕是何年?"

在于山，我又一次见到气派雄伟的石壁榕。也是站在巨石肩膀上的云中大树，也是气吞大地的巨蟒似的根群。

于山是闽乡的父老们庆贺民族英雄戚继光凯旋的地方。在庆祝这位中华的抗倭将领赫赫战功的盛典中，有气壮山河的石壁榕屹立身后，有无声的生命进行曲在人们心中鸣响，不仅使英雄增色，而且使人想起英雄的生命进行曲怎样坚韧地组合它的豪迈的节奏，我们伟大的长江与黄河所哺育的民族，又充满着怎样不可战胜的生命。

5

了解清源山和于山石壁榕的友人告诉我：这种榕树所立足的岩石，不是一般的岩石，而是最坚硬的花岗岩。如果说，要在世界上寻找一种在最坚硬的基石上生长出来的最坚硬的生命，那就是榕树。

他还告诉我，这种生命的奇观，是发端于一种细韧的种子之中。那是一颗成熟的、像小珍珠似的果子，果子里面包藏着许多小颗粒似的种子。大约是一只顽皮的鸟儿，在它吞食了榕果之后，就选择这个奇伟的地方，排泄出它消化不了的种子。这颗种子，这个鸟儿的胃肠消化不了的生命，就凭借岩上那一层尘埃凝结成的薄薄的泥土，悄悄地、雄心勃勃地长成绿光四射的庞然大物。

仔细瞧瞧，岩石上好像没有别的生命，也许在岩缝里有几株细小的野草，但我看不清。这种岩石真是生命难以生存和发展的地方。

榕树，就在生命难以生存的地方，让自己生长成伟大的生命；在生命难以发展的地方，把自己发展成其他生命望尘莫及的参天巨木。

这是多么了不起的生命进行曲。

6

因为和榕树同一故乡，所以我还知道它的生命进行曲有一种更超常的旋律。

那是我在一次砍柴时体验到的。我曾经在无意中砍伤过榕树还活着的青枝，被我误认为是死枝的生枝。就在我的斧头砍下而提起的一刹那，它立即喷涌出雪白的乳汁，也许不是乳，而是血。总之，白色的生命之泉，神速地注入伤痕，盖住伤痕，而且很快就凝固，伤痕也随之愈合。

榕树这种生命泉，这样果断，这样机敏，这样迅速地履行它的天职，真叫人感慨不已。难怪榕树能够这么快地治好自己的创伤，继续壮大它那郁郁葱葱的事业。

我见过一棵伤痕累累的榕树，它依然生长得非常美，每一片叶子都绿得发蓝，在阳光的映照下，满树好像垂挂着无数忽明忽灭的蓝宝石。我不知道这棵饱经风霜的大树抗衡过多少无情的刀剑，才赢得今天这种生命的繁荣。

我还看到惊动我故乡的大风暴，那是雷霆与闪电助阵的大风暴，榕树在风暴中是那样从容不迫，它那钢铁一样的躯干，镇定地屹立着，而它的枝叶摇曳着，有的被折断了。但是在风暴过后，我看到那些被打入地里的青枝，有的竟依附着泥土，独自重新萌动，复苏逝去的绿色。这失去母体的生命，不仅没有饥饿而死，反而执著地把自己发展成一个新的母体。

我还看到一次更撼动人心的生的壮观。那是在一次空前的劫难中，有一棵榕树被狂风击倒了。于是，一个奇迹因此发生了。这棵被拔倒的大树，并没有从此走向死亡，而是倒伏地上，倔强地呼吸着，继续着生命的另一种道路。它那庞杂的根系一半裸露在地上，一半还残留在地下。残留在地下的那一半，负起它生命的全部使命，继续勇敢地演奏着它的生命进行曲。我看到，绿芽在这倒下的身躯里，纷纷崛起，接着，又长出新的嫩枝和嫩叶。青春，在这受难的生命中继续繁衍；琴键，在倒下的琴体中继续跳动。直到我在青年时代离开故乡那一年，还看到这倒下的生命体上那不朽的业绩，不屈的凯旋。

这种倒伏的生命与不倒伏的灵魂浑然一体的奇迹，这种在风暴中失败而最终又在风暴中胜利的力量，使我意识到，真正伟大的生命进行曲，是不会死亡的！即使被击倒在地狱里，它也会在地母伟大的怀中继续歌唱！

7

我常常思念着故乡的灵魂，榕树。

我常常思念着故乡的那一支生命的进行曲，榕树。

我点燃一炷心香，祝愿这支伟大的生命之曲，长久地在我故乡明丽的土地上歌唱。愿它常常挺进到我的心灵和我的梦境，常常挺进到为我所爱的一切心灵和为我所爱的一切梦境中。我祝福一切正直的胸脯里，都有一支巍峨的歌，都有一支峥嵘的进行曲，都有一棵飞翔着千百万绿蝶的——榕树。

慈母颂

1

为了我和我的兄弟姐妹，妈妈，你把头发熬白了。翻开你年轻时的照片，你是那么秀丽而端庄。你微笑着，多么像蒙娜丽莎；你沉思着，多么像米开朗琪罗笔下的圣母。

可是，你老了，为了我和我的兄弟姐妹，你付出了诗一样的青春，画一样的美貌，只留得满头雪一样的华发。

你苍老了，但你的历史的美并没有逝去，你的现实的美也没有逝去。像翻阅你往昔的照片，我常常翻阅着你永动的心灵，永存的慈祥。今天，我要高高地举起你的名字，像举着故乡的松明点燃的火把，传播你那很少人知道的光明。从家乡那些狭窄的田埂走上眼前这宽广的大道，我一直在寻觅着精神上的维纳斯与海伦，然而，直到今天，我最爱的还是你，一切美丽的名字中最美的名字就是你，妈妈。

用不着神灵的启示，当我还在摇篮里贪婪地望着世界时，就听懂那些朦胧的歌声，我知道那是你的祝福；随后，就从摇篮边看到一轮发光的太阳，那就是你的眼睛。还没有从摇篮里站起，就知道摇篮外有无穷的爱，那是你给我的数不清的腮边的亲吻。妈妈，第一个为我的快乐而欢笑的，第一个为我的啼哭而不安的，就是你。

当我知道我的赤裸裸的、强健的身躯是你创造的时候，我就领悟到你的神奇和神圣，我扑到你那蓄满人间的全部温存的怀里，把脸贴近你的丰满的乳房，再一次吮啜你的圣洁的生命。在你那永远难知的爱的悸动里，我幼年的心，开始向大地向往，朝着天空作无边的猜想。那时，你抚摸着我的头发，指尖的阳光一直射进我灵魂的深渊，妈妈，你以你的抚爱，构筑了我人生的第一个天堂，原初的，模糊的，然而终古常新的天堂。

2

你还记得吗？妈妈，当我还在悄悄学步时，你就教我爱，教我爱青山，爱绿树，爱翩翩而飞的蝴蝶和孜孜而忙的小蚂蚁。

你不许我踩死路边的任何一株小花和小草。你说，小花与小草是故乡的微笑，不要踩死这微笑，不要踩死微笑着的生命。这些小花小草都会唱歌，会唱橘黄色与翡翠色的歌，渴念雨水和渴念阳光的歌。于是，小花小草成了我童年的伴侣，我把许多心事都向她们诉说。有一回，我的眼泪滴落在小草的脸上，化作她的一颗伤心的露珠。

我曾憎恨蜇刺过我的蜜蜂，焦急地等待着报复的时刻。而你，不许我恨，你说，不要忘记她在辛苦地采集，勤劳地酿着甜蜜。要多多记住她的蜜，不要记住她的刺。要宽恕地上这些聪明而带刺的小昆虫。

在中学的作文本上，我呼喊着"向大自然开战"，所有的同学都赞美我的宣言。唯有你，轻轻地摇头。你用慈母的坦率说，我不喜欢你这股气，空洞而冷漠。我愿你酷爱大自然，酷爱人类这一最伟大的朋友。要爱她的一切，包括爱严酷的沙漠，只有爱她，才能把她变成绿洲。不要动不动就说搏斗，不要动不动就说恩仇。即使是搏斗，也是为了爱，为了谴责那些无爱的毒蛇猛兽。没有爱的恨，就是兽性的凶残，人性的堕落。

3

你那么傻，年轻轻时就守寡，背负着古老的鬼魂而过着寂寞的生活。我不歌颂你的寂寞，但我要歌颂你在寂寞中的奋斗。生活多么艰难呵，为了我和我的兄弟姐妹，你在险峻的崖边上砍柴，在暴风雨下抢收倒伏的稻子，为了抢救弟弟突来的重病，你在深夜里，穿过那林深虎吟的山岭。看你现在的手，比树皮还有更多的皱褶。

"我该怎么感激你？妈妈，该怎么报答你为孩子所做的牺牲？"你很不满意我的话，在那棵大榕树下，你是那样认真地对我说：不要这样想，不要旋转着"恩惠"、"报答"这些念头。将来你干出一番事业，也不要轻易地说什么牺牲了自己而为别人造福。不要这么说。其实你并没有牺牲，你为他人奋斗的时候，也造就了你自己。世上的天堂，就在你广阔而热爱他人的心头。我因为爱你们，所以我比你们更幸福。因为你们吮吸我的乳汁，我才感到自己是个母亲。因为你们在我怀里天使般地酣睡，我才感到自己置身于圣灵荫庇的教堂之中。没有你们的活泼的生命，哪有我自豪的梦魂。爱者比被爱者更幸福。

呵，母亲，哲学家似的母亲，很少人认识的平凡的母亲，我记住你的话，记住你这灵魂里流出来的深奥难测的歌声。

自从我心底缭绕着深奥的歌声，我才懂得唯有把爱推广到人间，才有灿烂的人生。为他人，将比他人更加荣幸；一切，一切，都是我的本分；一切，一切，都是我自身所需求的旅程。说什么有功于他人，我只记得有功于自身——有功于我的自我实现，有功于我的自我完成。亲爱的母亲，像大地一样慈蔼的妈妈，你心灵里的歌声，比圣人的教导还叩动我的心弦，因为有你这歌声，我不再傲视世界，不再傲视他人，不再相信那些宣告"我不入地狱谁来入"的英雄，我把他人与自身浑和为一个美丽的境界，一种自由而纯洁的灵魂。

4

妈妈，我和弟弟妹妹，好几次问你，从少年时代问到青年时代："你为什么爱我，为什么为我们付出一生？"

你总是说，我不知道，我不知道，不知道在爱你们，一点也不知道。

有一次温和的妈妈竟然生气了，你指责我们，不要问，不要问，不要问这是为什么。我要告诉天下所有的孩子，母亲的爱就是纯粹的爱，为爱而爱，就是说不清为什么爱的爱。妈妈，你生气时多么美丽呵，像秋日的太阳，喷发时充满着温柔的黄金。可是，直到很久以后，我才明白你的这些母爱的宣言。是呵，唯有不求报偿的爱，唯有连自己也意识不到的、从高贵的天性中自然涌流出来的爱，才是真实的。妈妈，你就是这样无条件地爱我，从心灵的最深处把爱献给你的儿子。

我知道，即使我长得像个丑八怪，你也会爱我的；

即使我脾气暴躁得像家乡的水牛，你也会爱我的；

即使我贫穷得沿街流浪，你也会爱我的；

即使我被打入地狱，你也会用慈母的光明，照亮我痛苦的心胸的。

你的无所不在的光明，比天上的阳光还强大，你能穿透一切云雾，一切屏障，一切厚重的铁壁和地层。

亲爱的妈妈，唯有在你辽阔的心胸里，能容纳我灵魂变化万千的宇宙：悲与喜，冷与热，欢乐与忧伤，希望与忏悔，昂奋与寂寞，歌吟与诅咒。唯有在你的辽阔的母性海洋里，能够容纳我的一切心底的秘密，一切人类天性赋予我的波涛，还有一切难以容纳的贫穷的朋友，一切已经沉沦而没有地位的失足者。

妈妈，当你容纳我的一切时，你从来也不准备和我一起承受人世的光荣，你只准备着为儿女背负灵魂的重担，准备着为我和我的兄弟姐妹承受一切苦恼与忧伤，还有一切突然来袭的风暴。当鲜花织成环佩戴在我身上的时候，我看到你还是伏在地上，默默地、机械地搓洗着我和孩子们的衣服，汗水依旧像小河般地在脸上涌流。不管屋外有什么风转时移，你的小河总是静悄悄地流……

5

比海洋还要深广的母爱呵，如果人们问我为什么热爱家乡，我要说，因为家乡里有我的母亲，白发苍苍的母亲，朝夕思念着我的母亲。妈妈，今天你又到了遥远的地方，不管你走到哪里，你就是我永远眷恋着的故乡。你的眼泪就是我故乡土地上甘美的泉水；你的语言就是缭绕于我的心坎的乡音；你的嘴唇，就是家乡芬芳的泥土，你的双手，就是故乡那些苍苍的青松。而你的心灵，就是我的爱的旗帜，就是我的生的警钟，死的归宿。

母亲，你不管走到哪里，都会把爱带到那里。把檀香般芬芳的爱播向整个人间的圣者就是你，我的妈妈。家的门槛不能限制你的爱，故乡的门槛不能限制你的爱，世界上所有的门槛都不能限制你心中爱的大河。从地上的星星到天上的星星，从身旁的弟兄到远方的弟兄，你都献予衷心的祝福。你教会我，爱是不会有边界的，就像太阳的光辉，超越一切界限地把温暖和光明，投射到四海之内的每一个兄弟姐妹。

6

你为人间的邪恶痛苦过。那些为了虚荣互相厮杀的人，那些为一种霸权把无数生命投进战火的赌徒，都使你愤怒。憎恨使你的心受到折磨。但你也怜悯过他们，这些可怜的灵魂。堕落的心多么悲惨呵，他们的名字将永远像沉重的鬼魂被钉在耻辱柱上，无论岁月怎么变迁，时空怎么移动，他们都要受到永恒的诅咒，连他的母亲也要蒙受污辱。对人类失去爱的罪人，必定被历史所憎恶。呵，可恶而可怜的人生，叫你永远困惑和悲哀的另一种人生。

妈妈，你曾经委屈过，你的高贵的母性，曾经被蔑视过，在那个所有的爱都垂死的岁月，我也被怂恿过，也蔑视过你的爱。我把鲜花扔到路旁，把小草碾碎在脚下，把兄弟姐妹当作仇敌。在心灵里丢失过你爱的歌声。我谴责过你给我太多的软弱，使我缺少厮杀的本领，破坏的热情。妈妈，在那些严酷的日子里，你悄悄地流过许多眼泪，为你的孩子，为其他母亲的孩子。

你曾经惶恐地找到其他的母亲，你的眼神变得那么怅惘，手变得那么冰凉，在社会大风雪中被冻坏了的妈妈，带着爱的悸动与女人的惊魂的妈妈。你和其他妈妈无能为力，只有心在颤抖，在呼吁：快结束吧，兄弟姐妹互相厮杀的战争；赶快走吧，赶走孩子心中不幸的魔鬼的阴影；快回来吧，孩子儿时那一颗柔和的心灵。但你没有力量，往昔的母亲的歌，唱不起来了，只化作一颗颗眼泪，在火炉边悄悄地滴落。

原谅我吧，妈妈，在那些狂潮把我俘虏的岁月，你儿子的荒唐仅仅由于无知，他并没有堕落。你在儿子身上播下的爱的因子，毕竟没有死亡。它在我的心底留下一点火星，这些微弱的光明使混沌迷路的我，从黑暗的密林里逐步挣扎出来，虽然失掉许多情谊，但没有变成像魔鬼那样冷酷，感谢你呵，母亲，你播下的爱，拯救了我的灵魂。

我今天又拾起你的往昔的歌。妈妈，我要唱，轻轻地唱，唱给所有的绿叶与红叶，唱给所有的小草和小花，唱给所有的小路和大路，唱给所有的灯光和星光，很轻很轻的歌，很重很重的歌，只有你听得见，只有你听得清，遥远的母亲，遥远的故乡的心灵，遥远的中华的心灵。

爱因斯坦礼赞

1

你又乘着如水如烟的月华走来，来到我旖旎的梦中，来到我薄明的窗前。

我向你问候！含着烟斗沉思的老人，一回回激扬起我胸中热血的老人。

我仿佛看到你满头的白发在无边无涯的云空中飘忽，你手中的烟斗吞吐着彩霞，顿然变成司天的巨杖，打开了紧锁千秋万载的茫茫碧落的大门。于是——

太极变了，宇宙的结构变了。

不是天柱的倾斜，不是驮地"海龟"的浮沉，不是元气的飘动聚散，是大地儿女深邃的心中，原来那个需要上帝之手的推动才能运转的三维机械宇宙消逝了，而另一个真实的宇宙——四维时空相对协变的宇宙，带着朗朗的大辉光出现了。

繁星依旧安详地闪烁，天空依旧是蔚蓝色与翡翠色。然而，辽复的太空却按照一个新的排列像阶梯似的展现在人类的面前。天上的街市既已揭开它的厚幕，地上聪慧的生命便踏上往昔梦幻中的青天大道，开始壮阔的遨游，并在银河岸边，播撒自己的歌声与星光。

二十世纪的宇宙征服，令人惊心动魄。而展示那些在遥空中藏了无数年月的宇宙图象的科学家，就是你呵——

含着烟斗沉思的老人，热烈而沉静的犹太人，思想像美丽的天体在太空中运行的爱因斯坦。

2

你又乘着如水如烟的月华向我飞来，还是带着颤动的缄默，还是带着跳荡的沉思。

于是，我看到了你那大海般的前额，那里跃动着物理学大师理性的波涛，光芒万丈的质能公式就在这波涛中诞生，像海平面上那壮丽的日出。

于是，我看到了你那暖融融的巨大的心。你的灌满良知的心比头颅还要大。你的沸腾着的良知，你的酷爱人类母亲的至情至性，你的孩子般的天真、纯朴和憨厚，支持着你的头颅在蓝天碧空中飞旋，也支持着你对社会的那些像大柱般正直的信念。

于是，即使你的名声像风雷一样响亮的时候，你也带着柔软的情怀，铭记着社会深广的慈母般的恩惠，人间厚重的大地般的爱。

你时时缅怀着社会，心上不会熄灭的是这永恒感念的火焰。是社会用她的面包，她的乳汁，她的语言，她的课本与诗篇，她的眼泪与热血，喂养着你的头颅。风中雨中汗水中，辛勤的工人与农民为你准备好稻粱、衣服与房屋；漫漫岁月里，奋发的祖先为你准备好登上巅顶的阶梯。可惊叹的一代代描天写地的绝世文章，可仰慕的一群群能书能剑的风流人物，在你的生命中注入创造的颗粒。阿基米得、亚里士多德、伽利略、牛顿、斯宾诺莎、笛卡儿这些非凡的学者与哲人，歌德、席勒、海涅、贝多芬、莫扎特、巴哈这些超常的歌者与诗人，都在你灵魂的原野中撒下了种子，使你开始了伟大的萌动。

正是今天与昨天辛勤的他人，采集了天地的精英，一点点，一滴滴，掺和着，积淀着，繁衍着，汇聚成你心中的沧海，掀起海中神奇的浪群。社会，人与人所连结的社会，早已为英雄的千秋功业，举行了盛大久长的自然形式的奠基礼和历史形式的奠基礼。没有醉心的鲜花美酒，却有厚实的泥土砖石。

你时时感激着社会：永远像孩子那样赤诚地承认，所有的人都像群居动物依赖着大自然那样，依赖着他人，依赖着社会。

他人纷纷，纷纷他人。他人有时确实是自我的地狱。他人的模式、他人的偶像，他人的习惯与偏见，常常会把活泼的自我羁囚，把茂美的风华埋葬。但他人也是自我的母亲，自我的摇篮，自我的天堂。没有他人，自我决不会活泼，决不会壮大，决不会闪光，他只能在阴寒的岩窟里像动物那样颤栗，却谈不上什么明媚的憧憬，雄伟的创造，人生的辉煌。

于是，当你洋溢着智慧的自我本质丰富到使世界震惊的时候，你也未曾作过唯我论的俘虏。你的身躯成了一种绝缘体，与自私、虚伪、野蛮、专横、巧滑、刁钻绝缘。你从自己身上拂去了这些世界胃肠里排泄的糟粕，历史仓库中剔除的秕糠。

3

你常常感到无以报效社会的不安与忧烦。在时而淡淡、时而浓浓的忧烦中，你寻求着解脱。

像找到打开宇宙千重门户的金钥匙一样，你找到了解脱的哲学——

短暂而有风险的人生能够获得意义，只有一条出路，那就是献身于社会。

你献身。像蜜蜂和蚂蚁那样忙碌着，开采着。用坚韧的心，吞食着被神秘的外壳包裹着的最坚硬的知识，咀嚼着天才的前人犀利的牙齿难以啃碎的未知数。

你献身。像阿波罗一样灿烂的思想，纵横驰骋，碾碎了太空的黑暗、寂寞与傲慢，征服了那些庞大而顽固的千古之谜。

没有足够沉重的劳动负荷量，没有用新鲜的知识填满饥渴的灵魂和求索的岁月，你就不会安宁，梦世界就缺少柔和的芬芳与曼妙的景色。当你发出休息的信号——拉起小提琴时，总是在万籁俱寂的深宵。

你连散步时也没有轻松过。在明净的伯尔尼大街上，在从阿尔卑斯山那边吹来的徐徐清风中，你一边推着婴儿车，尽着父亲的天职，一边还从上衣口袋里掏出铅笔和纸片，记下随风闪出的数字与公式。小小的铅笔还在继续叩打着那些陌生的大门。

4

为了一种伟大的报效，时时叩打陌生大门的科学家，抛掉身上的一切负累，包括那些使人陶醉的奇珍异馔，锦衣玉食，富丽的楼宇，华贵的陈设。

"每一件财产都是绊脚石！"他对自己说。

他不允许任何锁链来绞死自己泉水般喷涌的思想，哪怕是最美丽的锁链。以色列国第一任总统的桂冠曾经要献给他，但他拒绝了。他确信，迷恋黄金的宝座，企求高雅的桂冠，生命就会枯萎。身外一万种价值连城的珍珠宝石也不能使空虚的心灵得到充实。

在柏林那些弥漫着战争风暴的日子里，他处在病危中。死神带着狰狞的面孔威胁着他。然而，他坦然地面对死亡："我觉得我和一切生灵和谐一致，个别生灵开始和终了，对我都是一样。"在心脏作最后悸动的时刻，人们问他如何评价即将终结的一生：是成功还是失败？他淡然苦笑了。无论是将死或未死，他都对成败、荣辱、毁誉漠不关心。他把自己看作大自然的一个极微小的部分。而大自然不是企业家，他也没有企业家那种兴衰浮沉的苦恼和忧伤。胜利与失败，都未能泪没科学家雄伟的本性。

他只顾往前开拓。他只做开拓者，不做占有者。开拓者手中只有开山的大斧，而占有者身上却有累累的包袱。只有开拓者，才拥有真正的驰骋天地的大自由，像星体在太空中运行的自由。

5

向社会献身时，他是以一个人的资格，而不是以一个奴才的资格。

有血有肉的人，心游万仞的人，有理想有情怀的人，他们的献身，才献予社会以万物之灵长的高价值。奴才的灵魂无价值——无真，无善，无美。

以人的资格而献身，是壮丽的献身。它使人想起在高耸的崖角上奋飞的鹰，想起扑向岩顶的狮虎，想起拔剑起舞的英雄。以奴才的资格献身，是卑微的献身。它使人想起残冰的破碎，泡沫的溃灭，败叶的飘落，使人想起老鼠自我啃啮的可怜的惨相。

呵，壮丽的献身，你使人变得像草原似的充满着绿色的壮阔，而卑微的献身，却使人生变得像沙漠似的充满着死色的残酷。

爱因斯坦的献身，是大写的人的献身，是带着人的脊梁独立支持的头颅和内心生命的大激流去献身的。当生命的激流被专横的力量堵塞了的时候，他痛苦到极点，以至决定，如果逝去的岁月可以像飞去的燕子重新飞来，青春的年华可以复归，他可以再度选择人生之路，那么，他宁愿做一个管子工或沿街叫卖的小贩，而不愿意做一个血液未能自由流动的科学泰斗，被关在笼子里的、鹦鹉似的泰斗。

6

献身，多么美丽的字眼呵。然而，只有献身于整个社会，而不是献身于一个人的时候，这个字眼才会灿灿生光。爱因斯坦从不为一个人献身，哪怕是叱咤风云的人，顶天立地的人，一时称雄于天下的人。

希特勒雄视世界时，要求爱因斯坦为他献身，他断然拒绝了。恼怒的德国元首，以两万美元悬赏获取爱因斯坦的头颅。

爱因斯坦也从未为一个大人物鞠躬尽瘁。声名赫赫的总统、国王、王后，只是他的一个普通朋友。

科学家永恒燃烧的信念，是无私地为全人类造福。

把身许给一个人或一尊神，许给一个人间的豪杰或一个非人间的上帝，都是和远古一样的祭在神坛上的牺牲。

把身许给山清水秀的大地，许给波腾浪涌的大海，许给所有善良的母亲和孩子，才是崇高的献身。

为一个人慷慨赴死，钉上十字架，是悲哀的英雄。为全人类赴汤蹈火，钉上十字架，才是悲壮的英雄。

爱因斯坦不是奴仆，而是公仆。不是君主驯服的臣民，而是世界伟大的公民。他决不把内心的光焰，仅仅献给一颗星，一朵云，一片早霞和晚霞，而是献给整个广袤无垠的蓝天，整个壮阔伟丽的星空。

7

爱因斯坦是真正爱着人间的。他未曾用虚无的景色去戏弄社会诚实的眼睛，也未曾用艳丽的空话去让社会自满自足，头晕目眩，蹒跚醉步。

空话消磨着世界的锐气，山河的雄心。空话使社会瘦弱，哲学贫困，艺术荒凉。没有什么比空话更使爱因斯坦感到厌恶。

成功，等于诚实的劳动，加上正确的方法，加上少讲空话的沉默。这就是他的著名的人生公式，不朽的事业法则。他在紧迫的沉默中发明，在拼搏的沉默中走进满危岩沙碛的思想荒漠，给社会偷来了隐藏得最深的秘密，巨大的、激动所有的大陆与海洋的秘密，光量子，相对论，分子运动论……就像辽阔的夜空，在深广的沉默中爆发出满天璀璨的星斗。

这些秘密使社会聪明、强大、繁荣，使世界发展它的雄奇的抱负，使山川唤醒它沉睡的才能，使人类的知识开始新的爆炸，这是未曾有过的人类文明的盛典。

8

在一个芳草吐香的日子，爱因斯坦向年轻的科学家呼吁：在你们埋头于图表与方程时，不要忘记关心人。

人，就是爱因斯坦心目中永在的太阳。

科学释放着生命太阳所埋藏的智慧核能量，自己也有了光明的、伟大的魂魄。科学让人生，不是让人死——让人生得更加美满，不是让人死得更加沉重。

当他的故国利用科学的大火，制造惨重的死亡，发动战争的时候，他声明，宁肯千刀万剐，也不能支持这种大黑暗。

社会上一切贫穷与屈辱，都和未知世界上那些躲藏的秘密一样，无情地折磨着他的灵魂。

他向社会呼吁，不要再让那些辛苦劳动的人们继续着提心吊胆的生活，时时唯恐失去一点可怜的收入，没有安宁，没有希望。

他含着泪，看到旧中国苦难土地上的男男女女，为了五分钱的工资，从早到晚地敲着石子，没有一丝笑影，没有半点光波。

当他的名声像战神一样在四海之内发出凛凛的威光时，还上台拉着小提琴，为贫苦的人们募捐救济款。忧伤的琴声里，没有祈求，也不是怜悯，但低诉着爱，凝聚着宇宙炽热的爱。

他的心里全是温柔的阳光，使人靠近他，就觉得和暖。难怪孩子们喜欢围着他转，他到孩子群里也成了孩子。他常常耐心地回答着孩子们简单、浅显的问题。

老人，青年，孩子，男人，女人，地球上这一方的人，地球上那一方的人，都感受到他的生命的暖流，就像东方与西方都感受到太平洋那热烈的波涛。

9

社会爱他，崇拜他。庞大的世界为他而倾倒。

世界的每一角落都在邀请他，渴望听到他的声音，渴望自己的土地留下他的脚印。记者、画师、雕塑家把他包围。人们争先恐后地要他签字。许多人想从他的衣服上拔下一个纽扣或夺去他的衣领作纪念品，甚至讲学用过的粉笔头也被珍藏起来。

崇拜形成了风暴，足以摧毁科学脊骨的大风暴。

但他的头脑里蕴含着征服大风暴的核力量。大风暴未曾搅乱他那坚强的神经。他的真理之鹰也未曾在风暴中折断美丽的翅膀。

他报效社会，并不要社会这样的奖赏：狂热的迷信，华贵的冠冕，巍峨的纪念碑。

迷信是科学之敌。科学在与迷信的抗争中，有凯旋，有壮大，也有衰老，有死亡。迷信神的人总是冷淡真理。

真正的科学家不承认任何偶像，包括不承认自我的偶像。

当社会把爱因斯坦当作膜拜的偶像时，他为科学感伤，也为自己感伤。他觉得自己受了屈辱，变成了招揽生意的模特儿与怪物。

人不是物。他不能容忍社会把一切都变成商品，甚至把神圣的人——地上的太阳、月亮与星星，也当作商品，在天底下廉价地拍卖。

他那能够穿透物质微粒的眼光看清了，看清了偶像崇拜正是变形的金钱拜物教，地位拜物教。

他从崇拜者的迷信中，看到人类最宝贵的珍玉——人的尊严，正在沉沦。

他到处逃避崇拜，像逃避瘟疫。在五十寿辰的时候，他提前远远地躲到柏林市郊的一个花匠的农舍里。他的死是保密的，骨灰安葬的地方也是保密的。一个给亿万人带来大光明的人，只有十二个亲人与友人和他作最后的告别。

在没有人焚香祷告的地方，才是天堂。在长眠的地下，没有人朝礼、瞻仰、献花、哭泣、唱着颂歌，疲倦的旅人才得以安息，一生负重的大劳累才得以消泯。

10

他拒绝社会庸俗的爱，但期望着社会真挚的爱。

这种爱，是社会把他作为一个普通的人来尊重，作为一个卓立于大地的人来尊重。

这种爱，是社会用它的有形与无形的臂膀，支持他在地狱口上巡行；支持他在禁地里垦殖、开拓、垒造崭新的大建筑，支持他在前人足迹未到的大陆、海洋、沙漠、巉岩上自由地追逐真理，自由地热恋。

没有命运的嘲弄，没有专横的压迫。没有用人的权威铸造的锁链，也没有用神的名义编织成的牢笼。

11

爱因斯坦发现了地球和许多星球的奥秘，也发现了自我在天地间的位置。

自我，只是宇宙中的"一星半点尘埃"。

一星半点尘埃并不遍体闪光。他也并不遍体都是光明。他批评《爱因斯坦传》的作者，忽视了大自然为了取乐而埋藏在他性格里面的世人的弱点："那些不在严重考验的时刻不会流露出来的非理性的、互相矛盾的、可笑的、近于疯狂的方面。"

一粒大一点的尘埃与一粒小一点的尘埃，都是很微小很微小的尘埃。

尘埃是微小的，尘埃也是强大的。

正是尘埃生生不息的运动，正是物质的微粒、生命的基因滔滔不尽地涌流，竞存于地上的亿万生物才不断繁衍变迁，像烧不尽的野火在天内与天外燎原。

进入宇宙境界的人，不会因为自己是一粒小尘埃而悲叹，也不会因为自己属于大一点的尘埃而骄横。所以，爱因斯坦总是严正而谦逊的。

他从来也没有觉得小一点的尘埃对大一点的尘埃的膜拜是合理的，也不觉得小一点的尘埃有义务为大一点的尘埃去垒筑金碧辉煌的纪念塔，只觉得大小尘埃应当汇合在磅礴的气流里，共同托起历史大鹏的羽翼，去作更豪壮的奋飞。

12

爱因斯坦呵，含着烟斗沉思的老人。我又看到你乘着明艳的七彩光波向我走来，来到我旖旎的梦中，来到我薄明的窗前。

我听到你对我的年轻的朋友和拥有未来的孩子们说：

"让我们希望！"

你抛开颤动的缄默，又一次表明你那久久回荡于心中的信念："年轻的一代将使老一代相形见绌！"你相信年轻的一代将超越自己所缔造的山峰。

你确信：天地无穷，宇宙无穷。每打开一个新的微粒，都会发现一个苍穹和太阳，每占领一个星系，都会发现更加遥深的星河与星海。你意识到自己只是跨进了第一个门槛，滚滚不尽而来的后代，眼光将比自己伸延得更远，他们青春的长剑将剖开大自然胸脯中更壮丽的无穷奇观。

宇宙在作大流动，人类在作大流动，没有一种高山的堤坝可以阻止这种大流动。人类在流动中，摆脱着自然形式与社会形式的奴役，将一天比一天离兽类更远，一分钟比一分钟更加完善。

爱因斯坦的山峰是峻拔的，但不是高不可攀。

人间一代强过一代，世上自有新的爱因斯坦像早晨的日出，领受新世纪的风骚，展示更奇妙的万千景象。

13

爱因斯坦呵，你属于全世界。我和我的祖国一起怀念着你。欢迎你乘着明艳的七彩光波常常飞来。我的日益强大的祖国，已经深深地爱上了你，爱上了科学。

你曾在我们的扬子江畔沉思，在那动荡的二十年代，对着呜咽的波浪。你感受到这古老而痛苦的母腹中，正孕育着伟大的孩子。于是，你断言，"未来的中国青年对科学应有伟大的贡献"。半个世纪后的今天，我和祖国仿佛还听到你先知般的声音，那被小提琴优雅的旋律所伴奏的声音。

是的，天地的精英，山海的精英，不仅在欧洲、美洲，也在我们祖国的土地上飘忽着，掺和着，凝聚着。无限生机的精英在长江与黄河里奔流，在西子湖与洞庭湖里泛着恬静的碧波，在黄山、庐山、峨眉山、武夷山和其他山山水水中，化着典雅、绮丽、肃穆、雍容、神秘；化作奇石、古松、清溪、幽壑、云崖、雾岩、歌鸟、鸣禽，还有花花树树的红香绿浪，丘丘壑壑的千娇百媚。

我在祖国的土地上向往。我的伟大而复苏的土地，既已积淀了千秋万载的精英，就一定会，一定会凝聚成许许多多扭转宇宙哲学乾坤的人，头颅像星体在太空中运行的人。一定会，一定会有许许多多自己的爱因斯坦和东方的曙光一起崛起，立在厚实的泥土上，呼吸着大江南北清新而带着松香的风，倚着长城与天安门城墙思考，倚着昆仑山与喜马拉雅山思考，倚着辽阔的蓝天与素洁的白云思考。

故乡大森林的挽歌

1

记忆被沧海切断了。

记忆被染上了波涛的墨绿色。

然而，记忆还在记忆。

又记起故乡已经消失的大森林，在沧海那边曾经也像波涛一样汹涌过生命的大森林。

那一片原始大森林，那一片坐落在家乡黄土高坡上的榕树群与松树群，已存活过许多年代，至少吞吐过五个煊赫一时的王朝。然而，它却在这个世纪的一个历史瞬间消失了。一大片郁郁葱葱的生命，就被砍杀在我们这一代人手里。我自己正是一个疯疯癫癫的砍杀者。

我们这一代，人生伴随着贫穷与恐惧，也伴随着野蛮与疯狂。我们这一代，粗野，好斗，嗜杀，充满错误，罪行累累。每个人的心中都藏着一部罪恶录，那里有别人留下的伤痕，也有自己给别人留下的伤痕。

可是，我要为我的同一代人辩护，因为我们吃进去的精神粮食，不仅粗糙，而且全是带着火药味的僵硬词句，浑身都带着语言的病毒。铅字是有毒的。而我们的肠胃却装满铅字和带刺的概念，概念在体内膨胀，没有砍杀的宣泄，我们就会闷死。

2

那一年，那是喧嚣与骚动的一九五八。

那一年，所有的公民都变成诗人、革命家和疯狂的红蚂蚁。

到处是战歌、红旗、高炉、烽烟和蚂蚁的沙沙声。

我也是一只扛着红旗唱着战歌的疯狂的红蚂蚁，瘦得皮包骨的红蚂蚁。

我和我的蚂蚁弟兄们疯狂地爬到山上，左砍右伐几个白天和几个夜晚就吃掉故乡的全部小松林。

我还朗读着革命诗人郭沫若《向地球开战》的诗句，煽动着已经眩晕的兄弟，助长了正在相互传染的精神浮肿病。我忘记老诗人还有"地球，我的母亲"的呼唤。忘记整个人类只有一个共同的母亲，只有一个共同的生命存放之所。忘记她是我们唯一的根，我们唯一的源，我们不能向她开仗。那一瞬间，我们真的疯了！

在山野里，我们倾听着县委书记在扩音喇叭里的广播演说，那是战争的动员。他说，为了炼出一千零七十万吨钢，我们要把全县的树木砍光、烧光、用光。我们为书记欢呼。呼声震动着连绵的群山。

我们这些中学生只是执行"三光"政策的砍杀小松树的小蚂蚁。而大蚂蚁大力士们则一举砍光了我故乡的那一片大森林。

这个世纪真是神经病的世纪。所有的人都嗜好砍伐，嗜好洗劫，嗜好造反，嗜好践踏生命，人人都变成疯狂的红蚂蚁，在用笔墨批判无端的"白旗"之后用斧头去批判无辜的青山绿树。

从那一年起，故乡的小树林与大森林就在高炉里和我的心里凝成一块一块废铁，于是，我的心中开始沸腾起炽烈的血腥的歌声。

红蚂蚁虽有铁甲，但没有灵魂。灵魂在剥夺大森林之前就被剥夺了。被剥夺者成了凶恶的剥夺者。没有灵魂的红蚂蚁横扫一切。到处是红旗与红海洋，到处是红袖章与红歌曲，到处是红与黑的转换，到处是激情燃烧的疯人院。

记起古希腊的一个神话，说是天神送来一个梦。为了实现这个梦，两个城邦国家进行了战争。蚂蚁虽然没有灵魂，但也有天神送来的梦，梦里展示着未知的辉煌的天堂。

为了实现天堂的伟大目的，一切黑暗手段都是合理的。掠夺与剥夺，扫荡与侵略，奴役他人与自我奴役，都是天然合理的。为了这个梦，什么都可以做，一切砍伐都天经地义，一切浩劫都符合经典，把大森林化作废墟也是伟大的凯旋。渺小的蚂蚁与伟大的战士没有界线，崇高与残忍没有界线。故乡的大森林无处申冤。故乡被践踏的青山绿水无处申冤。

<h1 style="text-align:center">3</h1>

不敢想象父老兄弟没有那一片大森林，该怎么活。几乎被贫穷吸干了生命的父老兄弟，吃着三餐稀饭，住着蛇蝎可以随意出入的小土屋，一代代在南方的炎阳下曝晒，唯一的避难所就是大森林。我的满身汗水的祖先，如果没有这些大森林，早就被烧焦了。

走不出乡土的兄弟姐妹都是一些被尼采称作"末人"的农民，他们不知道什么是爱什么是创造什么是期待什么是星球。他们口里念着革命词句但不知道什么是革命，他们心里想着高楼大厦但不知道什么是高楼大厦。我是从"末人"中奔闯出来而完成了人的进化的幸运儿。但我深深地爱着我的乡亲，因为我和他们一起像烙饼似的被故乡的烈日煎烤过十几个年头。

他们虽然麻木，但对于煎烤的感觉还是有的。他们酷爱这片大森林，知道要在贫穷中存活，是需要大森林的护爱的。因此，当人们在说阶级斗争是生命线的时候，他们总是固执地相信唯有这些大森林才是生命线。于是，当砍伐大军以三面红旗的名义开始毁灭这片大森林时，我的一个贫穷的而名字偏叫"富翁"的伯伯疯狂地抗议，之后就吊死在一棵幸存的榕树上。这是一个真实的、可以经得起社会学家考证的故事，我的乡亲就是一些可以为大森林而死的人群，虽然贫穷，但并不缺少勇敢。

三十多年过去，此刻格外想念死去的大伯，也是此刻，我才更了解他的"死谏"的意义。我的大伯像泥土一样质朴，也像泥土一样永远沉默。但他的行为语言却表明他有聪慧的内心，在他的潜意识里，有一盏最明亮的灯。他比谁都明白，大森林的死亡，意味着故乡的沉沦。从此之后，故乡将失去灵魂，将失去蕴藏着灵魂的金字塔。

我知道我的乡亲只是争取一种可怜的权利，那就是喘息的权利。没有树荫，他们就无处喘息，生命就会在烈日下蒸发掉血和水分。

我的富翁伯伯，呵！你和大森林同归于尽，因为你太爱我们的家乡。您是一个为争取喘息权而献身的伟大庄稼汉。

4

故乡大森林中的每一棵老树都有一篇动人的故事。高达数丈数十丈的巨松与巨榕曾使我的童年充满想象力。很少人知道，故乡大森林是我的第一部童话与神话。我的阅读与写作正是从大森林的壮阔开始的。不是课桌，不是词语，而是大森林浪涛的呼啸与沉吟，为我打开诗歌的第一页。我从小就知道，大森林的音乐来自天空的深处和历史的深处，它那些如同开天辟地时混沌的响声，一直给我取之不尽的灵感。

我在青年时代对着来自城市的高傲的同学，也有自己一副农家子的骄傲。这就因为我从小就生活在神话中，那不是化石般的神话，而是沧海般滚动着生命活力的神话。树上的鸟啼，使我热爱黎明与音乐；树下的虎吟，在我生命中注入了豪迈；而大森林的历史，又在我的心灵深处积淀了中华大地的辉煌底蕴。

一个生于偏远乡村的农家子，学会读书和著述，就因为有家乡参天巨木的启蒙。每次写作，大森林就会摇动我的手臂，我的文章就会灌满大地的元气，这是我的书写的秘密，我的心灵的孤本。然而，我从来不告诉老师。我知道他们一定会笑我荒唐，一定会认为我违背写作法则。其实，写作时总要反抗法则。诗法应是大森林的自然之法和无法之法。我知道定义与概念全是陷阱，我不会把故乡大森林赋予我的灵感葬送在陷阱之中，现在我也制造理论，但制造理论仅仅是为了反抗理论和超越理论。我不知道这个制造红蚂蚁的世界，从什么时候开始，把学院生产的法则抬得那么高，还制造了那么多笼中诗人与套中作家，他们只会在干枯的概念中呼吸，唱出来的歌，远不如故乡大森林中的喜鹊与猫头鹰。

记得葡萄牙诗人毕索阿说过：人是两种存在状态的交织。人曾是梦幻的存在，那是孩提时代的真实存在。后来人变成了现实存在，那是由外表、言说、权势打扮起来的虚假存在。我要为毕索阿的真理作证：故乡的大森林使我的梦幻存在成为可能，也使我的诗意栖居成为可能。我要记住大森林的呼告，继续展开梦幻，继续寻找诗意的生活。

然而，当我怀念那一片森林和那一群青山的时候，被缅怀者已经死亡。大森林没有坟，死得无影无踪。自从知道他们死亡之后，我变得呆板、愚蠢得多。我几乎可以感觉到这种历经数十年光阴的呆板和愚蠢，如今，当我在异邦的青草青树面前恢复关于那一片大森林的记忆之后，才觉得那一片大森林是我灵魂的一角，变得呆板和愚蠢就因为我的灵魂缺了一个角。我其实是一个灵魂的残缺者。

我真不喜欢人们称赞我的呆板与愚蠢，把残疾者当作完人加以讴歌决不会使残疾者舒服。听到颂扬呆板与愚蠢的歌声时，我的心里就升起悲怆的歌声，他们讴歌傻子和老黄牛，其实是想让我总是愚蠢而驯服地让他们牵着鼻子走。

我已听够了赞歌，听够了无数天之子和地之子的赞歌。我讨厌那些坐着唱赞歌和站着唱赞歌的诗人，特别是讨厌那些跪着趴着唱赞歌的诗人。他们早已满头白发，还老是装着小孩的模样唱着酸溜溜的颂歌，我真受不了这些没完没了的酸歌。当然，我更不能忍受歌颂砍杀大森林和砍杀小孩子的战歌。我宁愿听挽歌，我现在写的就是大森林的挽歌，我的青山绿树和我的清溪绿水的挽歌。

5

到海外两年了。尽管在异域生活在真诚朋友的包围之中，但是仍然感到孤独，总是放不下故国那一片黄土地和那一片消失了的大森林。

在故乡的黄土地上，我就觉得根扎得太深也太多，以至把我缠得喘不过气，那时，我觉得自己是个重人，为了从太多的根须中解脱，我不断挣扎。艰辛的挣扎几乎耗尽生命的能量。如今，我浪迹四方，又觉得自己没有根，生命仿佛在云空中飘动，此时，我又觉得自己变成了一个轻人。

时间真可以改变一切，包括改变沉重，我开始沉醉于很轻很轻的小草，沉醉于无所不在的草地。我相信每一棵小草，都是造物主的一笔一画。这些草地就在校园里，就在街道两旁。很奇怪，这些草地神奇地化解了我的孤独与寂寞，使我获得压倒一切的安静。也许因为嗜好形而上的冥想，贪婪于精神上的追求，所以常常感到现代社会的乏味，然而，在乏味感中，我却发现了草地、森林与湖泊。我相信，唯有草地、森林与湖泊，能够拯救我残缺的灵魂。碧溶溶的草地真是一面镜子，由于它，我才发现自己曾经是疯狂的红蚂蚁，也是由于它，我才发现自己的生命更换一种颜色，这就是：绿色。而不是红蚂蚁身上那种红颜色。我的生活要求是那么简单，只要有窗内的盐和面包，还有窗外的绿色，就能生活得很好。

然而，我已经永远失去故乡那一片大森林。生命不能复制。如同人生只有一次，大森林的壮阔不会出现第二回。异邦的森林固然很多，但不能赋予我生命的元气与奇气。不能像故乡的那一片大森林，每一片叶子都与我相关。我相信，这颗星球上再也不会生长出我故乡的那一片大森林。生命是一次性的，一种有价值的生命毁灭之后，是永远不可弥补与不可替代的。死的永远死了，消失的永远消失了，我的生命只能留下永恒的空缺。那条青溪，那群青山，那一片大森林，那些遥远的梦幻，只能闪现在我的空缺的记忆里，催生我的第一首挽歌。

秋天安魂曲

1

此时我只想安慰自己的灵魂。哭泣的天空已经飘远，夏日令人心悸的风雪已经过去，没有心灵的死神在千里追踪之后已经疲倦。我坐在密茨根湖畔，身边是书本、岩石和枫叶。秋风吹拂，暗夜的星辰在头上闪烁，我应当安慰自己受惊的灵魂。

2

你的灵魂本来就那么漂泊无依那么脆弱无定。你的父亲把你抛掷在贫穷山村之后就远走空漠的冥城，你的守寡的母亲也守着潇潇的梅雨，只能用柔弱的眼泪滋养你的童年。

踏进校园，你读书如痴如醉，但你没有吸进列宁和斯大林的火药，只醉心于诗与小说。于是从安徒生到托尔斯泰，滴落在你心坎里的全是温馨的花瓣。这些花瓣让你善良，但没有力量。它不能帮助你在一个充满铁血与箭矢的历史时间中生存，肩膀扛不起太重的黑暗。在需要狼虎的时代，你却是一只只会寻找青草与嫩叶的小鹿，你注定是痛苦的，注定要无休止地逃亡，逃离虎豹利刃般的爪，逃离属于毒蛇也属于你的变质的故乡。你不会有永恒的住所，无论是今天或者明天，你都必定要流浪，要在荒漠的深处和历史的夹缝中寻找家园。走上漂泊的路，你不要悲伤。

3

你酷爱长着稻米与小麦的土地，无论是寒凝沃野，还是暑锁江边，你都吹着古榕的叶笛，不倦地唱着故土的恋歌。此时，你对着轻漾的湖波，还用沾满泥土的母亲的语言，诉说着你的浩茫心事，本性难改。

然而，你成长了，不单是吹奏天真的叶笛。你知道故乡的大地不只是山冈与峡谷，也不只是森林与沙滩，而是母亲的怀抱，兄弟的肩膀，姐妹们温柔的胸脯与身躯。当母亲向你伸开颤动的双臂、姐妹们对你展示爱的微笑时，你才认识故乡。每一次远渡重洋的前夕，你都要吻别母亲与孩子的脸额，那一瞬间，你意识到你在吻别祖国的大地。带着伤口你从此开始漂泊。漂泊的路遥远又神秘。漂泊的路上，你只是在抚摸伤口时才让头颅低垂，但你从来没有跪下。历史用无情的事实抹掉你最后的浪漫，还擦亮你的蓄满孩子气的眼睛，让你看清从前也看清明天。你不会再迷失了，被点亮的灵魂的眼睛和太阳一样圆，它肯定比你额头下的双眼更明亮。

4

你可以高兴。当往年的风暴和今年的风暴冷却了人们的血液，当泛滥的洪水把人性最底层的东西全都卷走的时候，你仍守住体内岩壁似的坚贞，脉管里仍然保持了人的温熟。试试你的手，手里还有热泉奔流。你不要自卑，你虽然充满惊慌，但没有堕落。你虽然像麋鹿那样从一个草原逃向另一个草原，但你没有为了活命，嗷嗷求饶，讴歌猛兽。灵魂分明如山脉矗立，生命的深谷中依然洋溢着人的波浪。

5

你的眼泪流过了。不要再用泪水来灌溉你的记忆的草地，更不要用怨恨来思念你失去的村庄。

其实你的躯壳就是你灵魂的故乡。当你离开母亲的宫墙第一次漂流到人间时，你母亲就为你的灵魂建构了第一个帐篷。你的躯壳，被你的双脚支撑的帐篷，就是你灵魂的第一个家园。这一家园永远伴随着你，和你一起跋涉天涯海角，负载你的全部快乐与忧伤。

今天你失去了孩提时代的故园，但你没有失去你的帐篷和你的弟兄。你的被塑造的日子早已过去，此时你应创造自己，升华你的勇敢，继续你的情思。所有的人生大建筑，都是你的肝胆的砖石累积成的。灵魂家园的工程师就是你自己。是时候了，用你的骨骼再造你的故乡。统一的家园已经不在，不要与狼虎争夺那一片原野，原野之后还有大原野，大原野之后还有无边无际的海洋与星空。你只是人间的小鹿，只要有水和青草，你就能存活。即使草原上布满粗粝的沙石，痛苦再次折磨你，你也会活得很好。你不喜欢讴歌苦难，生怕无意中为苦难的制造者辩护，但你知道博大的悲情确实是灵魂生长的家园。

6

你记得你童年时代的家乡吗？世世代代被贫穷所浸泡，夜里只有狼虎、蚊子与黑暗。在没有月光的晚上，你和你的兄弟把萤火虫放在玻璃瓶里，制造反叛黑夜的灯光，以后你又独自用纱线把萤火虫串成光圈，骄傲地挂在自己的胸前，凭着这一点光明，你照样走路，照样让青春撒满夜间的田埂与沉寂的峰峦。记住，你儿时的故乡不是狼虎、蚊子与黑暗，而是萤火虫背负着的光焰和你自己制造的星辰。故乡的意义全维系在这光焰与星辰之中。当有人用故乡的名义把你推向深渊的时候，当残暴的生物以祖国的名义把你引向死亡的时候，你不要掉入陷阱。庄严地拒绝他们，像儿时那样，高举起玻璃瓶里的光明和胸前佩戴过的光明，拒绝黑暗。

7

儿时的故园远走了，爱你和被你所爱的友人被沧海隔断了。你将陷入孤独。

你要接受你的命运，接受刻骨铭心的孤独。不要期待鲜花与掌声，不要期待兄弟为你设计生日的狂欢节，不要期待盛宴上的流光溢彩。在良心与荣耀同时放在历史桌面上的时候，你既然选择了良知，就要接受孤独。自从你接受的那一时刻起，包围你的就不再是歌舞的欢腾，而是没有尽头的寂寞。寂寞为你铺开通向历史深处的小路，让你在那里寻找无声的快乐。

你做过那么多浪漫的梦，群体的梦和个人的梦都是那么甜蜜。梦能暖人，梦也能伤人。在那个昏黑的早晨，梦的碎片直刺心肺，生命从此断裂。今天拾起梦的碎片，不是追恋往日的温柔之乡，只是为了纪念与告别。别了，不要再期待缥缈的梦境；别了，不要再期待他人的理解；别了，不要再期待高山流水似的知音。当你走得很远，走到没有炊烟的山谷，你注定孤单。唯有正直的山谷能回应你的歌声，还有你灵魂家园里的四壁，它永远对你真诚。

8

你孤独时的生命像一片孤岛。但是孤岛成其孤岛，就因为它被浩瀚无际的大海所包围，蔚蓝色的大海永远是孤岛伟大的朋友。它献给孤岛以万丈碧波。孤岛的根伸到海底，海底的七彩世界是孤岛的家乡。

孤独生命的心灵由热变冷，冷静的生命变得细致与从容，在从容中，你将重新发现历史与世界，重新发现柏拉图、亚里士多德，重新发现维纳斯与蒙娜丽莎，此时，你才真的发现你的伟大的精神家园。你感觉到吗？他们一个一个重新走进你灵魂的帐篷，抹掉你眼角上的尘埃，帮助你打开全部生命的窗户，然后永远伫立在你生命内核里，陪伴着你进行新的航行。你会发现，孤单不仅使你冷静，还点燃你生命最高的激情。

9

夜深了，应当休息了。休息之后好迎接新颖的早晨。时间不会衰老，明天的早晨依旧年轻。

秋天的早晨挂满清新的露珠，秋天的中午飘满成熟的幽香。秋天过后，到处都是皎洁的白雪，雪下到处都是不屈的根群。生命真的无终无极，灵魂真的不灭不亡，哪里有你对大地的真诚，哪里就是你的故乡。

◎ 散文诗

游記

YOUJI

悟巴黎
初见温哥华
走访黑山四总统
凯旋门与斗牛场
从纽伦堡到柏林

悟巴黎

1

一九八八年我随中国作家代表团第一次到了巴黎，至今，已五进巴黎了。在世界上的所有城市里，我和巴黎最有缘分。

我喜欢巴黎，是因为它的灵魂。我常对朋友说，巴黎是座有灵魂的城市。它的灵魂连着巴黎圣母院的拱顶，连着卢梭、孟德斯鸠、雨果、巴尔扎克的文章，连着达·芬奇、米开朗琪罗、罗丹、凡·高、莫奈们天才的名字。巴黎的灵魂还有厚实的躯壳，这就是罗浮宫、凡尔赛宫、奥赛宫和读不完的博物馆，每一座艺术之宫，都是我心中的太阳城。

世界上有许多城市只有躯壳而没有灵魂。例如美国的 Las Vegas，就只有躯壳和躯壳里燃烧的野心和狂泻的欲望。还有许多城市，灵魂或被权力所压碎，或被金钱所吞没，在显耀着无上权威的帝国王座与帝国银座里，只有肉的膨胀，而灵魂则已像荒原似的空空荡荡。然而，巴黎的灵魂却还健在，而且像星空一样灿烂。只要你心中还有一点美的"灵犀"，一种人类摆脱兽类之后而积淀下来的基因，你就能与巴黎的灵魂相通，并注定无法抗拒它的魅力而倾倒于维纳斯与蒙娜丽莎之前。我就是一个痴迷的倾心者，并在倾心中感叹：人类的创造物，竟然如此精彩。

人类诞生之后，经受过无数次残酷劫难的打击，神经所以不会断裂，就因为有这些温柔而精彩的灵魂的安慰。一九八九年夏天，当我第二次走到维纳斯与蒙娜丽莎之前的时候，突然感到一滴一滴的星光落进我的心坎，浑身滚过一股暖流，而且立即悟到：我已远离恐惧，远离沧海那边的颠倒梦想，一切都会成为过去，唯有眼前的美是永恒永在的。

五十年前，当纳粹的强大铁蹄踏进巴黎的时候，巴黎人也相信，一切都会过去，只有维纳斯与蒙娜丽莎是无敌的，她们的光彩不会熄灭，时间属于至真至善至美的至情至性者。"天下之至柔可以驰骋天下之至坚"，中国的古哲人老子早就这样说。这是真的，没有什么力量可以摧毁艺术，最有力量的不是挥舞着钢铁手臂的暴君暴臣，而是断臂的维纳斯，她才真的是不落的太阳。

在动荡的一九八九年，我确实得到古希腊女神和其他古典女神们的拯救。我从她们身上得到的生命提示有如得到火把的照明。当我看到她们那双黎明般的清亮而安宁的眼睛，就知道自己已穿过暗夜并战胜死神的追逐，又回到人类母亲的伟大怀抱，用不着继续惊慌。我在漂泊路上的满身尘土是维纳斯的眼波洗净的，我的已经临近绝望的对于人类的信念是在蒙娜丽莎的微笑里复活的。

就在拂去风尘和复活生活信念的那一瞬间，我想到，如果地球上没有巴黎，这个星球将会何等减色。而如果人类社会没有至美至柔的维纳斯与蒙娜丽莎，假如连她们也没有存身之所，那么，这个世界该会何等荒凉与空疏。我相信，没有她们，历史将走进废墟，世界将陷入比战争和瘟疫更加可怕更加悲惨的境地。

我爱拯救过我的维纳斯与蒙娜丽莎，爱拯救过我的温暖的巴黎。对于她们，我将永怀敬意和永存感激。

2

巴黎属于法兰西，又不仅属于法兰西。倘若要推举世界的艺术之都，只有巴黎才当之无愧。巴黎是开放的，它总是敞开温馨的怀抱欢迎人类群体中的精英去加入它的创造。

罗浮宫坐落在巴黎，但宫中的许多天才艺术品并不都是法国人创造的。维纳斯出自古希腊的艺术家之手，蒙娜丽莎出自意大利的达·芬奇之手。巴黎珍藏了那么多毕加索和凡·高的无价杰作，而毕加索是西班牙人，凡·高是荷兰人。世界各个角落的人类大智慧都在这里汇聚，成其灵魂的一角。法兰西的文化情怀是博大的，她不善于嫉妒，不善于说"不"，而善于伸出手臂去接受一切人类的骄傲，不怕异国的天才会掩盖它的光辉。

中国血统的大建筑设计师贝聿铭所设计的透明的金字塔，就坐落在罗浮宫之中。这是一个充满诗意的奇迹。贝聿铭的胆子真大，他竟然敢在人类心目中最神圣的艺术殿堂里构筑另一殿堂。然而，他成功了。他的透明的金字塔是一种真正的后现代主义艺术建筑，最现代和最古典的美和谐并置，遥远的时间凝聚在此时此刻透明的空间中。古埃及的文化灵魂在二十世纪重现时，竟是水晶般的明亮。金字塔的尖顶可以把人们的视线引向无尽的天空，不会让人觉得它占据了罗浮宫门前那一片有限的珍贵的地面。而且，塔一透明，就不会影响游览者的视线，使人们仍然可以看到原有的艺术宫的全貌。何况透过玻璃之墙观赏罗浮宫的旧建筑，朦朦胧胧，又增加了一层历史感与神秘感。金字塔下又别有一番天地，这样配置，使本来只是坐落于地平面上的罗浮宫，增加两个层面：地下的层面与天上的层面，变成一个立体的、引人浮想联翩的艺术大楼阁，使巴黎的灵魂散发出新的灵气与奇气。贝聿铭的名字，成了巴黎灵魂的一部分。由此，我在罗浮宫的喷泉下游思，不仅听到远古文明与当代文明的对话，而且总是想到贝聿铭和我共同的故园，想到东方智慧与西方智慧结合时，人间的确更美。

3

巴黎是天才之地，也是凡人之所。它有灵，也有肉。它固然神奇，但不是神话里的王国。巴黎的灵躲藏在罗浮宫和数不清的书籍里，当然也在法兰西人的精神里。而巴黎的肉则显露在金碧辉煌的红灯区，巨大的灯光"水轮"转动着另一世界的故事。巴黎的灵与肉都有磁力，都能吸引万里之外的游客。游客里有的是灵的崇拜者，有的是肉的寻觅者。梦巴黎者，有酷爱艺术以至爱到癫狂的痴人，也有向往"肉术"向往到变态的"肉人"。社会总是不纯粹，有各种颜色的共生，有高雅与鄙俗的共存，才叫做社会。在塞纳河畔，在艾菲尔铁塔下，男男女女，都在说笑，白人、黑人和黄种人都在承受今天和追求明天。到处都有生活，到处都有期待。巴黎尊重各种存在方式，并不想用一种存在方式统一其他的存在方式，因此，成为各种人都寻找慰藉、宣泄，展示灵与肉的处所。社会本来就是这样，似乎毋须太看破，用不着刻意地讴歌，也用不着蓄意地诅咒，溢美和溢恶都无济于事。

当一九一五年陈独秀在《新青年》创刊号发表《近世文明与法兰西民主》时，当他发出法兰西式的启蒙呼唤时，是否想到法兰西也是一个社会？是否想到在豪华的大街里也有乞丐、娼妓和失业者呢？是否想到法兰西在推翻巴士底监狱的革命之后并没有同时建立人间的极乐园？鲜血曾经流了一百年。而当浪漫主义诗人们在大梦破灭之后，是否也想到巴黎也是一个社会，这里虽有乞丐、娼妓和失业者，但却有看不完读不尽的艺术太阳城呢？还有为人类苦难一直感到焦虑和不安的法兰西精神呢？

可惜，好些梦巴黎者，竟遗忘维纳斯与蒙娜丽莎。他们不喜欢巴黎的灵，只喜欢巴黎的肉。但是，红灯区的大门是需要黄金的钥匙开启的。这一点，浪漫们常常忘记。因此，他们总是充满粉红色的梦幻，以为巴黎乃是肉的天堂，他们可以像骑士那样任意驰骋。可是，他们很快就绝望，因为那里的"天使"只服从金钱的权威，并不优待革命的诗人。在空中旋转的、流光溢彩的红灯巨轮，只管刺激欲望，并不管欲望的满足。于是，浪漫者感到绝望，由迷狂转入颓废。颓废与革命本是两兄弟：心路息息相通。于是，颓废者立即又变成革命者，诅咒巴黎，宣布梦的破碎，然而，所有梦的碎片，都只有肉的腥味。

4

一个有灵有欲的社会，一个有罗浮宫也有红灯区的社会，这种文明是真实的，但并不完美。在罗丹的"思想者"雕塑面前，我想到世界最后的归宿。世界最后是归宿于罗浮宫还是归宿于红灯区呢？在灵与欲的搏斗中，谁是最后的胜利者呢？我曾把自己的这一思索与忧虑告诉一位法国朋友，但他不能接受我的担忧。法国朋友的浪漫气息是很浓的，他指着新建的凯旋门说，那才是我们的归宿。法兰西在拿破仑时代建立了第一个凯旋门，纪念战争的胜利，而现在他们又建立起第二个更大的凯旋门。友人说，这是维纳斯和蒙娜丽莎的凯旋门。世界上到处是坦克和原子弹，但至今没有把她们摧毁，这难道不值得庆贺吗？法兰西人是乐观的，他们的蓝眼睛能看到各种凯旋，从不动摇对于人类的信念。我虽然悲观一些，但在新凯旋门下也被法兰西精神所感染，也愿意人类文明真如他们所期待的那样，最后将布满美的星辰和爱的星辰。这种凯旋的预言也将支持我不断前行，不激烈，也不颓废，只是不断前行。

初见温哥华

1

从纽约到温哥华，印象非常不同。纽约给我的感觉是庞大与严峻，而温哥华给我的印象则是温暖与亲切。

纽约到处是高墙绝壁，从地上仰望天空，便发现天空只是一条裂缝。蓝天和彩云全被割切成碎片。我是农家子，从小就拥有辽阔无垠的天空，不大习惯这种裂缝与碎片。纽约是繁华的，但是，它离大自然太远。在时代广场的霓虹灯下，我暗自呆想，要是有一个城市既繁华而又离大自然很近，这个城市该是多么可爱。

仅仅一个月，我就到了温哥华。这里正是一个繁华而离大自然很近的城市。在我远游的岁月中，每漂流一站，总要向关怀自己的异地朋友报报平安。在几十封短笺中，首先报告的都是："温哥华真是个好地方。有山有海，还有挂满大地的枫叶，天空是完整的，地上是洁净的，到处都有草香和海香，从白石城的海桥上俯瞰，还可以看到浅海里游弋的螃蟹。"

我无意贬低纽约。然而，在纽约生活的确不容易。要在那里生存下去，必须做一个善于攀登高墙绝壁而不怕被摩天大楼所异化的人，年轻或年富力强的创业者都想在纽约感受竞争的风天雨天，一赌神秘莫测的命运。他们相信，能在纽约站得住，就能在全世界的其他地方站得住，于是，他们奋斗，如天地征鸿，充满生命的激情与抱负。我的大女儿剑梅和她的男朋友就在那里奋斗。每当他们从热腾腾的地铁里钻出来就诅咒纽约，但是，他们又留恋纽约，觉得自己的生命力可以在这个大都市里得到证明，潜藏于身内的血性可以在无数机会面前碰撞出火焰，他们天天感到筋疲力尽，又天天感受到筋疲力尽后的满足和活力的自我发现。我羡慕他们，又同情他们。

而我是一个绝对不适宜在纽约生活的人。我知道纽约有巨大的音乐厅和无数的大戏院，但我踏不进去，因为，通向大戏院的道路也是高墙绝壁。我害怕这种比悬崖还要陡峭的墙壁，害怕裂缝般的天空。也许因为带着纽约的印象来到温哥华，因此，立即就感到温哥华的轻松、亲近和广阔。一到这里，就觉得时间的长河流经这里的时候，显得从容而和缓，潺潺有序，在纽约的那一种紧张感，顿时松弛下来。这一两个月的经历，竟像跨过喧嚣的急流险滩然后进入了安静的海湾。

2

这几年我东西行走，经历了更换生命的远游岁月，在时间与空间的洗礼中放下了许多浪漫的期待和欲望。有力量放下欲望，是值得欣慰的。此时此刻，我别无所求，只求心的安宁，能够从容地想想过去，想想自己走过的路。我有许多文字要写，要拷问时代也要拷问自己，兼有法官与罪人的忙碌，并不偷懒。

然而，我已毋须紧张，毋须在心中再紧绷一根防范他人的弓弦。在以往的岁月里，我曾着意地追求过，也苦心孤诣地攀登过高墙绝壁，总忘不了那个高高的若有若无的"险峰"，孜孜于毁誉荣辱，汲汲于成功与失败，伟大与平凡的世俗判断。倘若自己的文字引起"轰动效应"，心里竟然美滋滋的，以为桂冠和掌声真有什么价值。而今天，这种人生趣味已经过去，此时，我只想把幸存的生命放到实处，以生的全部真诚去感受人间那些被浓雾遮住的阳光，时时亲吻大自然和大宇宙的无尽之美与无穷的精英，把身外之物抛得远远的。我相信，拥抱山岳拥抱沧海拥抱星空比拥抱名声地位重要得多。

这几年，我像负笈的行者到处漂流，登览另一世间的兴亡悲笑，眼界逐渐放宽，不再把一国一乡一里当作自己的归宿，而把遥远的另一未知的彼岸作为真正的故乡。有人说：你走得太远了。不错，过去的自己真的离我很远。我已拒绝了一切自我标榜的伪爱和一切外在的诱惑，而重新领悟真正的爱义。我这些年喜欢写些散文，就是因为我的心思已脱樊笼，所有的文字都出自己身的天性情思和再生的爱义。我觉得必须把自己炼狱后的灰烬，心灵中的苦汁掏出来给今人与后人看。我在冥冥之中感到有一种力量指示我这样做，我不该拒绝这个绝对的命令。

我相信温哥华能够给我自由的游思和领悟，相信这里的无数枫叶能帮助我抹掉心灵中最后的阴影，为我沉淀血气中最后的浮躁。

3

我真喜欢加拿大秋天的枫叶。把枫叶作为自己的旗帜真是天真而精彩的构思。我相信加拿大国旗的设计者一定如痴如醉地爱过枫叶，一定倾心于这个国度如梦如画的山峦与原野。我漂流到温哥华，一大半是为枫叶而来的。我相信一个以枫叶为旗帜的国家一定很少火药味。我早已从内心深处厌倦人间的战火硝烟，并已拒绝任何暴力的游戏。

当六十年代北京处于"文化大革命"硝烟弥漫的年月，我和一位好友曾悄悄地骑着自行车到百里之外的香山去观赏秋光，并采集了几片枫叶夹在笔记本里。而这位朋友正处在热恋之中，他还把枫叶作为珍贵的赠品送给当时的恋人，把情感交付给赤诚的红叶。很奇怪，在阶级斗争那么严峻的岁月里，我和朋友的心灵被残酷的理念浸泡得那么久，但仍然充满着对枫叶的渴念，可见枫叶所暗示和负载的情思与人类的天性紧紧相连，而天性深处那一点美好的东西又是那么难以消灭。

今天，我真的来到枫叶国了。眼前到处是枫树林。上一个星期天林达光教授和他的夫人陈恕大姐带我们一家到 Queen Elizabeth 公园观赏秋色，我一见到满园的枫叶，就恍如走进了梦境。每一片叶子都那么纯，那么干净，红的红得那么透，黄的也黄得那么透。园谷中的一棵挂满红叶的枫树，竟像挂满红荔枝，阳光一照，闪闪烁烁，又像童话世界中的红宝石。我不仅喜欢这里的枫叶，而且还喜欢被枫叶过滤过的空气，这是绝对没有硝烟味的空气。我的思考需要这种空气。

我知道枫叶国不是理想国，并不完美。它不是地狱，但也绝不就是天堂，它是一个实实在在的人的社会：有美境，也有困境；有豪华，也有豪华包裹着的冰冷与腐恶。但我知道它是一个宽容的社会，它的文化正像枫叶上所暗示的那样，乃是多角多脉络的文化，它不会把来自异国的知识者当作"外人"和"异端"。我在枫叶下的思索绝对没有人来干预和侵犯，我有躲进小楼成一统的自由，还有一张平静的书桌。我可以说自己应该说的话，拒绝不情愿说的话，让心灵像枫叶似的保持着大自然赐予的一片天籁。

4

温哥华使我感到亲切，除了飘着清香的枫叶之外，还有在岁月的风尘中依然保持着正直与真诚的朋友。温城有这么多中国的朋友，真使我高兴。小女儿曾问我：世界的眼睛是什么颜色的？我愣了一下说：我不知道世界眼睛的颜色，但我知道世界的眼睛是势利的。尽管世界是势利的，但总有一些超势利的保持着真纯眼睛的朋友。没想到，在温哥华，这样的朋友很多。无论他们是在大学的研究室还是在个人的写作间，无论他们是身居闹市还是隐居山林。

前些天加华作协的卢因先生、叶嘉莹教授和其他朋友欢迎我，让我说几句话，我就讲了一个四年前的小故事。在芝加哥中国城的一次夜餐上，最后抽到的纸签上写着："你将被一群真诚的朋友包围着。"果然应验，这些年我从美国到瑞典到加拿大都是如此。真诚的朋友给我很多生活上的关注，知识上的启迪，精神上的慰藉。对于这一切，我报以的只是什么也没有的沉默，"心存感激"是没有声音的。

然而，我今天想打破沉默，告诉这些朋友说，你们给我一种连你们也未必知道的东西，这就是信念，对于生活的信念，人类的信念。如果不是友情在我心中注入力量，我也许会在历史的沧桑中失去对生活的兴趣，让精神像燃尽的火把一样熄灭。

走访黑山四总统

1

赶到南达科他州（South Dakota）的黑山已近黄昏，但参观者仍然络绎不绝，停车非常困难。夕阳的斜晖照着各种肤色的来访者，也照着拉什莫尔山冈上巨大的石像，看得很清楚，那是乔治·华盛顿、托马斯·杰弗逊、阿伯拉罕·林肯和西奥多·罗斯福（Theodore Roosevelt）的雕像。这四个由大花岗岩所雕成的石像高达四百六十五英尺，是人类有史以来最大的石头雕像。我和来访者站在山冈面前的看台上，仰望着美国人爱戴的领袖，欣赏悬挂于峭壁上的大手笔。这不是集体的创作，而是一个名字叫做Gutzon Boglum的父亲和一个名字叫做Lincoln Boglum的儿子用一刀一锤制造出来的。从一九二五年开工一直到第二次世界大战之后才完成。两双生命之手，竟可创造出这种耸立云端、俯视千古的巨像，人类真不简单。完成这一杰作，除了靠气魄和才能之外，恐怕还得靠感情，这就是对于带给美国人幸福的杰出领袖衷心敬佩和感谢的感情。政治常常是肮脏的，但也有正直的政治和美好的政治，政坛上的政客让人鄙视，但为苍生造福的政治家却让人衷心景仰，这巨大的石像就是证人。它证明历史不会遗忘为人类创造幸福的政治家。我在自己的青年时代也卷入过领袖崇拜的潮流，看到故国大地到处都是毛泽东的雕像，从数量上说，恐怕人类历史上没有一个帝王将相可以相比，也不是华盛顿、林肯们可比的。然而，数以千百万计的雕像，经过一段历史风雨的吹打，几年之间便在中国土地上消失得几乎一干二净。这种消失的速度之快，使我暗暗惊讶，后来我明白这完全是无数的雕塑皆没有根，即被崇拜者的根没有伸进人民的心底。人民的心坎，才是真正的大地。倘若深进人民的大地底层，那是任何历史风暴都难以卷走的。面对眼前的黑山石像，我想到，这几位缔造民主政治的历史人物毕竟把他们的根深深地扎进美国人民情感的深处。美国人从心底里觉得必须记住这些领袖，记住他们的名字和他们所开辟的道路。可以预言，美国很难突发一种政治风暴来摧毁这座石像。时间只能给这雄伟的杰作不断地积淀下敬意。在这个短暂的黄昏里，我意识到，人为的造神运动是没有用的，即使是亿万人所造的神，也是脆弱的。一切坚固的，都必须站立于人民的心中。人的心灵最柔软，但也最坚实。

2

这四位总统，除了西奥多·罗斯福之外，我都有好感。我不太喜欢西奥多·罗斯福，他在本世纪的头一年因为麦金莱总统遇刺身亡之后而入主白宫，在这之前，他就宣称，对付拉丁美洲人"说话要客气点，但必须带一根大棒"，执政之后果然实行大棒政策，警告拉丁美洲邻居："在西半球，美国坚持门罗主义，因此在发生严重的作恶不端和孱弱无能的情况时，美国尽管勉为其难，势必要使用国际警察的权力。"一个大国总统，对着其他弱小国家挥舞大棒，扬言不惜使用国际警察的权力，这真是有点仗势欺人，过于霸道。我拒绝人世间的一切霸道，不管它是霸在东方还是霸在西方。西奥多·罗斯福的大棒和他对门罗主义的引申，也许有利于美国，所以黑山石像的作者也崇拜他，而作为一个中国的知识者，我则完全不能认同挥舞着大棒的美国领袖，并觉得把西奥多·罗斯福放在其他三位民主政治的开创者行列，实在是令人困惑的。到黑山之前，我还以为这个罗斯福是二战中对日宣战的富兰克林·罗斯福，到了那里，才知道是西奥多·罗斯福，真使我失望。

3

其他三个总统：乔治·华盛顿、托马斯·杰弗逊和林肯，这些是美国也是全世界公认的英雄，石像作者的选择自然是对的。华盛顿是美利坚的国家之父，杰弗逊是年轻国家的灵魂，他体现了美国的民主理想主义和国家独立的深刻内涵，而林肯则是农奴的解放者，用民主理想统一美国的革命家。无须争论，历史用如椽大笔把他们的名字写在时空的大石壁上是理所当然的。

而就个人而言，我并非全是用历史学家的眼睛去看他们，我对他们的好感，全因为他们三个人均是具有人性的总统。这些年我常常反省历史，而我的反省完全是一种人性的反省，包括对美国的总统，我也喜欢用人性的眼光去观赏。当我看到华盛顿的石雕时，我首先想起的竟是他的用象牙骨做成的假牙。在美国的总统群中，华盛顿是最受人崇敬而且也最少人性疵点的人，他作为最高的统帅和国家的开山之祖，想的竟不是如何永远保持一顶总统桂冠而是自己无法掩盖的缺陷——只剩下两颗牙齿。他有自知之明，知道牙齿的脱落是身体衰老的明证。一个只有两颗牙齿的人是不足以支撑一个新生的百业待兴的伟大国家的。因此，他担任了美国的第一届总统之后便提出辞职，战争一结束，便解甲归田，回到自己的家乡弗吉尼亚（Virginia），生于斯也死于斯，平静安详得如同黄昏徐徐的落日。美国的一本史书在介绍华盛顿时特别突出他的两颗牙齿的照片。华盛顿真诚地正视脱牙所指涉的事实。人都是有缺陷的存在，总统也是有缺陷的存在，正视自己只剩两颗牙齿的缺陷，并不会丢失总统的尊严。相反，这种正视，除了说明华盛顿作为一个人具有纯真、诚实的品格之外，还说明他对其他健康生命的尊重。他领导下的千千万万生命那么年轻那么有朝气，牙齿那么好，为什么一定要让一个没有牙齿的人作终生的统帅呢，他真诚地希望有牙齿的人赶快接任他的总统的位置。

4

面对杰弗逊与林肯时，我想到的也是人性的奇迹。历史真是充满偶然。宇宙的发生，地球的发生，人类的发生都是偶然的。美国会成为现在这个样子也是偶然的。这种偶然，就是在历史进程中突然出现了影响历史命运的杰出人物，出现了人性的奇观。杰弗逊和林肯就是这种奇观。

暂且把时间颠倒一下，先说林肯。这位美国的第十六任总统，天生有那么大的一颗慈爱之心，天生地感悟到人降生之后无论是谁都拥有人的权利，无论他是属于哪一种族哪一肤色，因此把黑人作为奴隶，对他们进行压迫与剥夺是绝对不可以的。农奴的悲惨生活使他感到不安，在他的人性世界里不能容纳两种相反的制度：自由制与奴隶制。"要么，自由制彻底胜利，要么奴隶制彻底胜利，二者势不两立"，最后他为废除奴隶制而投入战争，罪恶的子弹也穿进他的胸膛。历史从心灵深处敬重林肯，不是因为林肯是位总统，而是因为他是一位伟大的烈士，为千百万长着黑色皮肤而被奴役的人类的解放而战的烈士，为美国成为一个统一的民主国家而战的烈士。如果林肯是一个无限鄙视黑奴的人，美国的历史便是另一种面貌。一个国家的命运与一个国家领导人胸襟中流动着怎样的血液、燃烧着怎样的情思竟如此息息相关，这是历史宿命论者怎么也想不明白的。

对于杰弗逊，我的心灵与他更为接近。我一直把他视为一个思想者，常常忘记他曾是一个美国总统。美国开国之初，上帝赐予他们一个华盛顿，偏又赐给他们一个杰弗逊，真是幸运。当时华盛顿身边有一个英勇的军事将领，才华横溢的政治组织家，但是他野心勃勃而且极为保守，他劝华盛顿称王，而自己当宰相。在当时他与杰弗逊是并立的英雄，但历史选择了杰弗逊。一九七〇年莫里森和康在美国历史教科书上这样写道："杰弗逊具有魅力的秘诀在于，他诉诸美国的良心：理想主义、单纯、饱满向上的精神、充满希望的憧憬，而不是汉密尔顿推崇的追求实利的荣耀与野心。"两个人的人性世界的差异如此悬殊，而美利坚大地拒绝了汉密尔顿，这一拒绝对于后来意义重大。我很喜欢历史学家能够如此注意杰出历史人物的人性世界，能注意到杰弗逊的单纯和葆有人类的良心。我在杰弗逊的思想言论中强烈地感到这位美国开国元勋、《独立宣言》的起草者的"单纯"，他所以能抓住一个国家———一种人类族群的存在方式最重要的东西，绝对与他的单纯性格有关。他不被繁杂的各种思想所扰乱，而紧紧地抓住人的权利这一最重要的"硬核"，他的思想既丰富而精彩，但只要再重温他的《独立宣言》的几句话就够了：

> 我们认为这些真理是不言而喻的：人人生而平等，造物主赋予他们某些不可让渡的权利，其中包括生命、自由和追求幸福的权利。

这几句话后来成为美国神圣的经典，每个在美国土地上生活的人都必须拥抱这一经典，无条件地接受这一经典。这一经典的核心，是发现人的一种天生的权利，这种权利与生俱来，天然是神圣不可侵犯的。说杰弗逊单纯，就是他具有一种美好的天性，在把握世界时不被任何外在的巧言令色所迷惑，一下子就捕捉到人世间最重要的真理，像婴孩一张开眼睛就捕捉住刚刚出山的太阳。这绝对与杰弗逊个人的人性有关，是他人性深处的一种神秘的东西使他扬弃人间暴君的种种学说而直接挺进到造物主的心灵之中。我在《杰弗逊誓词》一文中特别呼吁人类社会能注意他向上帝所作的保证："我向上帝宣誓：我憎恶和反对任何形式的对于人类心灵的专政。"我相信这是美国历史上也是世界近代史上最重要的观念。只有这一观念，才能保证天空下的人性太阳不会熄灭，人间的精神万物不会失去它的意义。

面对黑山巨像，我与女儿剑梅谈论着美国和它的过去，瞬间与它负载的永恒，人性的点滴与它辐射的海洋。剑梅说：真的，这个世界非常复杂，但也非常单纯。那把握住世界与历史的，往往倒是单纯的人。

凯旋门与斗牛场

凯旋门批判

在欧洲已游览了十几个国家，几乎每个国家都让我喜欢，也让我愈来愈生出对人类的钦佩。人真了不起。人才是精神万物的创造者。这么美的城市，这么美的海港，这么美的山间别墅，这么美的教堂与博物馆，全都美不胜收，全都让人产生对人间的眷恋。但有三样东西引起我的质疑：一是罗马与巴黎的凯旋门；二是罗马的古代斗技场（斗兽场）；三是西班牙的斗牛场。

第一次见到凯旋门是在一九八七年访问巴黎的时候。因为我是中国作家代表团的成员，所以受到特别热情的接待。主人带我们去枫丹白露大街、德尔尼大街游逛，还带我们参观艾菲尔铁塔、罗丹纪念馆、凯旋门等处。参观完主人带着自豪感客气地问我有何感想。主人是真诚的，所以我也报以真诚。于是，我说："法国的雅文化与俗文化都推向极致，都让我吃惊。雅文化的代表是罗浮宫，太美太丰富太了不起了，一辈子也看不够。俗文化的代表是红灯区，一条大街十里长廊，各种青色的女人弄姿搔首，气魄真大，把我吓得心惊肉跳。"主人听到这里，憋不住情感，他打断我的话，客气地反驳说："你的祖国在明代末年，在《金瓶梅》时代，不也是很开放的吗？不也是有很大的红灯区吗？只是你们不叫红灯区，是叫什么来着？"我没有与主人争辩，继续说："还有一个问题是需要请教你们了。贵国的凯旋门，就建筑而言，确实很美，凯旋门的名字也很好听，可是，你们想过没有？凯旋门是庆祝战争的胜利，是战胜归来的纪念碑，可是战争是相互残杀，胜利的一方也杀人呀。"主人这回脸涨红了，他大约未曾听过这种批评，心理准备不足，一时语塞。我便继续说下去："战争不是好东西，两千多年前我国的大思想家老子就说过'兵者，凶器也'，'大兵之后，必有凶年'。战争，就是杀人杀人再杀人，流血流血再流血，失败者杀人，胜利者也杀人，所以我们的先贤老子就教导说，胜利了别高兴，应当'胜而不美'，所以，从境界上说，凯旋门文化就不如《道德经》文化高。"法国朋友的脸涨得更红了，但因为领队催着我们回旅馆，未能听到他的答辩。那日我很亢奋，但绝不是刻意在表现自己的"爱国情怀"，我真的从内心深处觉得老子的思想了不起，也从思想深处觉得凯旋门文化乃是一种"胜而自美"的文化，这种"胜而自美"的文化与我国老子《道德经》中所呼唤的"胜而不美"的文化的大思路正好相反。进行了血腥的战争而遍地横尸之后是举行庆功典礼还是举行哀悼葬礼，这是不同的政治选择，也是不同的人性方向。对此，我国的老子选择了"以丧礼处之"，我觉得，这才是大慈悲，这才是真人道。这是多么了不起的思想，他在两千多年前就占领了人道思想的世界制高点。

当然，我也知道，我们中国在老子之后的两千多年历史上，也很少帝王将相和英雄豪杰能做到"胜而不美"。我批评过武松血洗鸳鸯楼时除了杀掉蒋门神等三个仇人外，还多杀了十二人，连马夫与小丫环都不放过，尤其让我难以接受的是，他杀得遍地横尸以后还用布蘸血在墙上骄傲地写道："杀人者，打虎武松也！"这是典型的"胜而自美"，典型的自我凯旋与自我庆功，我不知道什么时候，我的祖国人民才能抵达老子指示的境界。我在法国友人面前质疑凯旋门文化，只是和友人共勉，并非自炫。

八七年到巴黎时，我忘了凯旋门的历史，忘了凯旋门并非法国人的原创。凯旋门的始作俑者，不是巴黎，而是罗马。

二〇〇五年，我到罗马时，除了观览斗兽场之外，还特别仔细地看了看斗兽场旁边的罗马最大的凯旋门君士坦丁凯旋门。此门建于公元三一三年。"征服"，这是罗马帝国的主题，罗马帝国的骄傲，斗兽场既是征服"兽"的表演，也是征服"人"的表演。谁胜利谁就是英雄，谁失败谁就活该被杀死。失败连着耻辱与死亡。斗兽场上最有力量的人，也是最大的杀手。这是罗马帝国的缩影，它的凯旋门是为"征服"庆功，也是为最大的杀手庆功。

西方文化有极其宝贵的部分但也有不那么宝贵的部分，罗马、巴黎的凯旋门文化，就不那么宝贵，至少在我的心目中，它只有美丽的空壳。至于内里所涵盖的内容，我则闻到它的血腥味。正因为有此嗅觉，我才把老子所指明的"复归于婴儿"，看作人生的凯旋，再也不崇拜力量，只崇拜婴儿般的扬弃征服也扬弃贪婪的心灵。

西班牙斗牛场批判

到了西班牙的巴塞罗那，和李泽厚兄一起看了一场斗牛游戏，这才明白，罗马的斗兽场已在这里变形。此次和泽厚兄一起游览奥地利、英国，最后一站是地中海边上的浪漫之国西班牙。在伦敦时，我们得知好友许子东、陈燕华和他们的宝贝女儿多多刚到马德里，我们可以在那里会合，然后一起去观赏具有原始风情的弗拉门戈舞、斗牛和藏有哥雅画杰作的艺术博物馆。可惜马德里没有斗牛游戏，也未能看到西班牙歌舞，只游览了马德里宫、托伦多古堡，幸而还有普拉多美术馆（The Prodo Museum）在。这座馆阁原是一七八五年查理三世时建立的自然科学博物馆，一八一九年才由斐迪南三世改为画廊，经一百八十年的积累，馆中的一百间展室已藏满西班牙绘画的精华，仅戈雅就有油画一百一十四件，素描四百八十五件。我很喜欢哥雅的画，不管是写实的还是写意的都喜欢。临走时买了他的《穿睡衣的玛哈》，这个画中人似乎也是我的梦中人。

子东、燕华还有自己的旅程，我和泽厚兄就一起到地中海边上的巴塞罗那，这个城市的名字我早已熟悉是因为它在前些年曾举办过奥运会，当时就觉得它在西班牙的地位相当于中国的上海，选择这个城市游玩，主要是想看斗牛。泽厚兄说，专程来看斗牛，要买最好的票，可以坐在最前边。票分三等，一等票相当于一百美元。那天观众很少，坐席的百分六十都是空着，于是我们便坐在第一排的最好位置上。人与牛就在眼皮下，斗士衣服上的花纹、纽扣、皮带，战牛身上的鬃毛、双角、足蹄，全都看得一清二楚。也许坐得太近，缺少"审美"距离，便亲眼看到鲜血从牛的身上喷出，溅落，然后消失在细沙里，也活生生地看到斗牛士把利剑插进黑牛的要害处，最后还看到斗牛士把倒在地下的牛的耳朵割下，然后拿着还在微微颤动的耳朵向观众致意。以往曾在电视电影里看斗牛，看到的其实不是"斗牛"，而是"逗牛"。是斗牛士拿着一块大红披肩，在欢快的音乐伴奏中挑逗傻乎乎的黑牛，黑牛和斗牛士的一冲一闪，一横一竖，刚柔结合，很有节奏，甚至很有诗意。可是这一回的近距离观照，却完全打破我的诗意印象。两个小时左右，我看到的完全是血腥的游戏。人和牛都是生命，在此生命的较量中，两者是不平等的。斗牛士有护身盔衣，骑的马也有护甲，只有牛是赤身裸体；斗牛士拥有长矛和短剑等武器，牛则"赤手空拳"。人对牛是不讲"费厄泼赖"的。人实在太聪明，在拿着大红披肩"逗牛"之前，他们已经把牛的元气剥夺殆尽了。我们在电视屏幕上看到"斗牛"表演，其实，那牛早已被折磨得筋疲力尽了。此次近看，才看清了斗牛的"程序"与"细节"。原来，斗牛的第一程序是"消耗战"。斗士先充当骑士，他骑着蒙住双眼的骏马，马的身上裹着厚厚的护甲，斗士轻扬红布披肩。气汹汹的牛冲撞过来，却只撞到马的护甲，而斗士却趁机用长矛往牛身上猛刺。我因为坐得近，便清楚地看到血从牛的身上喷射出来，场上观众见到"血柱"，顿时发出一片喝彩。黑牛连中几"枪"后，才进入第二程序。这时另一位手执短剑的斗士准备和牛进行一场"短兵相接"，也因为距离近，我看清短剑的剑头带着可怕的钩，因此，一旦相搏，立即就可把牛"肉"钩住。已经被长矛刺得满身鲜血的牛在新的"战斗"中，每次冲锋过来，都挨了短剑的钩刺，五六个回合后，牛背挂上了五六支短剑。黑牛大约感到疼痛，拼命摇动身躯，想甩掉背上的"芒刺"，然而，愈是晃动，便愈是丧失气力。此时，号角响起，场上一片欢呼，原来，斗牛进入第三程序，即真正的斗牛戏开始了。斗士一手拿着鲜艳的红巾，一手拿着犀利的宝剑，又与遍体鳞伤的黑牛展开激战。黑牛照样冲锋，一边流血，一边战斗。斗士在周旋中看准空当，举起宝剑，对准要害猛刺，这致命的一剑，穿越后脑，直捣心脏。那天，我看到斗士第一剑没有刺中，牛未倒下，斗士很快又补上第二剑，这一剑又准又狠又深，一直插入心脏，黑牛终于倒地，场上的观众才起立欢呼。这个时候，斗士才算旗开得胜。在欢呼声中，一些浪漫的女性观众还给斗牛士送飞吻，扔手帕，斗士捡起手帕，深深鞠躬，彬彬有礼地再现一下中世纪那种崇敬妇人的骑士风度。

此次观赏四场激战，每场激战，都要杀死一头牛，四场四头。斗牛场早已准备好拖拉牛尸的车驾。

终于看到了最真实的斗牛场面。以往看到的是红面黄底的大披肩，这回看到的是血淋淋；以往看到的是牛的凶猛，这回才看到了人的狡猾；以往看到的是假象，这次看到的是实相。看完后，泽厚兄说，不能再看第二次了。走出表演场，我们一路上又谈观感，他感慨地说，不同民族的文化心理差别真大。中国人恐怕不会喜欢，印度人更受不了。我说，凡是信奉佛教的国家都不会欣赏这种杀生的游戏。它离慈悲太远。中国历史上有过嗜好斗蟋蟀的皇帝，但还没有出现过热衷于杀戮生命的游戏。与古罗马的斗兽相比，巴塞罗那的斗牛多了一副面具，这就是大披肩，这面具的一闪一烁，曾让我以为这是既有色彩又有旋律的图画，到了现场，才明白面具背后全是生命的颤栗和谋杀的技巧。

古罗马斗兽，毕竟还有真的"征服"精神，真的猛士，而西班牙的斗牛，虽然也想张扬征服精神，但只剩下屠宰的"花招"。赤裸裸的屠杀变成笑盈盈的诛杀。这也许正是人类的一种进化，双方力量的较量进化为强者一方的机谋。

从纽伦堡到柏林

这是第二次到德国，第一次是一九九二年应著名汉学家马汉茂教授（已故）的邀请到鲁尔大学作学术演讲。因时间太短仅到大学所在城市科隆游览了两天。那一次最让我高兴的是见到从未相逢的莱茵河和大诗人海涅的故居，还有建设了好多世纪才完成的雄伟的科隆大教堂。

此次到德国，则是受纽伦堡爱尔兰根国际人文中心主任朗宓榭教授的邀请，前去参加高行健国际学术讨论会。与会者有来自亚洲、大洋洲、美洲等处的三十多位学者，加上欧洲和德国本地的学者，会场上的"人气"很旺。这年秋天，欧洲的秋色仍然十分迷人，只可惜经济危机的阴影覆盖着整个大陆，让人感到时代的萧索。在这种情境下，德国的教育部还能资助召开这么一个大型的作家研讨会，实在不简单。在欧盟的二十几个成员国中，德国几乎可谓"一枝独秀"，强过英国、意大利、西班牙等自不必说，甚至也强于法国。我多次到法国，觉得那里的工人阶级仿佛已经消失，社会上只有旅游业、交通业、服务业、高科技等部门，所有的日常用品几乎都是"中国制造"或其他第三世界的国家所制造。连电灯泡也是中国制造。我和法国朋友开玩笑，"你们的光明来自东方"。其实，意大利、英国也是如此。据说英国的军装有一部分也是出自中国工人阶级之手。与欧盟诸国相比，德国倒是保留了许多传统的工厂和制造业，工人阶级尚未消失。

　　爱尔兰根大学的所在地是举世闻名的纽伦堡。这个城市既是纳粹的摇篮，又是纳粹的坟墓。纳粹从这里兴起，又在这里接受历史的审判。凡有历史常识的人都知道它的名字。一九三五年九月十五日，希特勒在纽伦堡的文化协会大厅召开会议，通过了三个臭名昭著的反犹太人法律：帝国旗帜法、帝国公民法和保护德国血统及德国荣誉法。第一个"法"规定只有雅利安血统的人才有充分公民权，第二个"法"剥夺了犹太人的德国公民籍；第三个"法"则严禁德国人与犹太人通婚。这之后，纽伦堡政权还陆续公布了十三项补充法案，进一步剥夺了犹太人的新闻自由、娱乐自由和教育自由等，把犹太人打入贱民阶层。可以说，德国通向奥斯维辛集中营的屠杀六百万犹太人的血腥之路，就从这里出发。这是人类最黑暗、最可耻的种族灭绝的死亡之路。我们在大学校园里开了四天会，还赢得许多时间与德国的朋友谈论历史。所有的德国朋友都对纳粹的暴行感到耻辱。一九七一年十二月七日西德总理勃兰特在华沙犹太隔离区起义纪念碑前下跪，这一行为语言，典型地表明德国人具有真诚的忏悔意识。德国的忏悔意识，就是确认二战时期对犹太人的屠杀行为乃是德意志民族整个集体的"共同犯罪"，是集体制造了一个巨大的历史错误和一桩历史罪行，每个德国人都负有一份责任。不仅纳粹头子负有责任，普通老百姓也负有责任。这种意识是对良知责任的体认。二战后的德国知识分子和德国人能够真诚地下跪体认，这是德国真正的新生。在第二次世界大战中，西方与东方都经历了大灾难，都经历巨大的死亡体验，但战后的德国人和日本人表现不同，直到今天，日本的政客还在年年参拜他们的靖国神社。他们只想向屠杀中国人的"战神"下跪，绝不向南京万人坑前的三十万中国亡灵下跪。和德国不同，日本对其在中国犯下的滔天罪恶，一直死不认账。对待二战的浩劫和它所造成的巨大灾难，德国人有种诚实的态度而日本却没有。东西方两种行为语言表明：德国战后确实砍断了战争的尾巴，而日本人还保留着，甚至还翘得高高。

在纽伦堡与德国朋友的交谈，总是很高兴，也才明白他们何以具有如此清明的忏悔意识。他们说，一九三三年一月三十日兴登堡任命希特勒出任政府总理之前，即一九三二年的国会选举中，纳粹党就获得一千三百七十万选票、二百三十个议席，成为第一大党。因此，可以说纳粹头子希特勒能登上"总理"宝座，是大家即当时的德国民众用选票把他选上的。纳粹党的名称多么好听："国家社会主义工人党"。又是"国家"，又是"社会主义"，又是"工人阶级"，结果民众被迷惑了。他们用最热烈的掌声、最疯狂的呐喊和手中的"民主选票"把一个小丑般的暴君拥上历史舞台。今天，德国新一代不能忘记这一历史教训，不能忘记民族主义和民粹主义的狂热导致了罪大恶极的法西斯主义。

也许是受德国朋友的感染，我到柏林顾不得去逛大街和阅览博物馆、艺术馆，先去观看郊外的"集中营"。这个集中营规模比不上奥斯维辛集中营，也没有奥斯维辛那么多耸人听闻的血腥故事，但毕竟可以再看一遍集中营的刑具、肤发、机枪和纳粹们如狼似虎的图片以及只剩下一张人皮的犹太人的照片。人类是不可以丧失纳粹集中营的记忆的。丧失，就意味着堕落。倘若集体遗忘，那便是集体堕落。

观看了集中营之后，我们才放心地好好地看了看柏林市，看看发生过著名纵火案的帝国大厦，看看勃兰登门和门前的历史性大街，看看让人想起种族灭绝的犹太纪念碑林，看看让德国实现统一的"铁血宰相"俾斯麦的雕塑，看看马克思和恩格斯铜像，看看爱因斯坦曾经在那里教过书的洪堡大学，看看海森喷泉和柏林大教堂，看看闻名于世的博物馆岛和岛上的老馆与新馆。这之间还到波斯坦看看波斯坦风车和无忧宫。奔走了整整四天，才明白柏林不是纽约，不是洛杉矶，不是罗马，不是巴黎，不是东京，不是上海，不是香港，它没有成群的摩天大楼，没有恐龙似的现代大建筑。它仿佛是无数小镇组合成的城邦。它宽广而不密集，博大而无险峻，在城市游走没有高楼的压迫感，反而有乡间的轻松感。我喜欢这种现代城市，只是困惑于三四十年代它怎么成了那个名叫希特勒的大野心家的跳梁舞台。第三帝国的中心就在这里吗？帝国的无数咆哮，疯子的一个接一个的杀人指令就从这里发出的吗？把千百万人类的仇恨烈火煽动起来、然后投入血海腥风的司令部就在这里吗？让全人类在二十世纪上半叶经历了两次世界大战、经受了两次死亡大体验的策源地就是那一座大厦、那一道城门和那一角落里的地下室吗？柏林啊柏林，柏林中心地带的每一座建筑都有一番故事，我在这里阅读柏林这部书，是在阅读野心史、阴谋史、战争史、血腥史、分裂史、统一史。除了这些"史"之外，还阅读了苦难史，犹太人的苦难史。此次柏林之旅，给我留下最深印象也让我最受感动的是"犹太博物馆"和"大屠杀纪念碑"，尤其是后者。这不是一座碑，而是由两千七百一十一块水泥石碑组合成的巨大碑林。两千多块石碑，每一块都有零点九五米厚和二点三八米高，全镶嵌在高矮不平的路面上。这是了不起的旷世杰作：了不起的思想，了不起的规模，了不起的建构。一看就让人惊心动魄，就想起犹太人被屠杀的历史大惨案。在观看瞬间，我本能浮起的意念是：这些石碑是六百万犹太人的鲜血凝成的；这些碑石每一块都在见证人类的耻辱；这些石碑是德国经历了战火的洗劫而留下的良心。因为这不是犹太人建造的，而是德国人建造的。一九九九年德国议会通过决议，决定建造全名为"欧洲被害犹太人纪念碑群"这一历史性纪念场。德国人的忏悔是真诚的，他们用钢筋、水泥在自己的土地上建筑这一牢不可破的见证物，每一块碑石都是一面镜子，每一面镜子都在照射自己的良心。除了纪念碑之外，这里还有一个地下"信息厅"，将近八百平方米的展厅里展示着犹太人苦难的命运。德国人在自己的都城里建设犹太人被屠杀的纪念碑和他们造成犹太人苦难的纪念厅，用两千多块坚硬的石碑告诉世界：他们犯下的历史罪恶是铁铸的事实，是不容抹杀、不容忘却的事实，必须永远面对这一事实。唯有面对，才不愧是产生过歌德、康德、贝多芬、爱因斯坦的故乡；唯有面对，德国才能重新赢得国家的荣誉和世界的信赖。

在柏林游览了四五天之后，我觉得应当在这里居住一个月、两个月甚至一年，应当读读这里的每一座著名大厦，每一条著名的街道，每一尊不寻常的雕塑。这才是历史，活的历史，真的历史，让每个人都要想到"责任"的历史。时间太短了，最后只能选择去看看分裂为东德和西德的那个时代的历史痕迹了。去看看柏林墙，"不到长城非好汉"，不看看柏林墙，能算到过柏林吗？

刘莲看了柏林墙非常兴奋，立即在墙上写下"奔向自由"四个字。柏林墙早已拆除了，留下让人观赏的只剩下大约百米长的墙壁上，被艺术家与游客涂上的各种图案与文字，小女儿这四个字像四点小水滴汇入大海，恐怕没有人会认真去读一读，但它反映了人类向往自由的天性。如同人类生来就具有爱美的天性一样，爱自由也是一种天性。爱美与爱自由的天性是任何概念、任何学说、任何力量都阻挡不了的。所以，我瞥了一眼柏林墙就升起一个普通的但又是唯一可用的词汇：愚蠢！建筑围墙的当权派多么愚蠢！他们想用一堵围墙堵住千百万自然与自由的心思，想堵住德国人相亲相聚的潮流，这只是一种妄念。如果筑墙者聪明，他们应当给围墙内的人民多一点自由与幸福。自由、幸福等要素才能构成温馨的磁场，才能让人热爱所在地的生活而不去作"突围"的冒险。二战后，德国分裂成两半，这是上帝对德国的惩罚。分裂四十年后，围墙倒下，德国又赢得统一，这是历史给予德国的一种新的期待。是期待"强大"吗？是期待"第四帝国"的兴起吗？不是，伤痕累累的历史所期待的是不要继续东西对峙，是不要再发生战争，是不要让人类再作大规模的死亡体验。

文化随笔

WENHUASUIBI

乞力马扎罗山的豹子

思想者种族

救援我心魂的几个文学故事

不朽的楷模与挚友

活着多么好

两个给我力量的名字

命运之赐

罗丹的三点启示

人生的盛宴

谁是中国最可怜的人

人类的集体变质

第二人生的心灵走向

乞力马扎罗山的豹子

海明威在小说《乞力马扎罗的雪》前面写了个楔子，楔子里叩问一个攀登雪峰的生命究竟为了什么。他写道："乞力马扎罗是一个一万七百一十呎的雪山。据说是非洲最高的山。它的西峰叫做'神之屋'。离西峰不远有一个干瘪而冻僵的豹子尸首。没人知道这豹子在那高处究竟寻找什么。"

这确实是一个生命之谜。自从我远涉重洋来到异邦的土地之后，常想起这只豹子。这只豹子当然不平常。它一定是大自然的骄子，拥有强大的生命。它不像人类那么优越，在攀登险峰时可以携带水、粮食、枪支、眼镜和器具。它什么也没有，只有孤身独胆。它绕过多少悬崖峭壁，迎接过多少狂风暴雪，我们无从猜想。令人惊讶的是它终于走上人迹罕到的西部峰顶，然后永久地躺卧在白雪中。它没有死在路上，即使死于中途，也是可敬的。然而，它只是一只豹子，没有另一种生物或同类中另一生命会收埋它和讴歌它。它走得太高远，注定是寂寞的。能出现在一个伟大作家的笔下，完全是偶然的。

它到底想寻找什么？因为我写过《寻找的悲歌》，对于它究竟寻找什么特别感兴趣。好多年了，心思一直抓住这只豹子的灵魂。我相信这只拥抱雪峰的豹子一定有一种人间智力还察觉不到的灵魂。它是在寻找食物吗？庸俗的眼睛大约会这样看。它是寻求丢失的同伴与兄弟吗？如果是，它是一种多么有情的生命！但是，在山顶上怎么会有像它一样勇敢的生命也走得那么远，值得它如此献身如此寻找。那么它寻觅无上的光荣与无上的地位吗？它也像人类那样知道占据顶峰是一种荣誉并且由此可以让万千同类抬头仰望和俯首膜拜吗？豹子恐怕没有人类那么复杂，它的强大生命一定是单纯的。

我想了足有十年之久。直到最近，我到处远行，跋涉落基山，穿越大峡谷，一次一次抚摸大西洋的洪波和高天的白云，才想到这只豹子也许和我一样，虽然唱着寻找的悲歌，其实并不寻找什么。光荣、光彩、光辉、高峰、险峰、奇峰，红霞万朵，风光无限，没有一样是我着意寻找的。无论是浪迹天涯，还是放情海角，我只是想走一走。走就可以拓展自己的眼界和扩大自己的生命，仅此而已。每次眼界扩大时，就会从心的深处感到由衷的大喜悦。在扩展的瞬间，我感到生命在变，在丰富，在朝着美的境地飞升，并隐约地感到新的美的颗粒在自己的心灵中滴落，仿佛还发出清脆的响声。多积淀一点美，就离肮脏的泥泞远一点。少受丑的牵制，心内就多些自由。我一再说，幸福就是对自由的体验。

前三年就在漂泊的路上，一位北京的好友告诉我，说他刚刚见到冰心老人。老人把我的"漂流手记"每一编都读了。分手时，冰心念了林则徐的诗句："海到无边天作岸，山登绝顶我为峰。"朋友对我说，这也许正是对你的激励。我立即否认，因为我没有占顶为峰的雄心，而冰心老人也不会这样期待我。她对我很了解，在她八十九岁高龄而进北京医院时，她还为我的散文作序并表达了她对我的理解。她说，你的散文可以用你自己的一句话来概述："我爱，所以我沉思。"我感激老人这样了解我。

真的，我生命的一切现象都源于爱：我的沉思，我的写作，我的苦痛，我的欢乐，我的告别，我的漂流，全都源于爱，源于我酷爱阳光下美的生命，酷爱洋溢着歌声与故事的土地、山峦、河流和白雪。

乞力马扎罗山上的豹子，一定也酷爱这一切，一定酷爱雄奇的山峦与闪着银辉的白雪。

思想者种族

我五次到巴黎，竟有四次走进罗丹博物馆，而每次进入，总是走到《思想者》雕塑之前停下，呆看着，看得很久。

第一次来到《思想者》雕塑面前是在一九八八年初。我作为中国作家代表团的成员首次来到法国，而刘心武已经是第二次了，因此他当我的向导，并把我引入"地狱之门"和带到这位沉思者之前。我在画册里早已熟悉《思想者》，但是，第一次见到这一《思想者》的原作时，竟激动得泪水簌簌流下。一九八九年之后，我第二次来到《思想者》面前，照样又是激动得难以自禁。我觉得他就是我，他就是我的兄弟。在数不清的久远年代里，我们同是一堆无言的石头，这石头群中的一块，被法国一位天才所塑造，便成了他；另一块则被东方的一位普通女子所塑造，成了我。还有许多石头塑造成其他的思想者兄弟姊妹。

每次从《思想者》面前离开，我就会对自己说，我来到我的种族部落。"思想者"不是一尊雕塑，而是一支种族，在广阔的蓝天下有一支奇特的种族，就叫做思想者种族。它散布在世界的各个角落，这支种族没有国家，没有偏见，但有故乡和见解，他们的故乡就在书本中，就在稿纸上，就在所有会思索的人类心灵里。这一种族，是精神上的吉卜赛人，他们到处漂泊，穿越各种土地边界流浪四方。我知道我就是这支种族的一员，所以深深地感谢一个名字叫做罗丹的大艺术家，他为我们的种族留下了永恒的图腾。

我知道历史上所有的暴君都歧视和仇恨这一种族，他们把这一种族的弟兄关进牢房，推入牛棚，送上绞刑架，放逐到陌生的难以生存的大荒野。在现代的文明世界里，还有到处漂泊的没有家园的这一种族的兄弟。但是，没有一个暴君有力量消灭这一种族。当他们用暴政的装甲车从思想者的身躯碾过去以后，这一种族总是发出更加响亮的声音。暴君暴臣们可以剥夺这一种族的一切权利，但无法剥夺他们最宝贵的财富，这就是他们的思想。

不过，暴君暴臣们毕竟有机枪、巴士底狱、西伯利亚和古拉格群岛，因此，这一种族虽然还强大地存在着，但毕竟经受过无数的苦难，直到现在这种苦难还没有结束，所以，我和我的兄弟还要不断地发出"让思想者思想"的请求，而请求总是要付出巨大的代价，常常是从身躯到灵魂遍体鳞伤。

然而，每次见到《思想者》之后，我都赢得一种信念。我相信思想者种族永远不会灭绝。即使世界处于昏暗的末日，思想者还会去争取明丽的早晨。在思想者的身边固然是地狱之门，但是，地狱并不是为思想者准备的，如果专制者拥有力量把所有的思想者都送入地狱，那么，这个地狱一定连同世界一起崩溃。只要人类社会在，思想者种族是不会灭亡的。

救援我心魂的几个文学故事

故事一

一九八六年十二月二十日，北京大学的宗白华教授逝世。过了几天，在八宝山开追悼会，我立即赶到那里对着他的落日般的遗像深深鞠躬。面对遗像的最后一刹那，我心中充满感激。其实我和宗先生并无私交，和他只见过一次面。那是在征询如何写好由我执笔的《中国大百科全书·文学卷》总论的座谈会上，他因年迈已不能说什么具体意见，然而他激励我写好的声音是响亮而充满挚爱的。我所以特别感激宗先生是他在介绍歌德的时候，结结实实地在我身上播下了很美的种子。每一颗种子都让我心跳。他所翻译的德国学者比学斯基（Bielsehowsky）的《歌德论》，是一篇人性洋溢的散文。这篇文章所描述的歌德是一个心灵高度发展的人，是一个身体不断兴奋但精神却内敛集中的人。这个人是奇异的圆满人性的组合，在他每一步生活的进程中都是一个铮铮男子汉。他的人格结构是如此幸福，他的每一种心态都是积极的、善的，于世于己有益的部分总是占着绝对的优势，所以能在一切奋斗中从不害及自己与世界，从而永远成为胜利的前进者与造福者。经过宗先生的介绍，我更酷爱歌德，更不能忘记歌德对于文学发现与科学发现的那种最真诚的敬佩和最单纯的激情：一行幸运的、意义丰富的诗句之偶得，可以使他喜极而泣。一个自然科学上的发现会使他"五脏动摇"。当他读到卡德龙（Cedero）的剧本中一幕戏时，兴奋过分，竟将书本狠狠掷在桌上……比学斯基说：只有像这样一种个性结构的人在老年时可以说道，他命中注定连续地经历这样深刻的苦与乐，每一次几乎都可以致他于死命。

这一故事一直像诗人进行曲在我心中缭绕。每次偷懒，一想起这故事，就感到惭愧：歌德至死都迸射着发现的激情与爱的激情，至死都鼓着孩子般好奇的眼睛注视着世界上新作品的诞生，每一精彩生命的问世都使他兴奋得五脏动摇，而你为什么才年过半百就懒洋洋、慢吞吞？就让惰虫在你体内自由繁殖，以致几乎愿意充当惰虫和魔鬼的俘虏？什么时候，你还能像歌德那样，当你读到一首精彩的诗歌和一幕精彩的戏剧时也身心俱震，也坐立不安，也把书本狠狠地掷在桌上太息长叹，然后向自己呼唤：你，嗜好形而上但又嗜睡的懒鬼，起来！继续你的抒写，继续像篝火般地燃烧你的尚未衰老的激情！

故事二

福楼拜的故事也常使我惭愧。他的一生是那样紧那样紧地拥抱着文学。无论什么时候，文学都是他的第一恋人。他性情温柔，情感丰富，从他的文字中可以看出，他的感情河水总是面临着泛滥，只是严谨的文学纪律使他不得不冷静叙述。毫无疑问，他有恋人，但是，他的第一爱恋绝对献给文学。子夜的钟声响起，从他的寓室里传出疯狂的、带着人性温热的呼喊，此时，人们都确信，那不是在做爱，那是一个文学的挚爱者在创造。狂呼的那一刻，熔岩冲破地壳，那一定是他又赢得了一次高峰体验，一次新的成功。

我要郑重地推荐福楼拜的学生、法国另一文学天才莫泊桑所写的散文：《从书信看居斯塔夫·福楼拜》。这篇散文记录了一个真正的福楼拜。我把这篇散文视为标尺，它能衡量出人们对文学有几分爱与真诚。我常在这一标尺面前垂下头颅。仅仅是福楼拜的一句绝对命令"面壁写作！"就使我羞愧得无地容身。从二十岁到五十七岁，这三十多年最宝贵的岁月，我有几年真正面壁过？好些日子都在鬼混中度过。虽说这是外界的骚扰，但是在平和的日子里，你又有多少时间面向墙壁进入深邃的游思？即使今天，周遭如此宁静，春光秋序全属于你，而你一旦面壁，仅仅十天半月，就会叫苦连天，老是想到丹佛的豆浆油条多么香，北京的烤鸭油皮多么脆，革命虽不是请客吃饭，但是革命家什么好吃的都有……

然而，福楼拜一坐下来面壁就是四十年。莫泊桑的散文一开头就说：

> 谁也不如居斯塔夫·福楼拜更看重艺术与文学的尊严。独一无二的激情，即热爱文学，贯穿他的一生，直至辞世。他狂热地、毫无保留地酷爱文学，没有人能与他媲美，这个天才的热情持续了四十多年，从不衰竭。

独一无二的天才激情持续了四十多年，这可不是轻松的持续，而是孤独面壁的四十年的持续，是一种以"绝对的方式"热爱文学、拥抱文学、孕育和创造文学的持续。莫泊桑告诉我们，这种绝对的方式，就是在他的被文学之爱所充满的心灵里，没有给文学之外任何别的宏愿留下位置。"荣誉使人失去名声"，"称衔使人失去尊严"，"职务使人昏头昏脑"，这是福楼拜经常重复的格言。既然文学占有他的全部心灵空间，那么，它就容纳不了别的。于是，热爱文学的绝对方式又外化成他的一种行为的绝对方式：他几乎总是独自生活在乡下，只到巴黎看望亲密的朋友。他与许多人不同，从不追逐上流社会的胜利或庸俗的名声。他从不参加文学或政治的宴会，不让自己的名字与任何小集团和党派发生纠葛；他从不在庸人或傻瓜面前折腰，以获得他们的颂扬。他的相片从不出售；他从不在生客前露面，也不在上流人士出入的场所出现；他好像带点羞赧地隐藏起来。他说："我将自己的作品奉献给读者，最起码我得保留自己的模样。"

他如此绝对，如此远离集团，如此把自己隐藏起来，是为了悠闲吗？是为了孤芳自赏吗？不，他只是为了把整个心灵交给文学，只是为了把全部时间献给他的第一恋人。

他在给女友的信中说："我拼命工作。我天天洗澡，不接待来访，不看报纸，按时看日出（像现在这样），因为我工作到深夜，窗户敞开，不穿外衣，在寂静的书房里，像发狂一样狂呼乱喊。"福楼拜面对四壁和星空，度过无数感情澎湃的夜晚。我不知道，中国有几个作家像他这样以绝对的方式把全生命投进文学之中？我在提出这个问题时，自己的脸也红了起来。

故事三

爱得发狂。真有对文学爱得发狂的人。一想起歌德、福楼拜的呼叫，我就想起十九世纪中叶俄罗斯那群卓越的批评家和诗人，从《祖国纪事》的常务编辑格利罗维奇到别林斯基和涅克拉索夫。这些人长着一双寻找文学天才的眼睛，他们的眼光犀利得让人害怕，不了解他们的人，以为他们的眼里和额头上布满寒气。其实，他们是一群浑身都是热血、爱文学爱得发狂的人。只是，他们的心目中都有一个自己假定的理想国，一个绝对不能让冒牌货踏进的美丽的园地。园地的围墙是严格的，他们的炯炯有神的眼光守卫着，显得有点冷。可是，当他们发现有人正是假定理想国的公民，其才华正是他们那块文学园地所期待的鲜花硕果时，你猜，他们会怎样？他们就发狂了。他们就毫不保留、毫不掩饰地对他（她）表示爱，倾诉爱，在他们面前像孩子似的哭泣起来。

陀思妥耶夫斯基就经历过一次被爱的震撼。那年他才二十多岁，刚刚写完第一部中篇小说《穷人》。犹豫了一阵之后，他终于怯生生地把稿子投给《祖国纪事》的格利罗维奇和涅克拉索夫。然后就到一位朋友那里读果戈理。回家时已是凌晨，这时他仍然不能入眠。突然，传来一阵敲门声。门打开了，原来是格利罗维奇和涅克拉索夫。他们读完了《穷人》，此时，他们激动得不能自己，扑过来紧紧地把陀思妥耶夫斯基抱住，两人都几乎哭出声来。涅克拉索夫，这位俄国的大诗人，性格孤僻、谨慎，很少交际，可是此刻他无法掩盖最深刻的感情。他和格利罗维奇告诉这位尚未成名的年轻人：昨天晚上他们一起读《穷人》，"从十多页的稿子中就能感觉出来"，他们决定再读十页，就这样，读到晨光微露。一个人读累了，另一个接着读。读完之后，他们再也无法克制自己的喜悦之情，而且不约而同地决定立刻来找这位年轻人，也许年轻人已经睡了，不要紧，睡了可以叫醒他，这可比睡觉重要！他们来了，他们为俄国的文坛又出现一个杰出者而把眼睛哭得湿漉漉的。

见面之后，涅克拉索夫把《穷人》拿给别林斯基看，并叫喊道："新的果戈理出现了。"大批评家别林斯基有点怀疑："你认为果戈理会长得像蘑菇一样快呀！"可是当天晚上他读了之后，立即变成一个急躁的孩子："叫他来，快叫他来！"他对着涅克拉索夫呼喊着。陀思妥耶夫斯基来到时，别林斯基的目光瞪着年轻人："你了解自己吗？""你了解自己吗？"他大声叫着："你写的是什么！？"他在喊叫之后便解释作品为什么成功，年轻人虽然写出来但未必意识到的成功。批评家对青年作者说："你会成为一个伟大的作家。"在那几天里，一八四五年五月间的几天里，俄国的大批评家、大诗人，为发现一个天才而沉浸在狂喜之中，那几个白天与夜晚，他们的内心经历了一个任何世俗眼睛无法看到的狂欢节。他们的心地的广阔与善良是非常具体的，他们对文学的爱与真诚是非常具体的，陀思妥耶夫斯基感受到这种爱之后，作出这样的反应：

> 我一定要无愧于这种赞扬，多么好的人呀！多么好的人呀！这是些了不起的人，我要勤奋，努力成为像他们那样高尚而有才华的人。

每次我仰望陀思妥耶夫斯基这一崇山峻岭的时候，就想起他的处女作《穷人》问世的时刻。那些为他的坠地初生而像母亲一样含着喜悦眼泪的好人。那些人就是伟大作家的第一群接生婆，这些把初生的婴儿捧在自己的暖烘烘的胸脯中的思想家与诗人，正是婴儿的摇篮、故乡和祖国。

故事四

如果说，别林斯基、涅克拉索夫这种年长者对年幼者的爱，拯救了我灵魂的一角的话，那么，我灵魂的另一角则是被年轻的作家对前辈作家的爱所拯救。六十年代我的祖国兴起的那场"文化大革命"几乎把后一种爱彻底毁灭。那时，年青的一代在打破任何权威与偶像的口号下，彻底地践踏了古今中外所有的优秀的作家与诗人。"横扫一切牛鬼蛇神"，包括横扫人类有史以来最杰出的哲学家和文学家。正当需要培育对人类精神价值创造者的无限敬重的时候，我们这一代人和比我们更年轻的大学生与中学生，却在革命的名义下粗暴地嘲笑这种敬意。在嘲笑的同时，心灵中生长出来的是一种最无知的蔑视和随意否定、随意撕毁精神创造物的邪恶。我和一些良知犹存的朋友曾经看清那场大革命所造成的巨大死亡，看到死亡深渊中那些难以漂散的血与灵魂。但是，我们并未注意到，大革命在制造死亡的同时却生产出一些极其可怕的、几乎要使我们的祖国致命的东西，这就是嗜杀嗜斗的性格，撒谎的本领，做巧人和假人的策略，老子天下第一的幻象，反复无常善变的作风，为了拔高自己而不顾人格尊严地打击同行中的杰出者与前辈学者的脾气。我穿越过大革命的狂乱深渊后，写了许多批评这场革命的文章，表明我对反人道行为的极端憎恶，然而，我并未充分意识到，这场革命的带毒的射线也辐射到我的血脉深处，直到七八年后（即我第一次提出忏悔意识的时候）才第一次认真地想到：革命爆炸的辐射物显然存留在我的身内，十几年前、二十几年前那一双仰望老师的蓄满天真与敬意的眼睛消失了，还有那一双像渴望雨水似的渴望人类一切精神大师浇灌的眼睛也变质了。奇怪，怎么眼睛老是转向自己，怎么老觉得自己像一朵花，很漂亮，简直压倒前一代的群芳了。幻象产生了，一代人共同的病态产生了。能够意识到这幻象，能够使我克服魔鬼的诱惑而继续谦卑前行，又是得益于一些作家的故事。

故事纷繁，我还是讲讲茨威格吧。在《性格组合论》中，我用散文的语言分析他的中篇小说《一个陌生女人的来信》和《一个女人的二十四个小时》。后来我又读了他的《异端的权利》与《昨日的世界》。我对他真的钦佩至极。毫无疑问，他是个天才。然而，天才并非靠天赋的素质就拥有一切。我从茨威格身上，看到他的成功首先源于他对前辈或比他先行的作家的爱慕和发自心灵最深层的敬意。他总是想起歌德的话："他学习过了，他就能教我们。"这就是说，谁走在前面，谁就可以当我的老师。茨威格就是这样谦卑地望着一切先行者，更不用说那些比自己年长的作家学者了。谦卑与敬慕使他从年轻时期就产生一种嗜好：搜集作家和艺术家的手稿。当他发现一张贝多芬的草稿时，就像着了魔似的惊呆了，他爱不释手地把这张陈旧手稿当作天书似的整整看了半天，没有一种喜悦与兴奋能超过这种喜悦与兴奋。一九一〇年的一天，他又一次惊呆了：在他所住的同一幢公寓里，他见到一位教钢琴的老小姐，而这位小姐的已经八十岁的母亲，竟然是歌德的保健医生福格尔博士的女儿，并于一八三〇年由歌德的儿媳妇抱着当着歌德的面接受洗礼。由于对歌德的衷心崇敬，茨威格见到这位老太太时激动得有点晕眩：世间居然还有一个受到歌德神圣目光注视过的人，居然还有一个被歌德圆圆的黑眼睛悉心爱抚相注视过的人活在这世界上。茨威格惊奇地久久地望着这位老太太，他虽然没有像这位老太太被歌德的目光爱抚过，但他被歌德的作品照射过和培育过，他从内心深处感激歌德，知道对杰出人物的爱慕与尊敬，乃是一个人的优秀人格的表现。而那种企图通过贬低和践踏前辈作家而拔高自己的人，其人格一定是卑劣的。

茨威格名满天下之后，对先行者的仰慕并没有被自己的名声所冲淡。他始终用最虔诚、最纯真、最热情的笔调描写着他所见过的诗人与学者，从哈尔维伦、罗曼·罗兰、克里尔到罗丹与弗洛伊德。他把最美好的语言献给这些精神价值创造者，用最炽热的感情再现他们的优秀品格和卓越精神。当他被罗丹邀请到工作室观赏雕塑创作的时候，罗丹由于精神过于集中，在创作完成之后竟忘了他的存在。茨威格，这位年轻的客人是罗丹亲自带进创作室的，可是在聚精会神工作之后，他竟然想不起来这个年轻的陌生人是谁。等到想起来之后，他才向茨威格表示歉意。如果是一个虚荣心很重的人，如果是一个对艺术大师缺少真诚的敬意的人，茨威格此时该会多么不愉快。可是，茨威格恰恰相反，他从罗丹的遗忘中看到大师成功的秘密就在于能够全神贯注地工作，并由此产生更高的敬意。他感激地握住罗丹的手，甚至想俯下身子去亲吻这双手。每次想起这个故事，我就要说：罗丹的雕塑是美的，而站在雕塑前因仰慕而发呆的茨威格的谦卑，也是美的。两者都像明丽的金盏花，都像科罗拉多高原上的蓝宝石。

每次读罗曼·罗兰所写的《托尔斯泰传》和茨威格所写的《罗曼·罗兰传》，我都激动得几乎要叫喊起来。除了兴奋，我还感慨，作家抒写作家，投下这么高的敬意与真情，这正是品格。在中国，我只看到学人所作的作家传，很少看到作家为其他作家立传。为什么同时代的作家不能互相献予茨威格的爱呢？是缺少时间，还是缺少茨威格那种婴儿般的单纯呢？

我知道我的心魂是脆弱的，需要人类伟大灵魂的援助。今天我重温茨威格和其他天才们的名字与故事，只是希望他们继续援助我，不管明天的时间隧道中横亘着多少莽原荒丘，有他们的名字与故事在，我的人生之旅也许可以超越沉沦。

不朽的楷模与挚友

这几天，我心内简直是欣喜若狂。大陆的年轻友人王强给我寄来了《蒙田随笔全集》，以前就读过《蒙田随笔》，可这一回是全集上、中、下三卷。朋友还寄来了几部我读过和在北京珍藏过的散文中译本：英国乔治·吉辛的《四季随笔》、美国爱默生的《美的透视》、苏联的普里什文的《大自然的日历》、康·帕乌斯托夫斯基的《面向秋野》等。收到这些久违的、用母亲语言转述的人间珍品，真有说不出的喜悦。两三个白天与夜晚，我像蜘蛛龟缩在小床角上，一页一页地阅读，让书中柔和的波光涓涓汩汩地流进心里。人类散文的伟大代表永远是我的楷模与挚友，我从情感深处热爱他们，并通过他们，具体地感到语言文字的甜蜜和诗化智慧的甜蜜。

这些死了的挚友给我的慰藉、启迪与力量是许多活着的友人难以企及的。他们对于我，只有"情"，即只有付出；而没有"欲"，即不求我回报什么。他们笔下的春树与秋野，森林与天穹，永恒的仁慈与美德，不朽的身体与芬芳的灵魂，结晶着文明创造精华的诗语与悟语，任我品赏，任我索取。常听说人死了只有沉默，可我却听到这些死了的天才无尽的歌哭、倾诉和他们发出的天地间最柔美的声音。这些声音一句一句在提示我做人的尊严，提示我的眼睛要坚定地注视着前方那些最美丽的目标。在暗夜中独思独行的时候，有这些声音伴随着，我就不会感到孤独。我常感到揪心的孤独，但又不承认绝对的孤独，原因就是有这些死了的卓越的挚友与楷模在。乔治·吉辛告诉我："学习的热情是永远不会过时的。前驱们的事例——在人们心中燃起了神圣的火焰，那是永远扑灭不了的。"真的，只要我拥有阅读的热情，就拥有伟大的朋友和不灭的光焰，就拥有藐视一切黑暗的根据。

我和蒙田、乔治·吉辛、普里什文等先驱与挚友已经分别多年了。当一九九四年年底我的北京寓所被劫的时候，我格外想念留在房中书架上这些大自然与人类美德的伟大歌者。我害怕没有生肝的生物会撕碎他们的安宁和弄脏他们的婴儿般的单纯的情思。此刻我的手又握着先驱与挚友的书卷，可以放心了。没有什么力量可以摧毁这些终极的永恒的精神存在。它既没有时间的边界也没有空间的边界，跨洋过海来到我的身边依然是布满生命的气息。我深深地吸了吸这些气息。除了大自然的气息之外，我还需要书卷的气息。无论是莎士比亚、歌德的气息，还是蒙田、普里什文的气息，都能唤起我的遥远的青春的活力。这几天，我感觉到，我生命中一股曾经沉睡过的活力已经被这群不朽的楷模与挚友所唤醒，在灯火下，我握着书本的手战栗着，思想驰骋于高远的天空，生命的活水再一次像春潮汹涌。在驰骋与汹涌中，我听到他们伟大的祝福。

活着多么好

以赛亚·贝林（Issiah Berlin）去世之后，悼念他的文字很多。美国的《时代》杂志有一篇文章说他晚年渴望长寿，常常情不自禁地呢喃：活着多么好！

要是在二十年前听到这句话，我一定会想起"为有牺牲多壮志"的豪言，然后以轻蔑的口吻嘲笑这位英国大思想者：活命哲学！可是，今天听了这句话，却觉得贝林的确是老实人，他很坦白地承认自己害怕死亡，留恋人生。他的一生都在用思想和写作创造生命意义，但他知道，生命意义的创造有赖于生命本身的存在，生命意义的灿烂是后来编织的，而生命本身则天然地无限美好。我因为经历过一次濒临死亡的体验，所以对人生更有一种特别的依恋，也更能理解贝林晚年的慨叹。

有人也许会说：以赛亚·贝林功成名就，誉满天下，当然想活着，活着可享受生命、享受成就。可是，许多在贫困与各种苦痛中挣扎的人们，也想活吗？也会说"活着多么好"吗？这确实是个问题。然而，回答这个问题的是一个更高的哲学问题：既然你处于贫困与苦痛之中，那么，你为什么不自杀？不自杀就说明：在你的意识深处还是觉得无论如何，活着是好的。加缪的《西西弗斯神话》一开篇就说：真正严重的哲学问题只有一个，那就是自杀。讨论人活着好不好、值不值得活下去就进入了哲学的根本。贝林以"活着多么好"作出了自己的回答，在他的思索中，不自杀的理由一定就是活着多么好的理由。他不是看不到人生的苦痛，但他知道在苦痛中的拼搏、跋涉、试验、期待，也是"好"的一部分。即使是挫折、摔倒、失败，也是通向"好"、通向成功的大门。只有心理脆弱者才会在挫折面前像落水狗那样颤栗。贝林大约是这样想的，所以他坚定地热爱生活与热爱生命。

不想自杀是留恋人生的明证，而自杀者也不一定全是厌弃人生。近日读日本作家渡边淳一的《失乐园》，真被书中男女主角松原凛子和久木祥一郎疯狂的生死之恋所震撼。这对恋人相爱到极处的时候便发现死亡深渊是她和他的极乐园。他们在爱到至深至烈的瞬间产生失去对方的恐惧，并觉悟到唯有在这一瞬间中死亡才能永恒地凝固着爱。于是，他们决定在性爱的巅峰体验中相互拥抱着自杀，以死来赢得爱的天长地久。然而，就在饮罢毒酒即将死亡的前一刻，凛子从心的最深处发出一声感叹："活着真好!"明明刻意求死，却说活着多么好，这是怎么回事? 连久木也愣了一下。此时，凛子告诉恋人也告诉人间一个绝对无可争议的理由："因为活着才遇见你!"久木听了之后立即感悟过来，心怀感激地连连点头。不错，因为遇到一个绝对相爱的伴侣，他们每一天便都获得活着的意义。他们正是感到被爱的阳光所照明的生命太美好了，所以决定用死来捍卫和巩固生命最后的实在。

读了《失乐园》的故事，我更相信贝林的话，并确信"活着多么好"的理由是可以自己选择和创造的。一个拥有无数财产的亿万富翁未必拥有人生美好的理由，但一个拥有《红楼梦》和拥有莎士比亚的穷书生则可以快乐地展开他的人生之旅。我就是这样一个近乎一无所有的书生，然而我能从身心的大海之底由衷地说：活着多么好! 活着真好!

两个给我力量的名字

到海外之后，有两个诗人的名字，常常给我力量，或者说，有两个诗人的名字，总是在帮助我解脱。一个是歌德，一个是陶渊明。人们通常认为前者是积极的，后者是消极的。但对于我，他们两位的名字都很积极，都很精彩，都成了我灵魂的一部分。

歌德通过他的《浮士德》告诉我们：人生是一个和魔鬼较量的战场，唯有坚忍不拔的前行者能够获救。浮士德最后超越了世间的苦痛，正是仰仗于他自己不断努力、不断前奔的精神。他死时拥着他升入苍穹的天使唱出他的精神主题：

唯有不断的努力者，我们可以解脱之。

歌德通过他的伟大诗篇，安慰了所有勤劳的灵魂，并告诉人们：唯有永恒的努力可以使人生赢得自由。每次想到歌德，我就有力量，就想做事。十多年前，文学研究所的年轻朋友靳大成与陈燕谷在《刘再复现象批判》中把我比作不知停顿的浮士德，一直使我难忘。

与浮士德的永不满足的精神相比，陶渊明好像已经满足于心远地偏的小天地之中，其实不然，他也有追求。他追寻的是蕴藏于日常生活中的永恒之美。如果说歌德给人以伟大美（壮美）的启迪，那么，陶渊明则给人以平凡美（优美）的启迪。陶渊明寻求人生解脱的方式，是一种东方式的最简单的办法，这就是在最平淡的生活中保持自己的理想、情操和心灵的平静与乐趣。歌德认定人只有不断进取才不会被魔鬼所俘虏，而陶渊明则认为只有守住心灵的自由与宁静，放弃外在价值的向往，才不会被魔鬼所征服。歌德与陶渊明的区别，乃是英雄式的人生与常人式的人生的区别。前者可以作为史诗时代的符号，后者可以作为散文时代的符号。现代社会乃是没有英雄没有伟人没有轰动效应的散文时代，它似乎更需要陶渊明那种善于在平淡无奇的生活中保持高尚审美情趣的心灵。我愿意把陶渊明视为另一意义的英雄。

歌德的浮士德精神与陶渊明的桃花源精神，是人生方式的一对悖论，两者均有充分理由。无论是选择哪一种，只要觉得自己的选择乃是真实的生命存在就好。歌德的自强不息是真实的，陶渊明的自乐无求也是真实的。他们都把人生放置在很美的境界中。

以往我只觉得当浮士德难，现在觉得当陶渊明亦难。在海外八年，我常读陶渊明的诗，并和他一样过着最简单的生活，这才发觉，简单的生活并不简单。要在简单的生活中保持高尚的理想、情操，要在平淡的生活中保持心灵的平静、安详和自由，是需要力量的。需要抗拒外界压力和诱惑的力量。魔鬼并不仅仅与浮士德式的人物打赌，他同样也不放过在田园里从事耕作的人们。它先是让这些人陷入极端的孤寂之中，然后调动人间各类势利的眼光来照射他们和嘲弄他们，最后又用名声、地位和各种世俗的荣耀来煽动他们的欲望，要抵御这一切，并不容易。它除了需要知识力量、意志力量之外，更需要人格力量。因此，陶渊明的平凡平淡，似乎简单，其实并不简单。

命运之赐

在蕴满偶然的生涯中，我多次感到命运的赐予。命运毕竟神秘，所赠所赐也非一般。

读高中的时候，命运赐给我一万册书。这是陈嘉庚先生的女婿李光前先生创办的国光中学的图书馆，整整一座楼，由我选读。在记性最好的年岁，我沉湎在那里。那里是一个比现实世界远为美丽、远为广阔的原野。在这片土地上我第一次遇到历史上最卓越的灵魂，从荷马、但丁到莎士比亚、托尔斯泰，连康德也站在书架上，可惜我只能远远地望着他。四十年来，我的心魂从来没有离开过这个图书馆——养育我自由个性的第一个精神家园。一九九四年夏天我到新加坡时，特地到新加坡大学寻找李光前纪念室。可惜正碰上星期天，没有开馆。我只能在馆前照一张相，默默地向这位带给故乡孩子以精神泉流的有识之士致意。

到了北京之后，命运赠予我的世俗的一切都早已忘却，但有一样东西，却整个地改变了我的思想，这件东西是一份死亡的名单。正像史提芬·斯皮尔伯格（Stephen Spilberg）导演《辛德勒的名单》（Schthdeler'slist）一样，我在"文化大革命"中，命运把一份死亡的名单镌刻在我的心壁上。这些死亡的名字包括：乒乓球世界冠军容国团；淘大粪工人时传祥；大元帅彭德怀、贺龙、陈毅；正直的学者、作家老舍、傅雷、邓拓、吴晗、赵树理、李达、梁思成、翦伯赞、陈翔鹤；国家主席刘少奇；杰出的艺术家严凤英、盖叫天、郑君里、孙维世；共产主义革命家张闻天、李立三、王稼祥、陶铸；将军陶勇、张学思；热血青年遇罗克、张志新；有心灵的当权派周小舟、田家英等。这份名单，对于中国是劫难的象征，而对于我，则是苦难的记忆和刻骨铭心的经典教科书。每次想到这份名单，我便升起负疚感：他们死了，我还活着；他们有的比我杰出，有的比我勇敢，有的比我单纯，然而，他们消失了，而我还存在着。我不讴歌苦难，但我感谢遇难者从生命深层上把我唤醒：从此之后，再也不敢追随高调、卖弄知识，世间一切名声和地位，在这份名单之前都显得很轻很轻。

有了这份名单，还有说谎的勇气吗？有了这份名单，还有计较个人荣辱的兴致吗？命运赐予我这份名单，给了我良知最坚固的防线。然而，如果真有机会再生再世，但愿命运不要给我这种折磨性的赐予。

到海外生活，是命运给我的第三次赐予。我既得到了天空——自由时间与自由表达的权利；又得到大地——一张平静的书桌。有了平静的书桌，就有任我驰骋的精神大地。近日阿城到我寄寓的科罗拉多大学演讲时说："美国对于其他人来说，可能是发财之所、发迹之地，但对我来说，美国就是一张平静的书桌。"阿城所言完全与我心灵相通，真的，对于一个思想者，没有比一张平静的书桌更为要紧的了。一百多年来，中国知识分子所梦所争所求，不就是一张平静的书桌吗？此刻，我的思绪就像江河在书桌上涌流，没有什么力量能阻止它的滔滔之旅。阴影在远方，阳光在窗前，自由在笔下，这不正是思想者的极乐园吗？

一座拥有万卷书的图书馆；一份折磨我又启示我的死亡名单；一张平静的书桌：这就是我的命运。

罗丹的三点启示

当茨威格还年轻的时候，他赢得了一个机会见到罗丹。那时他正在法国诗人维尔哈伦家做客，诗人听到他热烈地赞颂罗丹后就说："你那么喜欢罗丹，就应该和他亲自认识认识。我明天就要到罗丹的创作室去。如果你觉得方便，我带你一起去。"

"问我是不是觉得方便？我高兴得简直不能入睡。"经过一夜的兴奋难眠，茨威格终于见到罗丹。年轻人在自己崇拜的艺术大师面前"嘴笨得说不出话来"，"我没有对他说一句恭维的话，我站在各种雕塑之间，就像他的一座雕塑一样"。但罗丹喜欢这位年轻诗人真诚的窘态，请他一起用餐，让他观看自己的创作，于是，茨威格获得了一种对他整个一生具有决定意义的教益。这种教益包括三项最重要的内容。

第一点教益：伟大的人物总是心肠最好的。

第二点教益：伟大的人物在自己的生活中，几乎都是最最朴实的。

第三点教益：伟大的艺术家总是拥有一种"创作诀窍"，这就是创作时全神贯注，不仅思想高度集中，而且要集中全部精力，以致把自己置之度外，把周围的整个世界忘却。

这三点教益，一直伴随着茨威格后来的人生，并使他也成为本世纪最卓越的作家之一。一个伟大的人物，一个伟大的作家和艺术家是一定要具备最好的心肠的。他一定对世界对人类充满着温情和爱意，他对人间的苦难一定怀抱着大悲悯和大关怀。对于其他卓越人物和同行，他一定不会嫉妒与排斥，对于地位比他低微的人，包括才能不及他的人，他一定不会看轻。罗丹正是具有这种心肠，因此他的每一座雕塑都像一束暖人心窝、治人创伤的光芒，能够直入观赏者心灵的最深处。罗丹又是最朴实的，茨威格发现，这位享誉世界的伟人，饭食非常简单，就像一个中等水平农家的伙食：一块厚厚实实的肉，几颗橄榄，几块水果，还有本地产的原汁葡萄酒。内心世界极其丰富的人，自然无须外在的排场。而使茨威格毕生难忘的是罗丹进入创作状态之后。那是一个了不起的伟大时刻。那是全副身心的投入。他全神贯注埋头于自己的创作，完全沉浸在一种陶醉的情思中，"即使是雷鸣，也不会把他惊醒"。

在陶醉中他忘记艺术之外的一切，最后也忘记他自己请来的客人。茨威格描写道："他在这段精神非常集中的时间内把我全然忘却。他不知道，有一个年轻人激动地站在他的身后，像他的雕塑一样一动不动，呼吸短促，而这个年轻人是他自己带进创作室的。"

茨威格所感受到的这三点教益，乃是罗丹无言的伟大的启示，我知道这对于一个思想者和写作者是何等重要。为了避免忘却，我特记录于此。

人生的盛宴

还在北京的时候，我就见到湖南文艺出版社出版的林语堂先生的散文集，书名为《人生的盛宴》，我忘了书名是编者加的，还是林语堂先生原有的文章名称或集子名称。而今天缅怀起林语堂先生，倒是觉得林先生的人生真可以称得上"盛宴"：哈佛大学文学硕士，莱比锡大学语言学博士，北京大学教授，北京女子师范大学教务长和英文系主任，厦门大学文学院院长，外交部秘书，《人间世》、《论语》、《宇宙风》创办者，新加坡南洋大学校长，香港中文大学研究教授，国际笔会副会长。卓越的散文家，传记作家，小说家，翻译家，学者，双语写作的高手，长达三百多万字的《当代汉英词典》的独立编撰者，中文电子字码机的创造者。一九八六年，台湾金兰文化出版社出版的《林语堂经典名著》达三十五大卷，而卷外用英文写作的长篇小说，又有八部之多。前几年我在芝加哥大学图书馆一部一部地阅读林语堂先生的著作之后，便惊叹他的著作和人生的丰富，并想到他和胡适一样是个巨大的文化存在，兴师动众对他进行抹煞，完全是徒劳的。

　　近日我读林语堂先生的杰作《苏东坡传》，更觉得人生的丰富乃是他自觉的追求。他特别钦佩苏东坡，也在于苏东坡的人生极其丰富，人性与天才扩展到极为广阔的领域。在《林语堂自传》里，他这样概述："苏东坡是个秉性难改的乐天派，是悲天悯人的道德家，是黎民百姓的好朋友，是散文作家，是新派的画家，是伟大的书法家，是酿酒的实验者，是工程师，是假道学的反对派，是瑜伽术的修炼者，是佛教徒，是士大夫，是皇帝的秘书，是饮酒成癖者，是心肠慈悲的法官，是政治上的坚持己见者，是月下的漫步者，是诗人，是生性诙谐爱开玩笑的人。可是这些也许还不足以勾绘出苏东坡的全貌。我若说，一提到苏东坡，在中国总会引起人亲切敬佩的微笑，也许这话最能概括苏东坡的一切了。"苏东坡是个出色的文人，但更为重要的，他是一个非常丰富、非常精彩的人，他告知人们：人性可以丰富到何等程度，人的才华可以展示到何种可能性。

　　说到这里，我又想起歌德。歌德追求的正是人性的可能，一个人的可能。宗白华先生在《歌德人生之启示》一文中说，歌德对人生的启示有几层意义、几种方面。就人类全体讲，他的人格与生活可谓极尽了人类的可能性。他同时是诗人、科学家、政治家、思想家，他也是近代泛神论信仰的一个伟大的代表。他表现了西方文明自强不息的精神，又同时具有东方乐天知命宁静致远的智慧。他是世界的一扇明窗，我们由他可以窥见生命永恒幽邃绮丽广大的天空。宗先生的评论完全没有溢美，只要我们进入歌德的世界，就会感到他的无穷深邃，他的一万两千行的长诗《浮士德》就是一部伟大人性的象征与百科全书，我们在惊叹他的文学天才的时候，很难想象，他又是一个人类颚间骨的发现者，杰出的生物学家，更没有想到，他到了八十岁还热烈地爱恋着，对人生依然充满渴望。他每涉及一个领域，就在那个领域放出光辉，留下美丽的故事，他全身心地倾注于人生的各个方面，又在各个方面都证明人性可能达到的深度，从而成为真正的人。一八○八年，作为皇帝的拿破仑会晤了他，并对他说："你是一个人。"歌德为此高兴到灵魂深处。因为歌德理解这一评价的意思，许多人都只是人的片段，人的初稿，但他是一个完成的人，一个在人格、生活、作品等方面都赢得辉煌完成的人。

　　从林语堂想到苏东坡、歌德，由歌德又想到接近一百卷的俄文版《托尔斯泰全集》，想到身兼哲学体系的开创者、科学家、神话诗人、国家设计者、宗教先知的柏拉图和文字比他更为丰富的著作达数百部的亚里士多德等等，想到了这一切，我便再次对人获得信念：人，真了不起，一个杰出的人真可能把自己的本质对象化为大海，对象化为星空，对象化为让后人欣赏不尽的大世界。面对人生的盛宴、人性的可能，我们会觉得自己还只是人的初稿，远未完成，千万不要骄傲。

谁是中国最可怜的人

想想中国历史的沧桑起落，看到一些大人物的升降浮沉，便冒出一个问题自问自答。问的是："谁是最可怜的人？"答的是："孔夫子。"最先把"可怜"二字送给孔子的是鲁迅。他在《在现代中国的孔夫子》一文中说："种种的权势者便用种种的白粉给他来化妆，一直抬到吓人的高度。但比起后来输入的释迦牟尼来，却实在可怜得很。诚然，每一县固然都有圣庙即文庙，可是一副寂寞的冷落的样子，一般的庶民是决不去参拜的，要去，则是佛寺，或者是神庙。若向老百姓们问：孔子是什么人？他们自然回答是圣人。然而，这不过是权势者的留声机。"（《且介亭杂文二集》）被权势者抬的时候、捧的时候已经"可怜得很"，更不用说被打、被骂、被声讨的时候。

一九八八年，我应瑞典文学院的邀请，在斯德哥尔摩大学作了一次题为"传统和中国当代文学"的讲座，就说在五四新文化运动中最倒霉的是孔夫子。因为拿他作文化革命运动的靶子，就把他判定为"孔家店"总头目，吃人文化的总代表，让他承担数千年中国文化负面的全部罪恶。在当时的文化改革者的笔下，中国的专制、压迫、奴役，中国人奴性、兽性、羊性、家畜性，中国国民的世故、圆滑、虚伪、势利、自大，中国妇女的裹小脚，中国男人的抽鸦片，等等黑暗，全都推到孔夫子头上，那些年月，他老人家真被狠狠地泼了一身脏水。在讲座中，我肯定"五四"两大发现：一是发现故国传统文化资源不足以面对现代化的挑战；二是发现理性、逻辑文化在中国的严重阙如。正视问题才能打开新局面，所以"五四"的历史合理性和历史功勋不可抹杀。但是，我也替孔夫子抱不平，说这位两千多年前的老校长，确实是个大教育家，确实是个好人，权势者把他抬到天上固然不妥，但革命者将他打入地狱也不妥，尤其是把什么罪恶都往他身上推更不妥。以为打倒了孔家店，中国就能得救，实在想得太简单、太片面。近年来，我在反省"五四"时曾想：要是新文化运动不选择孔夫子为主要打击对象，而选择集权术阴谋之大成的《三国演义》和"造反有理"的《水浒传》为主要批判对象，并以《红楼梦》作为人文主义的旗帜，二十世纪中国的世道人心将会好得多。

仅着眼于"五四"，说孔夫子是"最倒霉的人"恐怕没有错，但是如果着眼于整个二十世纪乃至今天，则应当用一个更准确的概念，这就是"最可怜的人"，在鲁迅的"可怜"二字上再加个最字。我所定义"最可怜的人"，是任意被揉捏的人。更具体地说，是被任意宰割、任意定性、任意编排、任意驱使的人。二十世纪著名的思想家以赛亚·贝林（Issiah Berlin）批判斯大林的时候说：一个具有严酷制度的社会，无论其制度有多么荒谬，例如要求每个人必须在三点钟的时候，头朝下站立，人们都会照样去做以保全自己的性命。但对斯大林来说，这还不够。这样做不能改变社会。斯大林必须把自己的臣民揉成面团，之后他可以随意揉捏。贝林很善于用意象表述思想，他的狐狸型和刺猬型两种知识分子的划分几乎影响全球。而这一"面团"意象，则最准确地定义和描述了世上最可怜的人（请参见《以赛亚·贝林对话录》第二次谈话"现代政治的诞生"）。不错，最可怜的人并非被打倒、被打败的人，而是像面团一样被任意揉捏的人。不幸，我们的孔夫子正是这样的人。可怜这位"先师"，一会儿被捧杀，一会儿被扼杀，一会儿被追杀。揉来捏去，翻手为神，覆手为妖。时而是圣人，时而是罪人；时而是真君子，时而是"巧伪人"；时而是文曲星，时而是"落水狗"；时而是"王者师"，时而是"丧家犬"。"文化大革命""批林批孔"那阵子，只能直呼其名称他为"孔丘"，其态度相当于对待鲁迅笔下的"阿Q"。声音相近，地位也差不多。跟着孔夫子倒霉的是《论语》与儒学，"半部就可治天下"的《论语》，也像面团，一会儿被揉捏成"经典"，一会而被揉捏成"秕糠"（毛泽东诗"祖龙魂死秦犹在，孔学名高实秕糠"）；一会儿是"精神鸦片"，一会儿是"心灵鸡汤"。

孔夫子的角色被一再揉捏、一再变形之后，其"功能"也变幻无穷。鲁迅点破的功能是"敲门砖"，权力之门，功名之门，豪门，侯门，宫廷门，都可以敲进去。不读孔子的书，怎可进身举人进士状元宰相？但鲁迅看到的是孔子当圣人时的功能，未见到他倒霉而被定为罪人时的功能。在"批林批孔"运动中，他从"至圣先师"变成"反面教员"，其功能也是反面的。先前要当进士得靠他，现在要当战士也得靠他，谁把孔子批得最狠，谁才是最坚定忠诚的革命战士。至于他的"徒子徒孙"，则必须反戈一击，把他作为"落水狗"痛打痛骂，划清界限，才得以自救。"文革"后期，孔夫子运交华盖，成了头号阶级敌人，与反党叛国集团头目林彪齐名。因为林彪引用过"克己复礼"的话，铁证如山，于是，孔夫子竟然和他一起被放在历史的审判台上。这回与"五四"不同，"五四"时只是一群知识分子写写文章，这次批孔则是全党共诛之，全国共讨之，动用了整个强大的国家机器，不仅口诛笔伐，还给他踩上亿万只脚。请注意，不是一万只脚，而是亿万只脚。弄得史学家们也手忙脚乱，立即着手把"以阶级斗争为纲"的《中国通史》改为"以儒法斗争为纲"的通史新版。这个时候，中国文化翻开了最滑稽也是最黑暗的一页。

"文革"后期，孔夫子被打到了谷底，真正是被批倒批臭了。没想到三十年后，孔夫子又是一条好汉，孔老二又变成了孔老大和孔老爷子。他再次成为"摩登圣人"（鲁迅语）。这一回，孔夫子是真摩登，他被现代技术、现代手段所揉捏。电台、电视台、电脑网络，从里到外，轰轰烈烈。古代的手段也没闲着，立庙、烧香、拜祭全都汹涌而至。这次重新摩登，差不多又是把孔子当面团，不同的是二十年前那一回把他踩下了地，这回则是捧上了天。揉捏时面团里放了不少发酵剂，于是格外膨胀，不仅《论语》被视为放之四海而皆准的真理（连"唯女子与小人难养也"也千真万确），而且孔子也变成超苏格拉底、超耶稣的第一大圣，什么先进文化都在他身上，孔老先生成了"万物皆备于我"的大肚至饱先师。有此大圣在，还扯什么五四精神，什么德先生、赛先生，连圣诞节、元旦都是胡扯，都是有损于我大中华形象，应当用孟母节取代母亲节，用孔子纪年代替公元纪年。这回孔夫子除了当"敲门砖"之外，还充当"挡箭牌"，起了掩盖"问题"的奇妙作用。有此挡箭牌在，"独立之精神，自由之思想"自然就该退避，蔡元培、陈独秀、鲁迅、胡适、王国维、陈寅恪等等，就该统统靠边站。

孔子被揉捏，首先是权势者根据自己的政治需要或捧或压或打或拉，但大众与知识人也有责任。什么是大众？大众就是今天需要你的时候，把你捧为偶像，不需要你的时候，则把你踩在脚下。一切均以现时利益为转移。崇尚苏格拉底的是他们，处死苏格拉底的也是他们。既然以利益为准则，那么对于孔夫子，或供奉，或消费；或叩头，或玩玩；或做敲门砖，或做万金油；或立孔庙与关帝庙并列，或办孔氏牛肉店与妓院同街，全都无关紧要，有用就好。而大众中的精英，一部分知识人，对孔子并无诚心，名为追随孔子，实则追求功名。鲁迅说中国人对待宗教的态度是利用即"吃教"。对孔子也是食欲大于敬意。都是用口，讲孔子和吃孔子界线常常分不清楚。当今吃孔子的方法很多，吃法不同，有的是小吃，有的是大吃，有时是单个吃，有时是集体吃，有时是热炒吃，有时是泡汤吃。充当"心灵鸡汤"时，放点西洋文化参掺和，有些变味，尚有新鲜感，最怕是大规模集体炒作，让人又浮起政治运动与文化运动的噩梦。总之，孔子虽然重新摩登起来，却仍然很可怜：八十年前五四运动时，他被视为"吃人"文化的总代表，现在变成"被吃"文化的总代表。

说了这么多，不是说孔子有问题，而是说对待孔子有问题。孔子确实是个巨大的思想存在，确实是人类社会的重大精神坐标，确实值得我们充分尊重、敬重。但是，二十世纪以来，问题恰恰出在不是真尊敬、真敬重，或者说，恰恰是不给孔子应有的尊严。不管是对待孔子还是对待其他大思想家，第一态度应当是尊重，然后才去理解。如果只给孔子戴高帽子，把他当作傀儡和稻草人，那还谈得上什么理解，还有什么好研究的？余英时先生说，对待孔子和儒家经典，应当冷读，不应热炒，便是应当坐下来以严肃冷静的态度，把孔子以及儒学当作一个丰富、复杂的巨大思想存在，充分尊重，认真研究。在此前提下，再进入思想体系的内里，把握其深层内涵，这样倒可以还原一个可敬的孔子形象。

但愿孔夫子在二十一世纪的命运会好一些。二○○八年新春之际让我们祝他老人家好运和重新赢得思想家的尊严。

人类的集体变质

近十几年，地球上相继出现的新现象很多，其中最重要的"核心现象"，乃是人类的集体变质，即人类正在变成另一种生物，这种生物可称为"金钱动物"。此生物在北美发出的声音是"money、money"，在欧洲是"克朗、克朗"或"欧元、欧元"，在中国则是"人民币、人民币"。声音有别，口里发出的声响不同，心里追求的却是同样的东西，这就是金钱。

与此相应，地球上又出现了一种泛宗教，即超越基督教、伊斯兰教、佛教、儒教（半宗教）等既有宗教的共同信仰，这便是"金钱拜物教"。许多中国人在寺庙里烧香，表面上崇仰的是释迦牟尼，口里叨念的是"阿弥陀佛"，实际上拜求的是钱财，心里渴望的全是财神爷多赐金银财宝。鲁迅生前嘲笑中国人一听说某绅士"有田三百亩"，就佩服得不得了。现在要是听说某大款"有钱三十亿"，更是崇拜得五体投地，有些漂亮的女子，心甘情愿充当"小三"，原因是她们只认钱，即只认钱局，不认人格。有钱便喜笑颜开，不知其他价值。居然有位女大学生宣称，倘若她是白毛女就嫁给黄世仁，黄氏除了年纪大些，没什么不好。此学生也是只认钱不认人。以往中国民间有句趣语叫做"有钱可使鬼推磨"，现在居然有人扬言"有钱可使党推磨"，说只要有钱就可以让党官党吏为其服务，听其使唤。中国"入世"这十年，经济迅猛发展，建设成就的确十分辉煌，可惜，在人们胸中"燃烧"的却只是金钱，并非心灵。中国人的灵魂正在被金钱紧紧抓住，"人为物役"已具体化成"人为钱死"，这便是变质。躯壳还是"人"，但内里（神经）却是"金钱动物"。

"神经被金钱所抓住"，这不仅是中国现象，也是普世现象。西方多数国家本就是资本主义制度，以"资本"为命脉，以金钱为纲。而资本的本性乃是无休止地牟利，哪里有钱可赚、有利可图，就往哪里钻。中国有廉价劳动力，有广阔的市场，他们就往中国钻，钱也往中国流。所谓"投资"，其实就是"投机"。金钱动物与本真人类相比，它有一种特别敏锐的嗅觉，就是能够闻到"铜臭味"并立即能把铜臭味转化为"金香味"、"银香味"，绝不像书生们那样清高，只知"铜臭味"而不会转化。资本家的抱负本就是追求"金满箱、银满箱"，其神经不对金银有高度的敏感怎么行？法国伟大作家巴尔扎克面对"葛朗台"这类金钱动物早就预言：世界将变成一部金钱开动的机器。真不幸而言中了。当下世界便是这样一部机器。国为"机器"国，民为"机器"民，一切都围绕金钱转。现在地球上最强大的美国，被"金融海啸"冲击之后仍然还支撑着，便是它得天独厚：全世界通用美元，尤其是"能源"等主要工业部门全是使用美元。于是，它便开动所有的金钱机器，拼命印钞票。当今华尔街的大亨们正是一流的高级金钱动物，其股票市场便是他们的隐形黑手。这种巨大的黑手一夜之间就可以让千家万户倾家荡产。如今股市的起落全是数百亿、上千亿的天文数字，可是谁在操控这些天文数字却全然看不见，但可断定，这全是高级金钱动物的吸血把戏。美国企图"占领华尔街"的尚未变成金钱动物的赤子们，即使占领华尔街又有何用？华尔街背后那些高级金钱动物的隐形黑手，你永远看不见。

据说掌控华尔街的老板、经理们，乃是一批具有高级文凭、毕业于尖端财经研究院的精英。我由此而认定：人类变成金钱动物的"人种变异"或称"物种变异"现象乃是从"精英"开始发生的。华尔街的精英充当金钱动物的先锋，紧跟先锋而蜕变的是各公司、各行业的大小老板。更可怕的是不仅经济精英变异，而且政治精英也变异。现在好些总统出国访问，带了一大批财政幕僚，实际上是去谈生意。总统变成高级大经理高级大老板。更荒谬的是知识部门、艺术部门的精英也发生变异。现在许多画家、收藏家、古玩家和拍卖行相结合而变成了市场的要角，他们炒起"艺术品"的疯狂劲儿令人惊心动魄。齐白石的画被炒至四亿多人民币，如果齐老在世，他能不怀疑炒家们乃是金钱动物而非人类吗？而在西方，不仅拍卖行，连网球场、足球场、篮球场、拳击场、赛马场等，全都变成赌场。千百万观众狂热欢呼，并非为精彩表演，而是因为押宝押对了，赌注下对了，赢了一大笔钱了。管它什么球星手折腿断，管它什么拳击手鼻青脸肿，管它什么洪水滔天，能赚到钱就好，就欢呼。你死我活的比赛场中散发出来的是一片金钱动物的铜臭气，这是当今世界最真实最普遍的景观。

体育明星成了摇钱树。电影明星更是摇钱树。各类明星本身也都在竞相抬高自己的价码。美国的一级篮球明星签下的合同一年可达数千万美元、上亿美元，难怪穷一点的州市，其球队也不行。因为他们养不起胃口很大的"球狮子"、"球大象"。举世瞩目的美国篮球比赛在把球员提升为球星的同时也把球员变成超级金钱动物。

体育明星的身价日益膨胀，电影明星的身价也日益膨胀。孩子们在把电影明星当作自己的"偶像"时全然不知道他们已变成美丽的金钱动物。这些漂亮生物把自己身上的一切全都用金钱加以估量。曾经获得两次奥斯卡金像奖的著名女演员伊丽莎白·泰勒，深知自己有一双迷人的眼睛，深知这双眼睛可以吸收无数观众并且可以获得无数钱财，所以她特别为这双眼睛买了一百万美元的保险。如今保险额愈来愈高，目前最受热捧的好莱坞影星兼歌星詹妮弗·洛佩兹，其头发投保达五千万美元，据说她还为自己的腿买了一亿美元、为臀部买下两亿五千万美元的保险。美国的其他影星们为自己的单眼皮、为自己的脸、为自己的腿买保险的事例多得很。她们不仅全部神经被钱抓住，而且每一根头发、每一颗牙齿、每一片指甲也都被钱抓住。十八年前我写过"肉人论"，说人类正在肉人化。所谓肉人，是指只有肉没有灵的人。文子把人分成二十五等，最后一等是"小人"，倒数第二等便是"肉人"。先前只知妓女是肉人，后来才知道肉人已普及到人类各部门。十八年后的今天，觉得"肉人"概念不足以描述人类的"进化"状况，还是用"金钱动物"这一概念更为准确。此物有尖牙利齿，有心机心术，有投资投机本领，有谋财夺利等多种功能，比"肉人"更富有冲击力。因此，与其说人类"肉人化"，不如说人类"金钱动物化"。

说人类正在集体变质、集体从人变成金钱动物，并非耸人听闻。我国的圣人孟子早在两千多年前就指出，人类与禽兽的区别也就是人与动物的区别只有一点点，《离娄下》曰："人之所以异于禽兽者，几希。"也就是说，人与动物的区别很小。他警告说，人是很容易变成禽兽的。人如果没有恻隐之心、是非之心、羞恶之心、辞让之心等"四端"就会蜕化为动物（参见《孟子·公孙丑上》）。孟子的著述与思想十分丰富，但简化起来只有三辩，即人禽之辩、义利之辩、王霸之辩。当下人类似乎都在颠倒三辩的次序和轻重，在义利之辩中以利为先，见利忘义；在王霸之辩中以霸为重，只讲力量不讲仁慈，只爱专制不爱自由；而在人禽之辩中，则为了达到谋取金钱的目的而不顾做人的基本道德，全然没有不忍之心与羞耻之心，脸皮愈来愈厚，良心愈来愈薄，这不就愈来愈不像"人"而愈来愈像"禽"吗？

指出人类正在集体变质，并不是说每个人都变质，无论是东方还是西方，好人仍然有的是，守持本真本然本色的男女老少还都健在，但是，应当看到，人类整体愈来愈贪婪，相当多的聪明人、机灵人尤其是精英们，正在领着大众走向金钱动物世界。长此以往，再过些年头，说不定地球就要变成金钱动物园。

第二人生的心灵走向

（一）

一九八九年我的生命产生了一次裂变。以这一年为分界点，我把此前在国内的生活，视为第一人生，把此后在海外的生活视为第二人生。到地球来一回，能赢得两次人生，多了一次人生体验，是很幸福的。

从第一人生到第二人生，整整七十年，我的角色经历了三个阶段的变迁：第一角色是中国的学生与学人；第二角色是中国的流亡者；第三角色即现在的角色是世界公民，或者说，是全人间的游览游思者。第二人生包括第二与第三种角色。说起角色，容易让人想起表演，而我的人生恰恰拒绝表演，它的价值恰恰在于真实，在于全是自身可靠的体验。

第二人生已经经历了二十二个年头。回想海外这段生活，我并不后悔。尽管开始时我经受过致命的孤独，经历过生命断裂的窒息感，但经历了危机之后，生命又重新获得生机。现在总结一下，觉得第二人生获得三样在第一人生中所没有的东西：（1）获得自由时间。即时间属于自己所掌握，不再被行政与世俗交往所割裂；（2）获得自由表述。这是思想自由，这种自由具有无量的价值。这是我至今拥有灵魂活力的原因；（3）获得完整人格。即不必会上说一套，会下说一套，在任何场合我都只说情愿说的话，不说不情愿的话。因为赢得这三样东西，所以我现在可以说，第二人生的生命全属于我自己。近日，加州有一中文电台访问我，让我说说"幸福密码"，我引用德国哲学家叔本华的话：幸福在于自身之中，而不在他人的喜欢中。中国文化讲"知命"与"立命"两大命题。知命与"认命"相对立，它确认命运是可以自己去掌握的。自己可以掌握自己，这就是幸福。自己能按照自己的意愿去追求、去实践、去创造，也就是"立命"，这是更大的幸福。"认命"不知这个道理，只好听天由命。

<h1 style="text-align:center">（二）</h1>

在今天的半个小时里，我无法细说第二人生的种种感受，只能说说第二人生的心灵走向。我一直认为，一个人重要的不是身在哪里，而是心在哪里，也可以说，重要的不是身往哪里走，而是心往哪里走，心往哪个方向走。如果用立命这一概念来表述，那么立命的根本点就在于"立心"。我没有为天地立心的妄念，但有为自己立心的自觉。

此时我要用一句短语来表述我的心灵方向，这就是"反向努力"。也就是说，这二十多年我的心灵走向不是沿着人们通常理解的那种方向去追求更大功名、更大权力、更多财富，而是朝相反的方向去努力，即向后方、向童年、向童心这一"反"方向去努力。我在一篇文章中曾说，回归童心，这是我人生最大的凯旋。我甚至给自己规定很明晰的人生目标，确认第一人生是从"无知"走向"有知"，即通过上学、读书、受教育、做学问以从一个蒙昧的孩子变成一个有知识、有学问的人。而第二人生正好相反，我要努力做一个人，努力从"有知"变成"无知"。所谓"无知"是指"不知"，即变成一个像婴儿那样不知算计、不知功过、不知得失、不知恩恩怨怨的人，也就是回到庄子所说的不开窍的"混沌"。庄子所讲的"混沌"，乃是天地之初、人生之初的本真本然。

这就是我的"反向努力"，第二人生的心灵走向。我曾借用希腊伟大史诗的意象来描述这种努力。希腊史诗包括《伊利亚特》与《奥德赛》。这两部史诗概说了人生的两大基本经验，《伊利亚特》象征着出击、出征；《奥德赛》象征着回归、复归。人们通常认为出征难，回归易，其实不然。回归其实是最难的，回归的路上充满艰难险阻、妖魔鬼怪。就我个人的经验而言，有两点重要的体会：（1）回归包括身的回归与心的回归，而心的回归比身的回归更难，但人生境界的提升，其关键是心的回归。（2）多数人可以实现身的回归，但实现不了心的回归。也就是说，多数人在有了功名、权力、财富之后就回不去了，回不到童年时代那一片天真天籁了。去年四月，我的母校（厦门大学）举行建校九十周年的校庆纪念活动，校长朱崇实请我回去当演讲嘉宾。我在演讲一开始就感谢朱崇实校长帮助我完成"奥德赛之旅"。不过，这只是身的奥德赛之旅，至于心的奥德赛之旅，则只有我自己明白。我知道内心的奥德赛之旅可不是买了机票、坐上飞机向东飞行那么简单，它需要修炼，需要放下，需要经受内心的挣扎与痛苦的抉择。

我们这个时代，是欲望燃烧的时代。对于中国来说，是国家最强盛的时代，但也是功名心最盛的时代。中国的唐代也如此，既是国力强盛的时代，又是功名心膨胀的时代。在今天这种时代里，知识分子要放下功名很难。对于世界来说，人类则是进入贪婪欲最疯狂的时代。全人类正在发生集体变质，变成另一种生物即"金钱动物"，并共同崇拜一种宗教，这就是"金钱拜物教"。在这样的历史场合中，人们的神经被金钱所抓住，心里充塞着金钱数字，因此，有力量放下物质欲望而回归生命本真本然更不容易。

（三）

我的心灵能够选择反向努力，应当感谢一个人，一个伟大的先贤，这就是老子。老子在《道德经》中第一次提出"反者，道之动"的哲学理念和"复归"的伟大思想，即"复归于朴"、"复归于婴儿"、"复归于无极"等观念。这种复归思想从根本上启迪了我，让我明白在人生的晚年要及时地注意"反向努力"。幸亏有他老人家的指示，我才确定了心灵的大方向。我一再对朋友们说，老子的"复归于朴"、"复归于婴儿"，均一句顶一万句，句句是真理，句句是我们应当牢牢记住的生命密码、幸福密码。我在香港、台湾开"阅读老三经"的课程，去年回国又作了十几场演讲，在厦门大学、汕头大学、四川大学、泉州师范学院也作了同一题目的演讲，在讲述中，我对"复归于朴"作了三个层面的解说，通常人们只讲"回到质朴的生活"这一层面，这当然没有错。告别奢侈，回到朴素的生活，这确实重要。但还要第二个层面，这就是回到"质朴的内心"。我认为，一个人最难的是当他拥有功名、财富、权力之后能够回到质朴的内心。功名愈大、权力愈大、财富愈多，要回到质朴的内心就愈难。我们能看到几个皇帝、国王、总统、亿万富翁回到质朴的内心？倒是有些作家、诗人、艺术家，他们永远拥有童心、拥有质朴的内心，像曹雪芹、歌德、托尔斯泰等都是这样的人，至死都持有这样的内心，这是最值得他们骄傲的。"复归于朴"还讲了第三个层面，这就是"回归质朴的语言"。"文化大革命"中，我国的语言发生了变质，出现了大量的大话、废话、谎话，甚至出现了"语言暴力"。"文化大革命"在政治层面上结束了，但在语言层面并没有结束，现在仍然有"语言暴力"现象，连教授也讲粗话，骂娘，失去语言的质朴与文明。

老子的《道德经》，曾被误读为"反智论"（"智慧出，有大伪"）、"反知论"，但我把老子的"反智"论述放在第二人生的从"有知"到"无知"的过程中去理解，倒是获得不知得失的儿童心境。当然，我们不能让我们的孩子误认为不要读书、不要知识。他们需要的是从"无知"到"有知"的正向努力。我们要告诉他们注意分清人生不同的阶段和不同的人生目标。

（四）

第二人生的"反向努力"，除了对于我个人的生命产生巨大的良性影响之外，还帮助我进入《红楼梦》以及《水浒传》、《三国演义》的内容深处。二〇〇五年和二〇〇六年我在香港三联与北京三联出版了《红楼梦悟》，之后出版了《共悟红楼》、《红楼人三十种解读》、《红楼哲学笔记》，通称"红楼四书"。我不是把《红楼梦》作为研究对象，而是作为生命体认对象即心灵感悟对象。这两种方法很不相同。作为研究对象，主体与客体是分离的，所谓研究，便是主体对客体的把握。而作为心灵感悟对象，则主客一体，"心心相印"。这是以我自己的心灵去感悟《红楼梦》人物尤其是主人公贾宝玉的心灵。因为我回归于本真之心，所以才能发现和理解贾宝玉那颗最纯粹最质朴的心灵，才能发现《红楼梦》是王阳明之后的一部最伟大的"心学"（不过，它不是思辨性心学，而是意象性心学），也才能发现《红楼梦》的哲学要点之一是"心灵本体论"。贾宝玉是一颗心，其文学形象是心灵载体。贾宝玉的内心是一个无比光明的"婴儿宇宙"，它蕴含着人类心灵最美好的一切，不仅具有充分的人性，而且具有出污泥而不染的神性。这颗心灵没有世俗生命的仇恨功能、嫉妒功能、算计功能等等，唯有审美功能。他处于荣华富贵之中而不知荣华富贵，身为贵族公子而不知贵族公子。他有一颗"平常心"，连身为王妃的姐姐回家省亲，个个惊喜万状时他也还是一颗平常心。他受宠不惊，受辱也不惊，被父亲打得半死没有一句怨言。他就是那样一颗心，但要真正读懂这颗心并不容易，需要读者也有接近这颗心的质朴心灵。所以我除了感谢老子的帮助之外，还感谢慧能、马祖道一等禅宗大师的帮助。他们帮助我认识了所谓道正是平常心（"平常心是道"）。有了平常心，才有内心的质朴与自由，才会在苦难面前不惊不怖，在成就面前不骄不傲。我们的心灵方向，应当走向贾宝玉，而不是走向贾雨村，也不是走向贾政。

我所以写作《双典批判》，对《水浒传》与《三国演义》展开毫不含糊的批判，也正是感到这两部小说的精神指向和自己的心灵方向完全相反。《三国演义》作为中国心机、心术的大全，它给人心以根本性破坏。可是中国人常以三国中人为楷模去争取英雄事业，我的心灵反向努力，正是反"三国演义"的方向。《水浒传》虽没有太多机心，却有可怕的凶心，李逵杀婴儿（杀四岁的小衙内），这是一个巨大的象征，这对我的心灵产生极大的刺激和打击，我的心灵走向，也要告别李逵，朝着他的相反方向走。老子说"反者，道之动也"，我的反向努力，符合道德运动的规律，并非别出心裁。

二〇一二年二月四日于美国

人物纪事

RENWUJISHI

最后一缕丝
钱钟书先生纪事
施光南纪事
海德格尔激情

最后一缕丝

聂绀弩于一九八六年三月去世。他生前以深挚的爱和深邃的思想，在我身上注入了他的一部分灵魂。每次想到他的名字，我就在心中增添一些洁净的阳光和抹掉一些无价值的阴影。

聂老作为一个杰出的左翼作家，在一九四九年之后还经历了那么沉重的痛苦和艰险是令人难以置信的。他有奇才，才能既是他的成功之源，也是他的痛苦之源。他既不懂得掩盖才能的锋芒，也不懂得掩盖良知的锋芒。每次政治运动，他都要说真话，真话不一定就是真理，但它是通往真理的起点。爱讲真话，这就决定他要吃亏，反"胡风"时，他当了"胡风分子"；反"右派"时，他当了"右派分子"；反"走资派"时，他又因为说了轻蔑江青的话而当了"现行反革命分子"。最后这一次非同小可，被判了无期徒刑送进监狱，直到一九七六年十月才释放回北京。

我和聂老真是有缘。他出狱后不久，我们便成了近邻，同住在北京市的劲松区。十年之间，我们成了忘年之交。我数不清到过他家多少回，不过，每一次见到的几乎都是同一种情景：他靠在小床背上，手里拿着夹纸板和笔，想着写着。我一到那里，就悄悄地坐在他的小床对面的另一张小床上，呆呆地看着他想着写着，等着他放下笔转过头来和我说话。听他说话的时刻，是我最快乐的时刻。

一日复一日，一年复一年，都是如此。只是慢慢觉得他的露出被单的双脚愈来愈细，最后细得和他的手臂一样，只剩下皮和骨，绝对没有肉。

屋里是绝对的安静，他的心跳也是绝对的平静。人世间的一切苦楚都品尝过了，和死神也打了几回交道，此时，死神对他已无可奈何，他对死神也满不在乎了，至于别的：贫穷、荣誉、名号、财富、反自由化，那就更不在乎了，然而，他还在乎一点，就是写作。天天写，决不浪费一分一秒幸存的生命。他的身体已被摧残得没有多少气力了，但他还是用残存的气力去提起那一支圆珠笔。他赠给我的诗说："彩云易散琉璃碎，唯有文章最久坚。"他相信一切都会消失，唯有艺术是永存的。对于被迫害，对于坐牢，他唯一感到遗憾的是，失去了许多时间，少写了很多文字。我相信，只要有纸和笔，他坐一辈子牢也会满不在乎的。

他的双脚不能动了，自然到不了图书馆，因此，也只能利用家里有限的藏书，把精力放在古代几部长篇小说的研究上。他自嘲说："自笑余生吃遗产，聊斋水浒又红楼。"他没想到自己在七十三四岁之后，还有"吃遗产"的机会，他真是倾心、迷醉于"遗产"。从最痛苦的地狱黑暗中走出来，能赢得一个机会，靠在小床上，欣赏自己心爱的艺术，感悟祖先的智慧与天才，这不正是天堂吗？昨天梦中的天堂不就是眼下这张小床和这些文字吗？

一九八五年夏天，他处于病危之中，发烧，昏迷，发脾气，我一见到这情景就非常着急："为什么还不送医院？"他的夫人周颖老太太说："他就是不肯走，早晨好几位朋友要他上担架，他却用手死死地抓住小床，就是不肯走。他就是这么犟。"我们只好干着急，不知道怎么办。他的夫人和朋友都走出屋了，我还站着呆看着。突然，他张开眼睛对我说："只要让我把《论贾宝玉》这篇文章写出来，你们要把我送到哪里都可以，怎么处置都行，送到阎王殿也可以。"我一下子全明白了。我知道他最后的牵挂，至死都放不下的牵挂是什么。

他的最后的生命脉搏全部连着《红楼梦》，这些思考凝聚着他对宇宙人生和文学艺术的种种见解。这是他最后最真实的心愿。就像一只蚕，他必须吐出最后的也是最美丽的一缕丝，才心甘情愿死去。只有最后一缕丝吐出来，才可以死而瞑目，这个九死一生的学人与诗人，其人生的最后希望已变得非常具体，具体到吐出一条可以称作"贾宝玉论"的丝。

聂老去世之后，我常常想起他最后的心愿和最后的遗憾，想到他抓住床架不肯离开这个世界仅仅为了吐出最后一缕丝，真有无限的感触。这是他对我最后的教导，最后的呼唤。想到这里，我就更懂得珍惜，懂得该珍惜那些最该珍惜的东西。同时，我也不能不感慨，人与人的差别实在太大了，那么多人最后眷恋的，是金钱，地位，或者一顶戴得太久的桂冠。他们也像聂老抓住床沿一样紧紧地抓住自己的桂冠，然而，这是多么不同的眷恋呵。

聂老临终前，留给我许多非常宝贵的东西，包括他在监牢里读过的《资本论》和书中的数千张小批条，还有九箱线装书，但是，朋友们不一定知道，他还留给我这价值无量的最后的一缕丝。

钱钟书先生纪事

1

钱钟书先生去世已经十年。这十年里，我常常缅怀着，也常与朋友讲述他对我的关怀，可是一直没有着笔写下纪念他的文字，仅在一九九九年四月间写了一篇千字短文，题为《钱钟书先生的嘱托》。写作这篇短文也是不得已，所以我在短文中首先说明了我沉默与难以沉默的理由，这也是我今天写作时需要说明的，因此，姑且把短文的前半节抄录于下：

尽管我和钱钟书先生有不少交往，但他去世之后，我还是尽可能避免说话。我知道钱先生的脾气。在《围城》中他就说过："文人最喜欢有人死，可以有题目做哀悼的文章。棺材店和殡仪馆只做新死人的生意，文人会向一年，几年，几十年，甚至几百年的陈死人身上生发。"钱先生的逝世，也难免落入让人生发的悲剧。不过，人生本就是一幕无可逃遁的悲剧，死后再充当一回悲剧角色也没关系。我今天并非做悼念文章，而是要完成钱钟书先生生前让我告诉学术文化界年轻朋友的一句话。

这句话他对我说过多次，还在信中郑重地写过一次。第一次是在我担任文学研究所所长之后不久，我受所里年轻朋友的委托，请求他和所里的研究生见一次面，但他谢绝了，不过，他让我有机会应告诉年轻朋友，万万不要迷信任何人，最要紧的是自己下工夫做好研究，不要追求不实之名。一九八七年，我到广东养病，他又来信嘱托我：

请对年轻人说：钱某名不副实，万万不要迷信。这就是帮了我的大忙。不实之名，就像不义之财，会招来恶根的。（一九八七年四月二日）

作为中国卓越学者的钱先生说自己"名不副实"，自然是谦虚，而说"万万不要迷信"包括对他的迷信则是真诚的告诫。迷信，不管是迷信什么人，都是一种陷阱，一种走向蒙昧的起始。钱先生生前不迷信任何权威，所以他走向高峰，死后他也不让别人迷信他，因为他期待着新的峰峦。在不要迷信的告诫之后是不是虚名的更重要的告诫，我今天不能不郑重地转达给故国的年轻朋友。

2

钱钟书先生的好友、我的老师郑朝宗先生在一九八六年一月六日给我的信中说："《围城》是愤世嫉俗之作，并不反映作者的性格。"确乎如此，但钱先生在《围城》中所批评的文人喜作悼念文章，却也反映他内心的一种真实：不喜欢他人议论他、评论他，包括赞扬他的文章。钱先生对我极好、极信赖（下文再细说），唯独有一次生气了。那是一九八七年，文化艺术出版社出于好意要办《钱钟书研究》的刊物。出版社委托一位朋友来找我，让我也充当一名编委，我看到名单上有郑朝宗、舒展等（别的我忘记了），就立即答应。没想到，过了些时候，我接到他的电话，说有急事，让我马上到他家。他还特地让他的专车司机葛殿卿来载我。一到他家，看到他的气色，就知道不妙。他一让我坐下就开门见山地批评我："你也当什么《钱钟书研究》的编委？你也瞎掺乎？没有这个刊物，我还能坐得住，这个刊物一办，我就不得安生了。"他一说我就明白了。尽管我为刊物辩护，证之"好意"，他还是不容分辩地说："赶快把名字拿下来。"我自然遵命，表示以后会慎重。第二年我回福建探亲，路经厦门时特别去拜访郑朝宗老师，见面时，他告诉我，钱先生也写信批评他。郑老师笑着对我说："这回他着实生气了。不过，他对我们两个都极好，你永远不要离开这个巨人。"最后这句话郑老师对我说过多次，还特别在信中写过一次。八六年我担任研究所所长后，他在给我的信上说：

> 你现身荷重任，大展宏才，去年在《读书》第一、二期上发表的文章气魄很大，可见进步之速。但你仍须继续争取钱默存先生的帮助。钱是我生平最崇敬的师友，不仅才学盖世，人品之高亦为以大师自居者所望尘莫及，能得他的赏识与支持实为莫大幸福。他未曾轻许别人，因此有些人认为他尖刻，但他可是伟大的人道主义者。我与他交游数十年，从他身上得到温暖最多。一九五七年我堕入泥潭，他对我一无怀疑，六〇年摘帽后来信并寄诗安慰我者也以他为最早。他其实是最温厚的人，《围城》是愤世嫉俗之作，并不反映作者的性格。你应该紧紧抓住这个巨人，时时向他求教。

郑朝宗老师是钱先生的知音挚友，对我又爱护之至。《管锥编》出版之后，他一再叮嘱我要"天天读"。我果然不忘老师教诲，二三十年从未间断过对《管锥编》的阅读，也终于明白郑老师所说的"巨人"二字是什么意思。钱钟书先生绝对是中华民族空前绝后的学术巨人，是出现于二十世纪的人类社会的学问奇观。如此博学博识，真前不见古人，后也恐怕难见来者。尽管我对钱先生的学问高山仰止，但对《围城》却并不特别喜爱，对此，我请教郑老师：我的审美感觉不知对否？郑老师回答说：平心而论，他的主要成就是学问，不是创作。

钱先生对《钱钟书研究》一事如此认真的态度，绝非矫情。他的不喜别人臧否的态度是一贯的，他自嘲说：我这个人"不识抬举"（参见一九九一年二月三日写给郑朝宗的信），这也非虚言。一生渴求高洁、安宁，确实是他的真情真性。只是求之太真太切，往往就对"抬举"之事怒不可遏，言语过于激愤。一九九六年，我听到法国的友人王鲁（法国国际广播电台中文部编辑）说，他看到国内报刊有一消息，说李希凡等人联名写了呼吁信，要求制止江苏无锡把钱先生的祖居旧址夷为商场，以保护国宝文物。知道此事后，他就致函杨绛先生，询问此事是否需要声援一下。杨先生在回函中传达了钱先生的话："我是一块臭肉，所有的苍蝇都想来叮着。"一听到这句话，我就相信这是钱先生的语言，别人说不出如此犀利透彻的话。难怪人家要说他"尖刻"。然而，这句话也说明他为了保卫自己的安宁与高洁是怎样的不留情面。

3

钱先生一去世，香港的《信报》就约请我写悼念文章。他们知道我与钱先生的关系非同一般。但我没有答应。钱先生去世十年了，我还是没有写。没有提笔的原因，除了深知钱先生不喜悼文、不喜他人臧否的心性之外，还有一个原因是要写出真实的钱钟书实非易事，尤其是我理解的钱先生，真是太奇特。每一个人都不是那么简单的，尤其是文化巨人，更是丰富复杂，具有多方面的脾气。我接触交往的人很多，但没有见到一个像钱先生这样清醒地看人看世界。他对身处的环境、身处的社会并不信任，显然觉得人世太险恶（这可能是钱先生最真实的内心）。因为把社会看得太险恶，所以就太多防范。他对我说："我们的头发，一根也不要给魔鬼抓住。"这是钱先生才能说得出来的天才之语，但是当我第一次听到时，身心真受了一次强烈的震撼。我完全不能接受这句话，因为我是一个不设防的人，一个对"紧绷阶级斗争一根弦"的理念极为反感的人。但是这句话出自我敬仰的钱先生之口，我不能不震撼。后来证明，我不听钱先生的提醒，头发确实一再被魔鬼抓住。口无遮拦，该说就说，结果老是被批判，直到今天也难幸免。出国之后，年年都想起钱先生这句话，但秉性难改，总是相信世上只有人，没有魔鬼。

不过，出国之后，我悟出"头发一根也不能给魔鬼抓住"，正是理解钱先生世界的一把钥匙。他不喜欢见人，不喜欢社交，不参加任何会议，他是政协委员，但一天也没有参加过政协会。我们研究所有八个全国政协委员，唯有他是绝对不到会的委员。他是作家协会的理事，但他从未参加过作协召开的会议也不把作协当一回事。有许多研究学会要聘请他担任顾问、委员等，他一概拒绝。不介入俗事，不进入俗流，除了洁身自好的品性使然之外，便是他对"魔鬼"的警惕。"文化大革命"刚开始，有人要陷害他，贴出一张大字报，揭发"钱钟书有一次看到他的办公桌上放了一本毛选，竟说：拿走，拿走，别弄脏我的书桌"。钱先生立即贴出一张大字报郑重澄清："我绝对没有说过这句丧心病狂的话。"在当时极端险恶的"革命形势"下，如果钱先生不及时用最明确的语言澄清事实，给魔鬼一击，将会发生怎样的灾难呢？

只有了解钱先生的防范之心，才能了解他的代表作《管锥编》为什么选择这种文体，为什么像构筑堡垒似的建构他的学术堂奥。既然社会这等险恶，就必须生活在堡垒之中。鲁迅就因深明人世的险恶，所以其文也如"壕堑"，自称其行为乃是"壕堑战"，不做许褚那种"赤膊上阵"的蠢事。我读《管锥编》，就知道这是在进入堡垒、进入壕堑、深入深渊，要慢慢读，慢慢品，慢慢悟。书中绝不仅仅是如山如海的知识之库，而且还有如日如月的心灵光芒。而对"文化大革命"的大荒唐，他不能直说，但书中"口戕口"的汇集与曲说，则让你更深地了解人性之恶从来如此。而对"万物皆备于我"的阐释，一读便想到"文化大革命"中人的表现确实集狮子之凶猛、狐狸之狡猾、毒蛇之阴毒、家狗之卑贱等万物的特性。倘若再读下"几"、"鬼国"等词的疏解，更会进入中国哲学关于"度"、关于临界点的深邃思索。有人说，《管锥编》是知识的堆积，将来电脑可替代，这完全是无稽之谈。电脑可集中概念，但绝不可能有像钱先生在汇集中外概念知识的同时，通过组合和击中要害的评点而让思想光芒直逼社会现实与世道人心。有人贬抑说《管锥编》是散钱失串，这也不是真知明鉴。不错，从微观上看，会觉得《管锥编》的每一章节，都没有一个时文必具的那种思想主题，那种进入问题讨论问题的逻辑链条（串），但是，《管锥编》却有一个贯穿整部巨著的大链条，这就是中国文化的内在大动脉。我在海外的学术讲座中，告诉学生，你要了解《诗经》，读读《管锥编》的第二册第十三节就可以了。我在讲解老子《道德经》时，只讲一个"反"字。此字是全经的文眼，一通百通。而能抓住这个字，就得益于《管锥编》，正是它首先抓住这个字，并集中了历来各种注本对"反"字的解释，真了不得。因为走进去了，才看到《管锥编》这一深渊的美妙。学问真是太美了！深渊真是太迷人了！一旦进入，一定会流连忘返。但应当承认，这确实是深渊，是堡垒。钱先生大约知道，能进入之人无须防，未能进入之人必须防。能进入的人一定会高山仰止，当然也一定不忍加害于造山之人；不能进入的人，或无知，或偏见，或傲慢，或嫉妒，干脆就在他们面前筑一堵墙，一道壕堑，由他们说去吧。

钱先生的防范与警惕，表现在学术上，也表现在工作上。他当了社会科学院副院长，只管一点外事。说是"一点"，是指他并非真管院里的全部外事。真管的还是赵复三和李慎之这两位副院长。只有一些外国学者，特别是文学研究方面的学者，特别要求要见他的，或者院部领导人认为他必须出面的，他才不得不见。我担任所长后，文学方面的来客真不少。有几次院部拟定钱先生必须出面，他应允后竟对外事局说：你们不要派人来，再复来就可以了，他不会英文，我可以当翻译。说到做到，他真的不让院里所里的外事人员陪同，由我们两个单独会见。钱先生不让别人参加，就是有所提防。对于我，他则绝对放心，我多次有幸听到他在外宾面前畅所欲言。他批评丁玲是"毛泽东主义者"，被打成右派，吃了那么多苦头之后还是依然故我。说完哈哈大笑。他又表扬魏明伦嘲讽姚雪垠的文言杂文（发表于《人民日报》）写得好，说当代作家能写出这样的文言文不容易。敞开心胸的钱先生真可爱，拆除堡垒的钱先生，其言笑真让人闻之难忘。

4

真正敞开心胸的钱钟书，其实是年轻时期的钱钟书。尽管我敬爱整个钱钟书，但就个体生命状态而言，我更喜欢青年钱钟书。青年钱钟书心中没有一根弦，天真活泼，才华横溢，其文章全是率性而谈，直言无忌。这个青年钱钟书凝聚在浙江文艺出版社出版的《钱钟书散文》一书的前半部中。此书搜集的三十年代钱先生所写的散文，即从一九三二年到一九三九年也就是《围城》问世之前的散文。这些散文篇篇有性情有思想，智慧之语全无文言的包裹，让人读后觉得作者不仅是才子，而且是赤子。例如写于一九二二年的短文《大卫·休谟》，评介的是四百三十六页的英文版《大卫·休谟传》，讲述了英国大哲学家休谟的思想与故事，但钱先生以年轻学人的幽默与刁顽，把休谟自己概说十六项特性摘译数项于文中，实在很有趣。休谟如此自画：一、好人而以做坏事为目的；三、非常用功，但是无补于人亦无益于己；八、非常"怕难为情"，颇谦虚，而绝不卑逊；十一、虽离群索居而善于应酬；十三、有热诚而不信宗教，讲哲学而不求真理；十四、虽讲道德，然不信理智而信本能；十五、好与女子调情，而决不使未嫁的姑娘的母亲发急，或已嫁的姑娘的丈夫拈酸。笔者所以要提这篇散文而且注意钱先生在十六条中选择这七条，是觉得青年钱钟书很像青年休谟：坦率、顽皮、风趣，情感中放入理性，与众不同。这七条简直是青年钱先生的自白。晚年钱钟书就不完全是这样了，他很理智，很负责，很警觉，显得有点世故，能靠近他的人很少了。

因为钱先生的这种个性，他常被误解为尖刻的冷人。文学所古代文学研究室的一位比我年轻的学子，有一次竟告诉我一条"信息"，说他的博士生导师（在古代文学研究界甚有名声）这样评论：刘再复彻头彻尾、彻里彻外都是热的，而钱钟书则彻头彻尾、彻里彻外都是冷的。我听了此话，顿时冒出冷汗（不是热汗），并说一声"你们对钱先生误解了"。有此误解的，不仅是文学所。

然而，我要说，钱先生是个外冷内热的人。郑朝宗老师说"他其实是最温厚的人"，绝非妄言。对钱先生的评说各种各样，但我相信自己亲身体验的才最可靠。

我和钱先生、杨先生真正能坐在一起或站在一起说话是在一九七三年社会科学院从五七干校搬回北京之后，尤其是在"文化大革命"结束之后。那时我住在社会科学院的单身汉宿舍楼（八号楼），钱先生夫妇则住在与这座楼平行并排（只隔十几米远）的文学所图书馆楼。因为是邻居的方便，我竟多次冒昧地闯到他的居室去看他。他们不仅不感到突然，而且要我坐下来和他们说话，那种和蔼可亲，一下子就让我感到温暖。"四人帮"垮台之后，社会空气和人的心情变好了，我们这些住在学部大院里的人，傍晚总是沿街散步，于是我常常碰到钱先生和杨先生，一见面，他们总是停下来和我说阵话。那时我日以继夜写批判"四人帮"的文章，写得很有点名气。见面时我们更有话可说。一九七九年我调入文学所，又写学术论著，又写散文诗。一九八四年香港天地图书公司决定出我的散文诗集（《洁白的灯心草》），我就想请钱先生写书名。因此就写了一封短信并附上在天津百花文艺社出版的《太阳·土地·人》散文诗集寄到三里河南沙沟钱先生的寓所。没想到，过了三天就接到他的回信和题签。这是我第一次收到他的信。信的全文如下：

再复同志：

　　来书敬悉。尊集重翻一过，如"他乡遇故知"，醰醰有味。恶书题签，深恐佛头着秽，然不敢违命，写就如别纸呈裁。匆布，即颂

　　日祺

钱钟书上二十日

收到信与题签后我光是高兴，把他的"墨宝"寄出后，又进入《性格组合论》的写作，竟忘了告诉钱先生一声。而钱先生却挂念着，又来一信问："前遵命为大集题署送上，想应毕览。"我才匆匆回了电话，连说抱歉。而他却笑着说："收到就好。"香港把书推出之后，我立即给他和杨先生送上一本，他又立即响应，写了一信给我：

再复同志：

赐散文诗集款式精致，不负足下文笔之美感尧尧，当与内人共咀味之，先此道谢。拙著谈艺录新本上市将呈雅教而结墨缘，即颂

日祺

钱钟书　杨绛同候

对于我的一本小诗集，钱先生竟如此爱护，如此扶持，一点也不敷衍。那时我除了感激之外，心里想到：中国文化讲一个"诚"字，钱先生对一个年轻学子这么真诚，中国文化的精髓不仅在他的书里，也在他的身上。生活的细节最能真实地呈现一个人的真品格，为我题写书名一事，就足以让人感到钱先生是何等温厚。

更让我感激的是我担任文学研究所所长之后，他对我的学术探讨和行政工作都给予了充满温馨的支持。文学所有二百六十个编制，连同退休的研究人员和干部，大约三百人左右。那时我还算年轻，毫无行政工作准备。而且我提出的"人物性格二重组合原理"、"论文学主体性"、"思维方法变革"等理念又面临着挑战。尽管自己的心灵状态还好，但毕竟困难重重。在所有的老先生中（全所有俞平伯、吴世昌、孙楷第、唐弢、蔡仪、余冠英等十几位著名老学者，其中有八位全国政协委员和人民代表），钱先生最理解我，也最切实地帮助我。他数十年一再逃避各种会议，但是我召开的三次最重要的会议，请他参加，他都答应。

第一次是一九八六年一月二十一日，纪念俞平伯先生从事学术活动六十五周年、诞辰八十五周年的会议。这是我担任所长后做的第一件重要事，而且牵扯到众所周知的毛泽东亲自发动的《红楼梦》研究的是非问题。我在所长的就职演说中声明一定要贯彻"学术自由、学术尊严"的方针，而俞平伯先生的《红楼梦研究》有成就，有贡献，尽

管被认为是"唯心论"和"烦琐考证",但也是学术问题,也应当还给俞先生以学术自由和学术尊严。当我把自己的想法告诉钱先生时,他用非常明确的语言说:"你做得对,我一定出席你的会。"这次会议开得很隆重,除了所内人员之外还邀请了文学界的许多著名作家学人参加,与会者四百多人,成了文化界一件盛事。钱先生不仅准时到会,而且和俞先生、胡绳及我一起坐在主席台上。散会时可谓"群情兴奋",大家围着向俞先生道贺,照相,我也被来宾和其他与会者围着,没想到钱先生竟然也挤过来,在我耳边兴奋地说:"会开得很好,你做得太对了!"我连忙说:"谢谢钱先生来参加会。"有了钱先生的支持,我心里更踏实了。这毕竟是件触及敏感学案的大事。开会的前三天,胡绳紧急找我到办公室,我一进门他就生气地指着我:"再复同志,你就是自由主义,开俞平伯的会,这么大的事,通知都发出去了,我刚收到通知。连个请示报告都不写。你忘了毛主席的批示了吗?怎么办?"我知道一写报告会就开不成,但不敢直说,只跟着说了"怎么办"三个字。胡绳说,怎么办?我替你写一个报告给中宣部就是了。听到这句话我高兴得连声说"胡绳同志你真好",并仗着年轻和老朋友的关系硬是对他说:"这个会,您一定要参加,还要讲个话。"他没答话,等我告辞走到门边,他叫住我,说了一句:我会参加会的。

尽管我"自由主义",但没有把胡绳的半批评半支持的态度告诉任何人,也没有告诉钱先生。钱先生那种由衷高兴的态度,完全出自他的内心。这种态度不仅有对我的支持,也有对俞先生真诚的支持。钱先生内心何等明白又何等有情呵。

除了俞先生的会,钱先生还参加了我主持的"新时期文学十年"讨论会和"纪念鲁迅逝世五十周年"学术讨论会。两个会规模都很大,尤其是第一个会,与会者一百多人,列席旁观者很多,仅记者就有九十人。好几位记者和外地学者问我哪一个是钱钟书先生,有一位记者错把张光年当作钱先生,要我和这位"钱先生"照个相,我赶紧去把真钱先生找来,然后三个人一起照了个相。我知道钱先生最烦被记者纠缠及照相之类这些俗事,但为了支持我还是忍受着煎熬。后一个会是以中国社会科学院名义召开的,但筹备工作由文学所做,因此我请钱先生致欢迎辞,由我作主题报告。我还请钱先生帮我们审定邀请外国学者的名单,他答应之后,所科研处开列了一份二十个人的名单。没想到,他在每个人的名字下都写一两句很有趣的评语,例如"此人汉语讲得不错,但很会钻营,有人称他为尖尖钻"。对于海外汉学家,钱先生多数看不上,评语都不太好。读了这份评语，我立即请科研处保管好，不要外传。当时管外事的副所长马良春拿着名单和评语，惊讶不已，我开玩笑说："钱先生真把海外许多汉学家视为纸老虎。"在北京二十多年，通过这个会，我第一次也是唯一的一次听到钱先生致欢迎辞。致辞的前两天，他把讲稿寄给我让我"斟酌"一下，我哪敢"斟酌"，只是立即复印一份放入自己的活页夹里。他的致辞只有六百字。除了开场白之外，只讲了两段。第一段话说：

> 十九世纪意大利大作家孟佐尼在他最著名的小说里写一对少年男女经过许多艰难挫折，终于苦尽甘来，他马上说，最美满幸福的生活是毋须叙述的，因为叙述起来，只会使读者厌倦，全书就此收场。我想，像鲁迅这样非常伟大和著名的人物也毋须介绍的，像"中外文化"这样一个明白响亮的大题目，也毋须解释的，我多余地来介绍一番，解释一番，作为开场白，只会使听者腻烦。何况今天在座的都是对鲁迅的生平和著作很熟悉、很有研究的女士和先生，我更不敢班门弄斧。我只代表本院欢迎各位并预祝这次会议的成功。

第二段则表示自己对学术讨论会的看法，这段话讲得极好。会后我曾背给好几位朋友听，至今还会背：

> 中外一堂，各种观点的、各个方面的意见都可以畅言无忌，不必曲意求同。学术讨论不像外交或贸易谈判那样，毋须订立什么条约，各方完全同意，假如容许我咬文嚼字，"会"字的训诂是"合也"，着重大家一致，但是"讨论"的"讨"字的训诂是"伐也"，"论"字的训诂是"评也"，有彼此交锋争鸣的涵义。所以，讨论会是具有正反相成的辩证性的，也许可以用英语来概括："No conference Without differences."

5

更让我感动的是钱先生不仅在行政工作上支持我，而且在学术探索上支持我。我的本性是对文学对思想的酷爱，无论自己的地位发生什么变化，头顶什么桂冠，我都牢记自己的本分，不忘把生命投入学问。因此，虽然担任所长，但还是把心放在著书立说上，而且尽可能"利用职权"推动文学研究思维空间的拓展。钱先生理解我。他比我更了解人情世故，更知道路途坎坷，因此，总是为我担心。一九八五年拙著《性格组合论》在上海文艺出版社出版之后，引起了"轰动效应"，连印六版三十多万册。热潮之中，我的头脑也很热。但钱先生很清醒冷静，见到第六版，他对我说，要适可而止，显学很容易变成俗学。听了这句话，我立即写信给责任编辑郝明鉴兄，请求不要再印。《论文学主体性》发表之后，更是"轰动"，不仅引发了一场大讨论，而且引发《红旗》杂志的政治性批判，特别是由姚雪垠先生出面批判。姚先生宣称自己是用"马克思主义大炮"来炮轰我。我在回答《文汇月刊》记者刘绪源的访谈之后他更生气，说要到法院告我。那时钱先生真为我着急，很关注此事。有一天，他让我立即到三里河（他的家），说有事相告。我一到那里，他就说，刚才乔木（指胡乔木）到这里，认真地说，刘再复的《性格组合论》是符合辩证法的，肯定站得住脚。文学主体性也值得探索，他支持你的探索。钱先生显得很高兴。其实在几天前，就在八宝山殡仪馆（追思吴世昌先生的日子），胡乔木已亲自对我说了这些话，但钱先生不知道。看到钱先生对我这样牵挂，我暗自感叹，困惑胜过高兴：这样一篇学术文章竟让钱先生这样操心。不过，我再一次真切地感受到钱先生的温厚之心，在困惑中感到人间仍有温暖与光明。那一天，他留我在他家吃了饭，然后就主体性的争论，他谈了两点至今我没有忘却的看法。第一，他说，"代沟"是存在的，一代人与一代人的理念很难完全一样。言下之意是要我不必太在意，应让老一代人去表述。第二，他说："批评你的人，有的只是嫉妒，他们的'主义'，不过是下边遮羞的树叶子。"听到第二点，我想起了《围城》的话："这一张文凭，仿佛有亚当夏娃下身那树叶的功用，可以遮羞包丑；小小一方纸能把一个人的空虚、寡陋、愚笨都掩盖起来。"这第二点是犀利，而第一点是宽容。我将牢记第一点，尽可能去理解老一辈学人的理念，不负钱先生的教诲。

不了解钱先生的人，以为他只重学术求证，不重思想探索，其实不然。钱先生当然是一等学问家，不是思想家，但他对思想探索的价值和艰辛却极为清楚也极为尊重。他两次劝我要研究近代文学史中的理念变动，对近代史中严复、康有为、梁启超、王国维这一思想脉络也很敬重。如果不是亲身体验，我亦远不会知道他的内心深处具有思想探索的热情。在上世纪八十年代，我作为一个弄潮儿，一个探索者，没想到给予我最大支持力量的是钱钟书先生，尤其是在比我高一辈两辈的人中，规劝者有之，嘲讽者有之，批判者有之，讨伐者有之，明里暗里给我施加压力者有之。轻则说说笑笑而已，重则诉诸文字。可是钱先生却毫无保留地支持我，既支持我性格悖论的探索，也支持我主体论的探索；既支持我传统转化的探索，也支持我变革方法论的探索，支持中既有智慧，又有情感。就以"方法论变革"一事而言，我被攻击非难得最多。但钱先生也支持，只是提醒我："你那篇《文学研究思维空间的拓展》是好的，但不要让你的学生弄得走样了。"听到这句话时，我一时反应不过来，竟书生气地回答说"我没有学生"，后来才明白是什么意思。当时我的提倡方法论变革，包括方法更新、语言更新（不惜引入自然科学界使用的概念）、视角更新（哲学视角与哲学基点）、文体更新等，因此方法更新也可称作文体革命。一九八八年秋季，中央主持宣传文教的领导人决定举行一次全国性的社会科学、人文科学的征文评奖活动，其意旨是要改变历来社会科学、人文科学总是处于被批评的地位，由国家出面表彰其优秀成果。这一思路当然很好。因为全国各社会科学研究单位及大学都要参加竞赛，所以中国社会科学院的领导者也重视此事，他们觉得院内的几个大所都应当竞得最高奖（一等奖），因此，汝信（副院长，也管文学所）打电话给我，说院部研究过了，文学所要重视此事，你自己一定要写一篇。没想到，这之后的第二天，马良春又告诉我：钱先生来电话说要你亲自动手写一篇。有钱先生的敦促，我就不能不写了。大约用了一个月的时间，我写出了《八十年代文学批评的文体革命》一文，并获得一等奖。全国参加征文的有一千多篇论文，二十二篇得一等奖，文学方面有两篇。文学所总算把脸面撑了一下。获奖后最高兴的事并不是参加了领导人的颁奖仪式，领了五千块奖金和奖状（颁奖者是胡启立、芮杏文、胡绳等五人），而是出乎意料之外，钱先生给我一封贺信，信上说：

理论文章荣获嘉奖，具证有目共赏，特此奉贺。

钱先生写贺信，是件不寻常的事，而"有目共赏"四个字，更是难得。有朋友说，这四个字，一字千钧。固然，这可让我产生向真理迈进的千钧力量，但是，我明白，这是溢美之词，钱先生对同辈、长辈，尤其是对国外名人学者，要求很严，近乎于"苛"，而对后辈学子则很宽厚，其鼓励的话只可当作鼓励，切不可以为真的所有的眼睛都在欣赏你。

6

我今天所以把这四个字写出来，只是想说明，钱先生内心深处有一种常人不易感受到的热情与关怀，不仅对于个人。其实对于社会也是如此。一九八七年反自由运动开始之前的一个多月，被聘请到广东去担任《现代人报》主编的徐刚告诉我，说钱先生给刘宾雁写了一副对联，即"铁肩挑道义，辣手著文章"。这两句话原是李大钊之语，钱先生用以肯定刘宾雁的敢说敢言。没想到，得知此事不久（对联在报上刊出也不久），全国批判"资产阶级自由化"的运动开始了，邓小平点了方励之、刘宾雁、王若望三个人的名。当时社会科学院党组立即召集各所党委书记、研究所长等近两百名主要干部传达邓小平指示，并在院外租一旅馆进行"集训"，胡绳作了非常严厉的报告。我也带着日常用品去参加集训三天三夜。回来后，我给钱先生打电话，他立即要我到他的三里河之家。一进门，我就把开会的情况全告诉他了。并说：刘宾雁被开除党籍了。现在党内正在批判他。我知道钱先生关注此事，有一个具体原因是他刚刚写了对联赞美刘宾雁，所以就主动提起此事，并安慰钱先生说，您虽然给刘宾雁写了那对联，但这次运动不涉及党外，应当不会追查此事。他点点头，一句话也没说，只是呼唤了正在里屋工作的杨先生，让她出来和我们一起商量一下"要事"。杨先生一出来就说：写就写了。钱先生也接着说，对，写就写了，就这样吧。杨先生似乎早已胸有成竹，给钱先生镇定了一下。

钱先生虽然整天埋头著述，但头脑非常清醒，他好像明白，我虽然当了研究所负责人，其实头脑并不清醒，所以常常提醒我。一九八九年三月，我应邀将到美国五所大学（哥伦比亚大学、芝加哥大学、哈佛大学、斯坦福大学、圣地亚哥大学）进行学术交流并作学术讲演。钱先生除了托我把两本《洗澡》（杨先生小说）分别交给夏志清先生和李欧梵先生之外，还叮咛我说：你到美国这么多学校，交往的人很多，一定要注意一点：只讲公话，不讲私话。刚听钱先生的叮咛，我愣了一下，但很快就明白了，这是钱先生给我的护身法宝。倘若破译一下，就是要我言行端正，不可对任何人讲迎合的话，拉关系的话，更不可讲机密的话。在美国两个多月，我念念不忘的就是钱先生"不讲私话"的嘱咐。

这一年的五月上旬，我因为赶回去参加社会科学院纪念"五四"七十周年的国际学术讨论会（因飞机耽误没参加上）被卷入政治风波，于八月初又来到美国。在芝加哥大学落脚后，我给钱先生打了一次越洋电话。接电话的是钱瑗。她放下电话去找钱先生。大约三分钟后，钱瑗说：父亲让我告诉你，在海外不要参加任何政治活动。政治不是我钱某能搞的，也不是你能搞的。钱先生这一叮嘱很认真，很郑重。过了几个月之后，香港天地图书公司陈松龄先生告诉我，说他刚到北京去拜访钱先生，一坐下来，钱先生就问，你们知道再复在海外怎样吗？接着又让我们转告你：在海外千万不要参加任何政治活动，政治不是我们这些人能搞的。钱先生不仅在学术上很严谨，在立身处世的态度和方法上也很严谨。绝不参与政治，这是他的坚定立场，也是他能够给予我的最具体、最大的关怀。钱先生的一再叮嘱，对我产生了影响。近二十年来，我绝对不涉足政治。对于社会，我也仅止于关怀，绝不直接拥抱社会是非。二〇〇二年，我在城市大学"客座"时，钱先生的忘年好友奕贵明兄和许德政诸兄到寓所拜访我。贵明兄说钱先生在我出国后一直牵挂着我，甚至在去世前不久还牵挂着。对于钱先生的这份情，我除了心存感激之外，就是要记住他在生前就投射给我的灵魂光辉，坚定地走独自进行精神创造的路，不可落入任何权力角逐的黑暗深渊。钱先生的智慧既呈现于他所创造的中国学问的高峰中，也呈现于具体的人间关怀与世事拒绝中。我真实地书写下来，既为我自己，也为其他如我一样天真而不知政治为何物的年轻朋友。

施光南纪事

1

没想到漂流在遥远的海外时，竟会听到施光南的死讯。妻子在报纸上看到这一消息时，不敢告诉我。她知道我会怎样伤感，因为她知道我和光南有着怎样的友情。

当我从报纸上看到给光南开追悼会的消息时，我真的承受不住了。我发呆，除了发呆，我不知道该做什么。其实我什么也不能做。仿佛应当送一个花环，我知道，死者在所有的花环中一定最喜欢我的花环。但是，我不能够。因为我是"罪人"，我所做的一切将会给朋友的家属带来麻烦与不幸。

几个月前，当我听到王瑶先生去世的消息时，同样受不了。这位老先生很早就关怀我推荐我，在近几年的政治风波中，他悄悄地告诉过我许多诚挚的话。他死了，我不假思索地打电话给尚在北京的女儿，她是王瑶先生所在的北大中文系学生，让她替我送个花环。然而，过了些天，女儿告诉我，主持追悼会的办事人说，还是不要以我的名义送，以免让生者麻烦。折中之后，以我的女儿"剑梅"的名义送了一个。对于此事，我不怪任何人，我能理解一切悲哀，包括死者的悲哀，也包括生者的悲哀。

我不能送花环了。我不能给光南的妻子和女儿招惹麻烦。然而，奇怪的是，恰恰在我知道光南逝世的这一天，我客居的后花园里，开满了白色的玫瑰。开得那么多，那么密。对着这一片惨白色的小花，我又发呆起来，久久呆看着，呆想着。我只能用呆看和呆想来悼念和送别天才的挚友。我相信光南一定知道我呆想些什么。

我真不应该在那敏感的五月给他打电话。那时我刚从美国回到北京，有一位朋友告诉我，说光南在全国青联的座谈会上有个发言。我不知道缘由，便打电话去问他。没想到，他一听说就委屈得哭了起来。过去，我只是听见光南唱歌，没有听过他哭泣。我熟悉他的歌声，但不熟悉他的哭声。一听这陌生的抽泣，我的心便震颤起来。接着，他又一连说了半个小时的话，努力向我解释：他说他的发言不是反对……而是希望……不要弄得两败俱伤。他愈说愈急，而且还要立即到我家里来。没想到我的问题引起光南这么大的激动。我了解光南，拼命安慰他，并告诉他：我只是道听途说，别这么"神经质"，而且，我也赞成你的意见，应当适可而止。

这是我最后一次和他的谈话。他所作的解释，是那么急切，那么真诚，又是那么焦虑、痛苦和迷惘。我知道，这位用满腔的热血谱出《在希望的田野上》的朋友，现在正在被震撼得手足无措。他是一个真正的艺术家，大自然的任何声音经过他的内感觉的转化，便会变成非常神妙的音符。然而，此时他所耳闻的让他完全迷惘了。他告诉我他的心声。他的声音几乎是绝望的。和《在希望的田野上》的歌声相比，完全是另一个世界的声音。我真后悔，我真不该打那一个电话，真不该让这位总是创造着希望之声的友人放出哭声，而且，这哭声将和他的歌永远留在我的心里——在他的甜蜜的歌声中渗下永远的苦汁。

2

我没有理由怀疑。如果别的朋友怀疑他，我也没有理由怀疑。因为，我最了解他，他也最了解我。他在人生中赢得一次最重要的投票权利时，曾投我一票，他以这一票证明他的友情和他的信念。此事发生在一九八七年，这一年，他被推选为中国共产党第十三次党代会的代表，在选举党中央委员会时，我这个没有代表资格即没有参加会议的人竟得了一票，这就是施光南着意投下的一票。这一年的年初，我被当作思潮中一分子受牵扯而到南方"避难"。深知我的光南，为此而感到不平和不安。因此，就在运动的"热潮"中，他到处找我，可是几次到我家都不遇而返。春节期间他来探访我，也未碰上，于是就在我家里的小桌子上留下一封信，写着：

再复：

　　春节好！元旦期间原来和束扬约好来看你，因感冒未能前来。今天我到伍绍祖家和我们一些老同学相聚，回来时想碰碰运气，不想又未能见到你。谢谢你送我的《性格组合论》，书写得很好，相信历史会对它作出应有的评价的。看了你书中的一些论述，颇有共鸣，不仅对文学创作，对于认识人，认识社会，你都很敏感地提出了一些很有价值的观点。你是一个思想成熟的人，也是一个正直、勇敢的人。朋友们都尊敬和爱你。我作为一个经常从你这里得到教益的友人，衷心希望你保重身体，事业还在期待着你将来放出更大的光和热！祝全家幸福！

光南87.1.31

我知道这是光南在安慰我，因为我并不是一个成熟的人。但我感谢光南在社会给我投入阴影的时候，他总想用天真的歌声和天真的语言来为我抹掉阴影，最后甚至用党代会上的一票企图为我抹掉阴影。光南是党代表，我不是。选举中央委员，只能从代表中选出，他却在选举时写上我的名字，这是违反党章的，但为了表示对友人的绝对信赖，他无计可施，只能用这一票，他真像个顽童，即使在最庄严的政治场合中，也不失儿童的天性。事情真巧，列席此次党代会的顾问委员会委员，我的忘年之交林一心会后告诉我：现在连党代表也不守规则了，这次开会选中央委员，竟然有一位代表投了你一票。真是开玩笑！听他讲完，我差些脱口说出秘密：那是我的伟大朋友施光南干的！此时，我还记得那天夜里，他在党代会结束后匆匆地来到我家叙述投票的情景。我觉得我的这位朋友真像个大孩子，一点也不懂得规矩。然而我知道，正因为他永远怀着这么一颗超越势利的童心，所以他的歌声才那么美。所谓美，就是超势利。

我喜欢光南，也正因为他虽然长得像个彪形大汉，但总是像个小孩，总是没有学会世故没有学会算计。尽管他作一首曲子，只有七块钱的稿费（后来提高到十块），包括《祝酒歌》、《洁白羽毛寄深情》、《月光下的凤尾竹》等名曲。但他决不会想到歌曲的价格，只管拼命地写。人类聪慧的祖先发明1234567这些数字，是给他作音符用的，不是作算计金钱用的。"四人帮"垮台后，他太高兴了，高兴得很久很热烈。喜悦撞开了灵感的闸门，歌声像激流似的日夜奔涌。那时全国都在唱他的《祝酒歌》，可是谁也想不到这位《祝酒歌》的作者一点酒也不会喝，完全是喜悦让他陶醉让他写出最动人的歌曲。他告诉我，这么多人唱《祝酒歌》，关牧村唱得最好，你一定要听听。可是我一直没有机会听到她的演唱。直到一九九二年冬季，也许是施光南地下有灵，我漂泊到斯德哥尔摩大学，而关牧村和另几位歌唱家也到瑞典作艺术访问，于是我们在他乡相逢了。关牧村知道我和施光南的友情，特别到我的大学宿舍里为我唱了《祝酒歌》和一首又一首施光南的歌曲。那一天下午，我和妻子女儿、学生沉浸在关牧村如泣如诉的歌声里，也沉浸在对施光南刻骨的思念中。那是最有诗意的人生瞬间，最纯的歌声，最真的友情，最深的缅怀，都在这个瞬间中为我展示。呵，人间的情意多么美。

从七十年代末到八十年代初，光南的创作一发不可收。他告诉我，他有时一天可以谱两首、三首，到了一九八三年，已写了一千多首曲子，直到那时候，他才开始发愁。头一次见到他发愁的呆样，真是开心。他告诉找，写了这么多，仅发表了两百首。全国只有几家音乐杂志，即使每期都发表一首他的曲子，一年也只能发表二三十首。后来他想到应当出集子，可以把未能发表的作品放进去。但北京没有一家出版社可以接受他的集子，音乐出版社也无法接受，编辑部说：许多老音乐家都无法单独出集子，你是青年音乐家，更轮不上。我急他之所急，便请上海文艺出版社副社长郑煌先生帮忙，这位社长爱音乐，也爱光南的歌。《施光南歌曲选》终于在上海出版了。那天他带着新书到我家，见到我时，他把书举得高高，像孩子叫着：书出来了。第一本自然属于我。每每想到他那快乐的样子，就知道《在希望的田野上》这些歌，全是出自赤子的情怀。

3

没有学会算计，把一切时间都用于培育音乐的耳朵与音乐的心灵，使他赢得成功。也因为没有学会算计，他才一步一步地迈向新的境界。他写歌剧《伤逝》，如果会算计，一定写不出来。歌剧院请他创作这一部歌剧曲子的时候就告诉他，可能没有稿费。但他不在乎。拿到剧本之后，他就全身心地投入。一投入就是整整一年。一九八三年夏天，他约我和他一起去青岛参加全国青联夏令营，说路上好一起商讨《伤逝》的剧本。可是火车票不好买，他就拿着小椅子到火车站排队，排了整整一夜。在火车上，他一点倦意也没有，坐下来就讲《伤逝》。外边强风吹拂着，窗门沙沙作响。他提高嗓门又比又划地谈着自己的计划，声音非常大。我告诉他，鲁迅的原作里写了小狗阿随"被放逐"之后自己又跑回家，激起了主人的许多伤感，可说是神来之笔。他听了非常高兴，后来他为此写了几段很漂亮的曲子。《伤逝》演出时，他请我和他一起去观看。演出的地点在西郊，离我们两人的家有几十里之远，我们在公共汽车上颠得东歪西倒，全身都发疼，可他还是满心高兴，而且还说，中国的现代歌剧快绝种了，应当拯救一下。我因被公共汽车挤得又累又闷，只是淡淡地说，你想当救世主，可是这么穷，我的骨架都快被颠散了。

大约因为光南觉得经常挤公共汽车确实不是一个办法，就买了一辆摩托车，而且还买了一顶铁甲大帽。有一回他到我家来，一打开门，见到他戴着这顶大帽，真把我吓了一跳，以为是个"外星人"。不过，他开摩托并不高明，有一次我和他及他的妻子洪如丁准备上街，他踩了半天油门总是发动不起来。小洪在路边就怪他，而他又不服气，便和小洪拌起嘴来，赌气地让小洪也试试。不过，小洪也不争气，踩了半天毫不动弹。他们两口子吵架时完全像小孩。而我则认为他不应当骑摩托，瞧他踩油门的样子，费了多大的气力呵，老是这样消耗生命，还有气力谱歌作曲吗？然而无论公共汽车怎么拥挤，摩托车怎么不争气，他的美好的曲子还是一首一首地涌出来。光南呀光南，你真是上帝特地为我们这一代苦命的中国弟兄制造出来的天才歌者。

4

可是很多朋友只知道光南是个才子，是个赤子，却不知道还是个孝子。他和母亲一直住在一起，至死也没有离开母亲而搬到别处。父亲早在一九七〇年就去世了，他不忍让母亲在年迈的时候经受凄清与孤独。对于已故的父亲，他更是报以永远的缅怀与敬爱。这种感情深深感动过我，所以至今我还记得他的"孝敬"故事。他的父亲是最早的共产党人施存统（又名施复亮）。早在一九二〇年六月，他就在日本东京组织留学生共产主义小组，一九二一年共产党成立时他便是中共党员。在国共合作期间，他担任过黄埔军校政治教官，社会主义青年团首任中央书记，并兼任其机关刊物《先驱》主编。五四运动时，他是一个激进的批孔青年先锋，写过一篇轰动性文章，叫做《非孝》。老一辈革命家和知识分子，提起施存统的名字，就会联想起他的《非孝》呐喊。此文在浙江发出后，一时间闹得满城风雨。之后《浙江新潮》便被政府通令查禁，校长经子渊被迫离校，陈望道、夏丏尊也都出走（参见《五四运动回忆录》中的傅彬然文《五四前后》）。可是，历史开了一个玩笑，这个鼓动《非孝》的"逆子"却生了个有情有义、不许别人说父母半个"不"字的孝子施光南。大约是一九八七年间的一天，施光南气冲冲地来找我，说他写了一封给胡耀邦的信，让我帮他看看，在文字上帮他推敲推敲。我一看，原来是替其父辩白的"陈情表"。此文发端于当时报上有一篇回忆录，记载一位元帅告诫儿子的一席话，说知识分子有个弱点，就是容易动摇，例如我党初期的重要知识分子施存统，到了一九二七年白色恐怖期间就经不起考验而变节了。光南不等我细读他的"陈情表"就愤愤不平地说："我父亲在一九二七年只是脱党，没有变节，更没有叛变出卖组织，所以他在解放后还担任过政协秘书长，劳工部副部长。他和我妈妈从俄文中翻译了那么多马克思主义论著，一生都忠于党，怎能说是变节？"我请他冷静一些，我知道此时他的情感压倒了理性，就劝说道："说知识分子容易摇摆也没有什么可怕，知识分子就是脑子好，想得多一些。一九二七年好些著名知识共产党人都脱了党。

当然脱党与叛变还是有本质上的不同。"读了他的"陈情表",看到洋溢于文字中对父亲的信赖与敬重,我更感到眼前的友人是个具有真性情的"真人",并突然意识到:"孝顺",热爱父母,这是人类的生物性现象,这种基因不是理念能抹杀掉的。生物性的情感需要文化性的提升,但无法用文化批判把它拔除,施存统先生想把它拔除,首先在自己身上证明不可能。当然,施先生的《非孝》文章燃烧的是冲破传统思想罗网的激情,它启迪后人的是"个人独立"而非"打倒父母"。光南从父亲那里接受的是生命的激情与灵魂的活力,并非文化理念。他对父母的赐予永远心存感激。他给父亲的"陈情表"也终于抵达胡耀邦总书记的面前。光南告诉我说:总书记已作了批示,为我父亲正了名。我补充说:总书记不仅为你父亲正了名,还为你正了"情"。阳光下最美的毕竟还是情。

5

我所以能和光南成为挚友,一是因为好友伍绍祖和束扬的介绍,二是因为"青联"的聚会。一九七七年"四人帮"刚崩溃时处于亢奋状态的我,日夜写作批判"四人帮"的文章。有一天《北京日报》约请我和杨志杰写一篇驳斥姚文元的《评陶铸的两本书》的文章,以给陶铸正名。志杰建议说:去找找我的朋友束扬,让他带我们去找伍绍祖,让绍祖带我们去找陶铸夫人曾志(当时任中组部副部长),我们和伍绍祖一起,一定能写好。此篇三人共同署名(刘、伍、杨)的文章发表之后,既扬眉吐气,又为我增添三位好友:伍绍祖、束扬、光南。绍祖和光南是八一中学的同学,情同手足,友情极深。我和绍祖也很有缘分,初次相逢时,不仅同仇敌忾,而且一见如故。后来他担任国防科委的党组书记,领少将军衔,穿的是军装,但对我却如同对待光南一样,极为真诚随和。我觉得他是一个罕见的把党性与人性融为一体的共产党人,刚毅善断又温柔敦厚,因此我也特别敬重他。有一次(大约一九八三年),他特意把我和光南请到家里吃晚餐,招待我们的人都穿着军装,我不太自在。光南说,别看绍祖是军人,性情跟我们一样。绍祖在自己家里,谈了许多光南读书时聚精会神的笑话。我也讲了刚刚发生的故事:上星期我和光南参加全国青联委员的全体会议,光南让我给与会的演员歌唱家们作一次美学讲座。演讲前我把会议发给的文件皮包让光南拿着,讲完听者兴奋,光南和我也兴奋。过后我突然发现"文件皮包"丢了，光南立即紧张起来，说里面有会议文件，丢不得，快去会议办公室报案。于是我们俩急急忙忙去报案，急得会议的保卫人员向刘延东报告，到处寻找皮包，大约忙乎了一个小时，我突然醒悟了，对光南说：我记得讲前把皮包交给你了。这时光南才恍然大悟，朝下一瞥，皮包原来就夹在他的胳膊里；看看，是不是就这个皮包！我俩同时喊起来：不错，就是这个，皮包找到了，太好了！快去办公室取消报案！

6

光南匆匆走了。我相信在我漂流海外的日子里，光南一定也曾在花前草前呆想过我，为我担心。此时，就在我身边的一盘磁带，里头录有我们合作的一首歌。这首歌的词是我写的，曲是他作的。这是为电影《异乡情》而作的插曲。一九八七年，施光南委托友人束扬把岳父洪丝丝描写东南亚华侨生活的小说改编成电影剧本，影片需要作主题歌，就请我作词。于是我写两节词。一节是主人公到南洋之前的"别故乡"；一节是主人公到马来西亚后的"想家乡"，原歌词如下：

（一）

相思树，相思长，

相思树下别故乡。

此去五湖四海日，

唯有床前明月光。

（二）

相思树，相思长，

相思树下想家乡。

何时给我双飞翼，

回到母亲小河旁。

光南读后觉得第一首末句太文人气，我们便商量切磋了一会儿，改为"一样冰心怀亲娘"。第二节的末句也相应地改为"展翅飞向娘身旁"。修改完全是剧情的需要。改定后他立即谱曲,谱成又立即跑到我家。那时家里正好有小女儿刘莲的钢琴,他就坐在钢琴板凳上,像正式演出,先自己报幕:"《异乡情》插曲:相思树,刘再复作词,施光南作曲。"然后,就自弹自唱两遍。真是天公作美,平时不爱录音的我,此时竟然把这一段歌声琴声全录下来了,更奇怪的是,我匆忙离开祖国的那一刻,竟把这一"绝唱"的录音带匆匆塞进书包里,让它和我一起浪迹天涯,也让我在寂寞孤绝的岁月中一遍一遍地倾听,一遍一遍地缅怀。此时,我再次打开唱片机,静静地听。他唱得是那么好那么投入,真没想到,这首歌竟是他送给我的绝唱和永别曲,难道他当时已预感到我将辞别家园而他将永别人间吗?此刻,他在地底下,而我却漂泊于五湖四海之中。我还有什么可说的呢?现在,除了呆想之外,只想听听这曲子,这曲子不像《祝酒歌》、《在希望的田野上》那样属于全中国全社会,它只属于光南和我。

作者注:此文一九九〇年九月于芝加哥大学校园写下初稿,题为《不该消失的歌音》。二〇〇九年在初稿上作了补充,定题为《施光南纪事》。

海德格尔激情

在科罗拉多州,除了在波德附近的朋友之外,稍远一点还有两位好友,一位是在一百多公里之外的李泽厚,居住在 Colorado Spring;一位是在三百公里之外的吴忠超,居住在 Grand Junction。忠超兄已到过我家两次,他邀请泽厚兄和我到他那里去玩玩。他所属的城市周围有神秘的黑峡谷,有著名的 Arches 国家公园,有别具风韵的滑雪名城 Aspen。今年四月初,泽厚兄游兴极高,就约我一家到忠超兄处。为了安全,忠超和他的爱友、《黑洞与婴儿宇宙》的译者之一的杜欣欣,特地来接我们,让我和菲亚坐在他们的车上,由欣欣开车,而李泽厚则自己驾车跟在我们的车子后面,边上坐着他的夫人马文君。此行必须驰车四百公里，中间又有横穿落基山脉的崎岖山间道路，我们担心的是李泽厚，他的智商虽极高，但开车技术却属中等偏下。开车之前，忠超和欣欣一再嘱咐：紧跟着我们，别走到岔路上去，有什么问题，打信号灯！但李泽厚很自信，一路开快车，先是紧跟着，后来竟独自高速前进，超越我们，直奔目的地。我们的车速已达到一百多公里，他居然还往前超，最后他先到达 Grand Junction，在城边的岔口上等了我们整整二十分钟。见面时马文君大姐埋怨说："今天我可生气了，开得那么快，心都快跳出来了。"但李泽厚很高兴，他为自己创下飞奔四百公里的纪录兴奋不已。对着生气的马大姐，我指着李泽厚调侃说："泽厚兄的海德格尔激情上来了，这激情一上来就不怕死。"李泽厚听了并不否认。我知道他在二十世纪的哲学家群中认为海德格尔最了不得，海氏的哲学显然占据他的头脑。海德格尔认为一切都可能是虚假的，唯有死亡是绝对真实的。这是人生不确定中的确定。因为人必有一死，所以要把握生的意义，在短暂的人生中不妨往前冲击。今天李泽厚冲锋般地奔驰在高速公路上，潜意识里也许还澎湃着海德格尔的生死哲学。

也许因为我提起海德格尔激情，这一天晚上，我们除了享受一顿中国美餐之外，又热烈地谈论了一阵海德格尔，李泽厚果然承认，读海德格尔的著作确实常使他激动不已。知道死的必然，才能把握充满偶然的人生，在有限的生命时间中努力进击。孔夫子的哲学是"未知生，焉知死"，而海德格尔的哲学观念正好倒转过来，变成"未知死，焉知生"。确认人一定要死，反而知道如何把握生的意义。因此，生中要有理性，但理性是为了使生命更加从容而不是扑灭生命的激情。正因为人最终要化为灰烬，所以在生时不妨痛痛快快地燃烧一阵。

带着"海德格尔激情"，我们第二天就直奔位于犹他州东南部的 Arches 国家公园。这一天还是由李泽厚驾车，我们在山路上来回奔驰二百多公里，到了 Arches 国家公园后，我们开始攀登十里之长的红山崖，把马大姐累得直叫唤，而李泽厚则一路兴致勃勃。这个由无数红砂岩构成的奇地，屹立着各种雄奇的石柱、石塔、石墙、石城，有的像女人私语，有的像英雄徘徊，还有一柱竟像苏东坡在赤壁前仰天长啸。而在各种石景中最奇的是赤红石拱门。这里拥有一百多个拱门，每个拱门的姿态都不同，有的像雕弓，有的像石桥，有的像大象鼻子，有的像苍鹰的双翼，有的像巨人的臂膀。每个拱门都有洞，洞框里是蓝天，像大自然美丽的蓝眼睛。我们的目标是山顶上一座最大最险峻的拱门，拱门之下是深不见底的悬崖。我们沿着陡峭的山路攀登到山尖时，绕过一墙石壁，便见到巨大的拱门顶天而立，如同神话里的雄伟天门。我因为素有恐高症，见到这一天险奇门，竟吓出一身冷汗。而李泽厚则往前攀登，一直登到"天门"墙底，然后干脆躺卧在石壁上，惬意地眺望着蓝空白云。学过地理并当过地学编辑的菲亚，更是着魔似的激动，一路上她滔滔不绝地讲述这里的地貌特征，红砂岩来历，她说大约三亿年以前，由于外力的作用，经过风吹雨打日晒，深切割成现在的风貌，中国的地理学者都知道美国中西部的大峡谷和闻名于世的"象鼻子"山，而所谓象鼻子山，指的就是这一座拱门，"他们只是在地图上看到，我可真的来到象鼻子山了"。忠超兄见到她如此高兴，一连给她照了好些相。

第二天，三位女子到Aspen游览风景采购山石。而我和泽厚、忠超兄仍带着海德格尔激情驾车攀越城南的另一个高峰，此次仍由李泽厚驾车，忠超坐在边上指路。我们在聊天中，竟不知不觉地把车开到险峻的山腰上，路面的斜度很大，路的边缘是看不见底的悬崖，我从窗口望了一眼山底，便一阵心慌，没想到此时泽厚兄也说："我感到有点心慌，有点把握不住。"这可把忠超兄吓住了，他连忙说快找个拐弯的地方把车转过来往下开，可是路面很窄，根本没有地方停。于是，车子只好继续往山顶前行，愈高愈险，我们三个都紧张到极点，直到接近顶峰时才找到一个拐弯处，车子才掉转方向往下开，此时，李泽厚海德格尔的激情完全消失了，他双手紧紧把住方向盘，速度降低到只剩下十里，然后一步步地"爬行"下来。由于速度过慢，后面的车子被堵住了。到了半山腰，我们才发现警车已跟在背后，他们不知道用什么方法发现我们的车子不正常。警车不断地拉响催促的喇叭，但李泽厚照样地把速度放在最低挡，紧紧把住圆盘地"爬行下来"。好容易挣扎到山脚下，我们才把车停下等待警察处置。警察是一个长着金色胡子的和善美国人，忠超兄连忙给他介绍，驾驶者是哲学家兼教授，从未开车进入险峰，这是第一次尝试，有点惊慌。李泽厚则拿出驾车执照，表示歉意。警察看到我们三个全是中国书生模样，便微笑着说："你们因为惊慌而违反交通速度，但没有造成损失，不必罚款，但要给你们一张警告纸票。"我们三个都异口同声说谢谢，感谢他能理解我们冒险的艰难。

回到家里，我们把冒险的故事讲给女伴们听，个个都哈哈大笑，我乘机调侃了泽厚兄的海德格尔激情在山顶上丢失了。说到这里，他一本正经地说："今天在山上有现实的危险性，可不能冲，一冲就冲到山谷底下了，激情也应是有理性的激情。"听他这么一说，才想起他在进行历史分析时说过，中国现在应多些波普，少点海德格尔。在生命的感情层面上，本是需要海德格尔激情的，而一旦激情上升到悬崖边上，则需要一点波普了。

亲情散文

QINQINGSANWEN

别外婆

苦汁

又是圆月挂中天

又看秋叶

毕业赠言

慈母祭

别外婆

最后一次见到外婆是一九八八年春节，那时她已是九十高龄。见面后不久她就去世了。母亲告诉我，外婆临终前一直念着我的名字。外婆给我的情意如山高海深，但我只能报效她几滴很轻的眼泪。

最后见到她的那一天，她躺在小屋角落里的小床上。那是我的母校国光中学的教师村落的一间小屋，我的外婆因为一直跟着当教师的儿子和媳妇，我的舅父和舅母，才能赢得这个两米长的安静的角落。

在角落里，我看到从外婆深深的皱纹里泛起的一丝微笑，这一丝几乎看不见的微笑表达了她的全部喜悦。我从小就能从她的前额读出她的整个心灵。她话极少，必须读她的皱纹与微笑。我拉住外婆的手，她的手干瘦但仍有暖意。和外婆在一起，就想到年少的岁月。自从我七岁失去父爱之后，外婆的温情就护卫着我的童年。上中学时，我又在舅舅任教的学校里读书，也因为外婆，少受了许多饥饿。她总是把舅舅家好吃的东西，留一碟给我，像外祖父在世的时候，留一小碗米粥给那一只心爱的小猫。一晃三十年过去了，我面对外婆，觉得没有辜负她老人家。这并不是因为我已有了名声，而是因为三十年岁月的激流，没有冲走我的曾在外婆怀里跳动和酣睡的童心。那一天，外婆一句话也没说，只是呆呆地微笑着。我知道她很高兴，她留给我的最后印象是快乐的。她不愿意让我牵挂。我的外婆没有文化，但她却和我的外祖父一起培养了一群有文化的子孙。她的后代，已有十几个教师，从大学到小学都有。她有根深蒂固的人生责任感，但她唯一的责任感，就是爱，天然的、无边的爱。她把这种责任推到很远很远的地方，我和我的兄弟姐妹不管走到多远的天涯海角，都能感受到她的爱。我这次见到外婆时，便想到人世间像外婆这种把爱当作唯一责任的人，愈来愈稀少了。阳光还在，但世界显得愈来愈寒冷。我觉得，自己倘若要让外婆感到欣慰，就是要把外婆给予我的这一责任基因，蕴藏在心底，让它不断生长，永远也不要学会冷漠与仇恨。

走出外婆的小屋，妻子瞥了一下我潮湿的眼睛，她知道我又伤感了。真的，踏出门槛的一刹那，我想到，这一定是最后一次和外婆见面，以后再见到她时，也许她不是在小床上，而是在坟地里了。我将不能再抚摸她的额头，只能抚摸她坟墓上的碑石和泥土。她的深藏于皱纹中的慈祥的微笑，再也看不见了，看到的只会是坟边的青草。想到这一切，想到刚才她手中给我的太阳般的温暖就要消失，我伤感了。人生这么短促，许多消失的将永远消失，绝对无法挽回。此去的路上，该不会爱我的人愈来愈少，恨我的人愈来愈多吧？也说不定。因为我的故土，并不适合那些把爱作为唯一责任的人存活发展，在外婆晚年的二三十年岁月中，我的耳边充满着讨伐爱的声音。

想到这里，我回过头去最后看了一下外婆，她双眼紧闭，不愿看到我踏上路程，她知道，我要前去的大北方虽然广阔，但充满风雪与黄沙。

苦　汁

大女儿剑梅诞生在距离她外婆家只有五里路的诗山南侨医院里。妻子的老祖母一听到娃娃出生的消息，立即带了一杯用蛇胆泡好的苦汁，拄着拐杖，赶到医院里，不容分说地灌进我女儿的口里。刚刚问世的剑梅，吞进这杯苦汁之后，顿时放声大哭，哭得把整座产房都惊动了。

后来老祖母告诉我，蛇胆虽苦，但能消毒，孩子一生下来，让她尝点苦汁将来一身就干净。此事已过去二十七个年头了，但每次想起老祖母，总是想起她老人家的心愿：人生再苦，社会再脏，自己的子弟总应当是干净的。

今年春节，妻子跨洋过海回故乡，并去已故的老祖母的坟墓祭奠。老祖母活到九十三岁，是村子里年龄最长也是最受敬重的老人。她一生清白，满身清气，死时房子里还点着一炷清香。妻子回忆她老人家时总是掉泪。也是在这个春节，剑梅接到一张可以告慰老人家心意的贺年卡。这不是普通的贺卡，而是一幅国画。赠画的是我的朋友，一位正直而有才华的学者。他画的是一个冰清玉洁的小姑娘，朋友把她和我的女儿相比，画上题着"玉洁冰清"四个字，并用清丽的文字作注：

临摹一个冰雪女孩送你，因你像她一样清新、可爱，或说"玉洁冰清"是你性格的一部分，以此作贺卡，也算我们"老"朋友对你的回赠吧；你每封信，每张贺卡，都带给了我以温馨与清气。

女儿非常高兴，在纽约接到之后特地转寄给我，并说，我不会辜负伯伯们的心意，我虽在攻读博士学位，但不会像爬虫在名利的高墙上爬行，你放心。我看了不仅高兴，而且立即想到应告慰万里之外正在地母怀里长眠的老人。可是，我身在异国，慈者又在缥缈的他乡，此心此情不知该如何寄托？无计之下，想到应把这张画镶在镜框里，这便使我又想起二十多年前的苦汁，并确信女儿能获得"玉洁冰清"的礼赞，真的和她一坠地就尝了苦汁有关。不管怎样，老祖母的至亲至爱的信念是对的：一个有出息的生命，她要灿烂地站立于世界之前，首先应当是干净的，而要干净，最好先饮一杯人间的苦汁。

因为妻子怀念老祖母时，常讲这个故事，所以苦能洗涤人生的意念总是在我的脑际盘旋，这使我更容易和痛苦而干净的心灵相通。虽然自己不能达到"冰清玉洁"的境界，但是，有了这一思念，总是离名利之思远些，至少，总是向往干净之所，不会忘记"冰清玉洁"毕竟是种价值。也因此，我总是不敢跟着聪明人嘲笑"纯洁"，倒是对溢满人间的"脏水"保持警惕。也因为这种意念，我便觉得以往的劳动锻炼并非全是虚度。在社会底层中，了解民间的疾苦，受过折磨和流过眼泪，也像尝了胆汁一样。这种胆汁，真的帮助我拒绝许多上层社会的污浊和诱惑，在人们沉湎于用美酒灌润咽喉和烧伤良心的时候，我因为有这一杯苦汁垫底，真觉得身上清洁健康很多。因此，我谴责把劳动作为刑罚制度，但并不厌恶劳动，更不后悔自己曾经饮过许多像胆汁一样的苦水和泪水。

又是圆月挂中天

一年一度的中秋节又到了。今年见到的明月，高挂于科罗拉多湛蓝的中天，显得格外清、格外圆。皎白的银光，浑圆的大图画，让人一看就心驰神往。也许见到的是大圆满，反而想起人生的缺陷，想起那些早已去世的未能共此月色的亲人。

有些已经别离人世的朋友和师长，他们身前就有名声，我也写过缅怀他们的文字了，想起他们，心里坦然些，而想起一些至亲的亲人，心里却是一片空缺。她们都是无名氏，我只知道她们的名字叫做"奶奶"、"外婆"、"伯母"、"婶婶"。长大成人之后，我仍然不喜欢查问她们的名字，只愿意她们的名字永远和"我"连在一起。我奶奶，我外婆，我伯母，我婶婶，她们天然地属于我，人间的温馨有一大半就凝聚在这种无名的名字中。

在我的人生之初，这些名字就是阳光、月光与星光。她们的熠熠光华使我处于贫穷中仍感到生活非常美好。童年的我像只小动物，完全是靠在她们身边取暖才长大的。她们生活在封闭的、偏僻的乡村，没有太多交往，也不懂什么是国家之爱与人类之爱，因此，她们就天然地把全部情感集中在自己的子弟身上，也集中在我身上。她们不知道我将来有一天会用方块字写文章纪念她们，只知道我很呆，但她们爱我，在我的腮边留下她们数不清的亲吻。走过几十年的道路之后，回头看看过去，才清楚地看到我的第一群爱神就是母亲和奶奶、外婆、伯母、婶婶。至今使我眷恋不已的孩提王国就是她们建造的。我的母亲还健在，但愿来年她能来到落基山下与我及心爱的孙女共此月光。而奶奶、外婆们却永远消失了，不知另一世界是否也有蓝空皓月。

在这铺满月光的阳台上，我格外想念永远消失了的亲人，并深深后悔一件事，这就是我身边没有留下奶奶、外婆们任何一件遗物。奶奶戴过的斗篷和眼镜，外婆用过的呢绒帽子和方格毛毯，还有小镜框，要是有一件在我身边该多好。哪怕是奶奶、外婆用过的万金油小玻璃瓶子也好，此时它就是人间珍奇，捧在手上，就会像圆月一样放射神奇的光彩。最使我伤感的是连她们的一张照片都没有。她们有世上最慈祥最温馨的脸庞，紧紧贴着我整个童年的太阳般的脸庞，我却没有留下她们的影像。如果此时此刻有人送来一张她们的照片，我一定会用颤抖的双手和感激的热泪去迎接它，迎接我已经逝去而又复活的故乡。

我真的被充耳的豪壮口号弄糊涂了，竟然忘记去索求一件遗物和一张照片。不知中了什么邪，我竟然会觉得这是小事，以为只有人造的一些奖状奖牌和名位证书才是要物，以为在四壁上挂些面具似的纸张比挂着奶奶、外婆的照片更重要。荒谬！其实，许多邪恶正是来自这些贴着金字的奖品之中，而人世间的善良与赤诚恰恰来自无名氏亲者之中，唯有她们的大慈大爱，才配得上与这高洁的圆月共同悬挂于空中，让我和我的孩子作无尽的思念。

又看秋叶

每年十月，朋友们都会邀请我去看秋叶，从一九八九年秋天开始，没有一年忘记。

去年秋霜来得早，我们又去得晚，所以看到的是正在飘落的红叶。醉红的叶子一半在树上飒飒作响，一半在地上絮絮私语，见到这一晚秋景象，就想起普希金的短诗《森林正在脱下它那深红色的衣裳》。我的心境比较容易通向普希金，眼睛总是看到大自然的活力和这活力驱动下的轮回、更替、运动、循环。即使在旧叶纷纷落下的时节，也是这样。那种"秋风秋雨愁煞人"的瞬间也很美，但离我比较远。

今年秋霜还未到，我们就去看秋叶。十月四日，正是星期天，我和女儿刘莲还有女儿的一群年轻朋友，一起到落基山中的几个湖边去观赏秋色。这次不仅季节早，而且又出发得早。到了山间湖畔，才九点多钟。此时太阳刚刚升起，阳光格外柔和，我注意到，树叶上的许多露珠还在，每颗露珠都像闪烁着光波的小太阳。当我们走上湖滨的一座小山顶时，我惊呆了，天呵，怎么会有这种五色斑斓的山谷，一坡红，一坡黄，一坡绿，参差地在蓝空下构成气势恢宏的图画。我的第一感觉是眼前的秋景仿佛是假的。可是，沿着山中的幽径走进森林时，却看到画中的每一棵小白桦、每一片枫树林都是真实的，树上的每一片叶子都是透明的，透明得像玻璃制品，我伸出手指轻轻抚摸一下，叶子柔嫩得让我心跳，分明是真的。我在似真似假的秋树秋叶间盘桓了好久，女儿和她的同伴们等得有点不耐烦，远远地，我听到女儿的声音："我爸爸看秋叶总是看不够，年年看，还是看不够。"真的，我总是看不够透明的秋光秋色。在布满面具、充满包装的时代里，我喜欢透明的存在。离开故国九年，唯一感到遗憾的就是在故国时除了匆匆看了几次香山秋叶之外，竟然没有时间去看武夷山、黄山、峨眉山、庐山的秋景，这是多么难弥补的生命空缺呵。

真后悔过去自己那么呆板，老是摆脱不了生活设定的那些大事大状态，美好岁月都投入阶级斗争与经典阅读的日程表中，想不到心胸中多积淀一些明净的秋叶、晶莹的露珠、潺潺的清泉对于灵魂的健康多么重要！幸而现在觉醒了，知道要走出过去的阴影，要告别往昔那种过于激烈、过于急切的心绪，是不能离开大自然这一终生朋友的帮助的。

"我爸爸每次看山看水，总像和它们初次见面似的。"又是小女儿的声音。我惊讶这个小家伙的评说怎么那么准确，我真的每年见到秋叶，都好奇得像是第一次相逢似的。在年年的陶醉中，我离昨天的噩梦与阴影愈来愈远，而大地母亲赋予我天性中的温馨却愈来愈浓，无论如何，这是应当高兴的。

毕业赠言

昨天参加小女儿刘莲的大学毕业典礼之后，怎么也睡不着，先是奇怪，仿佛刚刚参加过她的高中毕业仪式，怎么这么快四年就过去了。在记忆中，我在厦门读大学的四年非常漫长，而现在四年却只是一刹那。女儿从少年时代朝着青年时代突飞猛进，而我却只是在蹉跎岁月。

昨天先参加工程学院与应用科学系的毕业庆典，刘莲的电脑工程系属于这个学院。今天是科罗拉多大学所有院系的毕业大典，我又再次去观赏。这一届的毕业生有三千多名，再加上世界各地来的家长和亲属，以及本校的一部分师生，多达两万人，因此不得不在大体育场举行。我在观礼台上，分明地看到穿着黄色袍子的博士和穿着黑色袍子的硕士与本科生。参加典礼仪式，除了给女儿助兴之外，还想听听校长、院长在毕业仪式上说些什么。教育者最后郑重的叮咛总是让人难忘。两天中，我听了许多精彩的话，而让我最为感动的是工程学院一位资历最深的成就卓著的退休教授对着学生说：

> 在这个重要的时刻，我只想赠予你们一句话，请你们记住：社会对你们的尊重，并不是你们知道多少，而是你们是否具有诚实高尚的品格。社会不在乎你们"做什么"（what to do），而在乎"你是谁"（who you are），你们应当成为科学家，但首先应当是一个诚实高尚的人。

这句话说完之后全场起立报以最热烈的掌声。典礼结束后，刘莲问我："你听到我们工程系老英雄的话没有，他真是讲得太好了。"小莲能被这句话所激动，我特别高兴。

我睡不着，主要也是为了这句话。在海外十年，我看到美国的许多问题，但也从美国学习到许多知识和精神，其中感受最深的正是诚实的品格，这位教授提醒学子们注意的也是这一点。美国的开国思想家杰弗逊总统曾经郑重地说过："在人类智慧这部巨著里，诚实是它的第一篇章。"把"诚实"放在美国精神价值高塔的最尖顶，这是美国最重要的道德原则与心灵原则。去年克林顿总统的白宫私情事件受到国会的追究和民众的谴责，主要并不是他的私情细节，而是他否认自己的错误构成了"撒谎"，这就违背了国家第一精神原则。在美国，不管你地位多高，一撒谎便没有价值。幸而克林顿总统后来又正视自己的错误。能认错就说明还有诚实在，就可以谅解。三十多年前，我在阅读列宁的《论左派的幼稚病》一书时，对列宁提出要学习美国的求实精神感到奇怪。一个无产阶级革命的领袖怎么会号召自己的战士去学习敌人呢？到了美国，才觉得列宁毕竟聪明，他知道诚实就是力量，这是比知识这种力量具有更大力量的力量。我相信，这也正是美国强大的根本原因。

翻来覆去睡不着，真的全为这句话，为了女儿和我一起敞开心灵接受这句话。

慈母祭

我母亲的去世，对我来说，是生命体内的太阳落山。我的人生唯独经历这样一次落日现象。父亲去世时我才七岁，还不懂得悲伤，以后也没有什么亲人的死亡让我感到内心突然失去一种大温暖与大光明，唯有我的母亲叶锦芳，她给了我生命一种真正的源头，她是悬挂在我心中唯一的金太阳，女性的、母性的、神性的金太阳。

我不仅本能地热爱母亲，而且从理智上敬爱我的母亲。二十多年前我就写了《慈母颂》，从情感深处讴歌母亲，并通过她诉说人间母爱的伟大性。今天，我除了悲伤之外，还理智地知道，历史也许会记住我的一些文字，但会忘记把生命无保留地奉献给我、奉献给我父亲和我女儿三代人的母亲，会忘记一个比我更无私、更纯粹、更懂得爱意的存在。所以我要用全部心灵来铭记她，把她的名字刻在心碑上。我曾说过，对于基督教徒来说，良心就是对上帝的记忆，而对于我来说，良心则是对于童年的记忆，即对我母亲的记忆，从摇篮那一刻开始的记忆，一切关于我母亲饱受贫穷、孤独、劳累、恐惧和一切慈爱恩情的记忆。

每个人的母亲都有感人的故事。但我的母亲很特别，她诞生于一九二一年农历十月初十，毕业于泉州培英女子中学，一九四〇年和我父亲结婚，一九四八年二十七岁开始守寡，至今守寡整整六十年。中间没有其他故事，她不仅守望着我父亲的亡灵，而且守护我们兄弟的生命与心灵。像我母亲这种女性，在五四之后，特别是一九四九年之后就很稀少了。我母亲坚贞如一的情感，可称为二十世纪中国古典情爱的绝唱，无愧是世纪性的绝唱。所以我称她为"最后的道德痴人"，尽管我并不赞成中国传统文化中的节烈观念，但对于母亲的情操与品行，一直十分敬佩。她的坚贞精神，甚至影响了我的立身态度，尤其是对真理的态度。这就是为了真理而一意孤行、不知转弯、不知得失、不懂算计的又傻又倔的态度。我相信，母亲的情感态度进入我的潜意识，塑造了我的文化心理和文化性格。此时想想，我的笔直心肠，我的书呆气质，我的内心律令，还有我的抗压能力，我的独自承担人间苦难的秉性，我的总是简单地反映事物真相的心灵特征，都是母亲给予的。

在告别母亲的这一时刻，最让我负疚的是，我不仅带给她许多辛苦，而且带给她多次伤害身心的恐惧。尤其是上世纪八十年代，我被卷入政治风潮后一走了之，在大洋彼岸过着自由自在的生活，而她却承受我的全部罪责和照顾我小女儿的重担，并完全处于难以终日的恐惧状态。我在呼唤"救救孩子"时以为在证明自己的社会良心，但未想到也该"救救母亲"，不要让她为我而颤抖、而惊慌、而蒙受暴力语言和语言暴力的双重打击。我和妻子菲亚先到美国，之后剑梅也到美国，家里只剩她和小莲这一老一少相依为命。她每天都从窗口看着小莲一步一步走向车站，然后就整天依着窗口盼着小莲回来，这种生命绝对相依相连的情感深度只有她们两人才明白，我至今仍说不清楚这种神意深渊的生命共存现象。这段岁月对我母亲伤害太重了。一九九一年我访问日本路过香港见到她时，看到她完全苍老了，手微微发颤，我没想到，自己从小做乖孩子，长大成人后也兢兢业业，却给母亲带来这种身心上的摧残，直到今天，我还为此深感不安。我能感到宽心的是六十多年来，我的心灵从未与母亲的心灵背道而驰过。这次母亲去世，她没有留下任何遗言和遗物，除了留下几瓶祛风油、万金油和一本心爱的小相册之外，什么也没有，临终前小莲给她买了两套崭新的汉装衣服，她也早已送给了照顾她四年的保姆。她真正做到"质本洁来还洁去"。所以我写给母亲的挽联是"心如宇宙大明净，质比日月更高洁"。但是，她却留给我们一笔价值无量的财富，人世间最珍贵的遗产，这就是她给予的一份诚实，一份正直，一份善良，一份情的真挚，一份爱的纯粹，一份心的质朴。今天，我们能告慰母亲亡灵的，是我们一定能继承这份财富。此外，我们还感到欣慰的是我的两个女儿和母亲的其他孙子孙女们全都以爱报爱，全像天使般地围绕着她。尤其是最后两年多的岁月，小莲与她朝夕相处，小孙女天天带给她天国之爱与地上之爱，每天下班回去的第一项工作就是亲吻奶奶，半跪在地上用手抚摸奶奶的脸颊，然后给奶奶轻轻捶背。我的女儿不许谁说奶奶一个不字，一再声明奶奶没有缺点生命完美。我的母亲付出了真情，也赢得了真情。她带给我们最纯粹的爱，也赢得了最纯粹的爱。母亲到人间走一回，应当不会感到遗憾。

世相杂文

SHIXIANGZAWEN

肉人论

贾环无端恨妙玉

飞旋的黄鼠狼

四代"卫卫"的故事

肉人论

　　一九八七年，我作为中国作家赴法代表团的一员到了巴黎。一天，在一位法国朋友家里谈起法国文化。我说，法国文化的两极都使我惊讶，雅的一极在罗浮宫、凡尔赛宫和其他的展览馆里，真叫人高山仰止。而俗的一极，则在红灯区，那是肉人世界，俗文化变成肉人文化，也让人惊叹和难以接受。在座的那位法国朋友听了立即严肃地反驳我说：肉人文化决不是法国特有的，你们中国早在十七世纪就有肉人文化，而且比我们还发达。他这么一说，我也就沉默了。因为我确实无法否认《金瓶梅》产生的时代里，我国的肉人文化相当发达，《金瓶梅》里写了许多人物，其实就是肉人。

　　我们交谈时所说的肉人是指妓女，即那些以肉体买卖为主要存在方式的人。不过，笼统把妓女说成肉人，可能有些人不赞成，特别是中国的文人。因为在我国古代，士常与妓结缘，妓女常常是文人的知己知音，这已成了一种传统美谈。这种"缘"产生了许多凄楚动人的故事。妓女既成了一些文人的红颜知己和落魄时的精神柱石，那么，在文人作家的笔下，许多妓女就非常可爱。她们不仅有美色，而且有才色，肉性灵性，琴棋书画，集于一身，有的甚至还很有节操，等于才、德、貌三全，与现代的"高、大、全"人物可以比美。后来成为我国文学史名篇中的主角者如杜十娘、李香君、柳如是等，都是灵肉均十分动人的女性，决不是"肉人"一词可以概括的。我读过一些叙述妓女发展史的书籍，这些书的作者描述了历代妓女对戏剧、音乐、诗词的贡献，认为妓家乃是散曲世界，倘若没有妓家女乐，中国音乐将大为减色。史书撰者甚至认为，宋词就是妓家文学。总之，他们认为中国妓女具有性灵传统，和西方式的纯肉帛交易大不相同。不过，这个结论，西方的作家恐怕难以同意。左拉（Emile Zola）的《娜娜》，莫泊桑（Maupassant）的《羊脂球》，大仲马（A.Dumas Pere）的《茶花女》，这些西方的妓家，不也是有灵有魂的人吗？

面对以上的辩护，要说妓女就是肉人，就要引起许多人的不平和抗议，所以我们还是换种说法为妥，即妓家是妓家，肉人是肉人，妓家院里充满肉人，但肉人国里并非全是妓家。这样，我们就得给肉人另作个妥帖的界定。

我国古籍中正式把"肉人"和圣人、至人、神人等放在一起排座次，大约始于文子。《文子赞义》卷七，把人分为二十五等，肉人被列在倒数第二名。文子曰：

> 天地之间有二十五人也。上有神人，真人，道人，至人，圣人；次有德人，贤人，智人，善人，辩人。中有公人，忠人，信人，义人，礼人；次有士人，工人，虞人，农人，商人。下有众人，奴人，愚人，肉人，小人。上五之与下五，犹人之与牛马也。

两年前，我曾写了《关于肉人》的一篇短文，当时，我没有把这段话引出，是因为我觉得文子这张品人表，我无法整个接受。这种人的等级排列，包含着不少"偏见"和"暴力"，把众人视为牛马，我就不赞成。而文子眼中的上五种人，实在太高太玄。他在解释时说，上五种人中，圣人竟属第五名，是因为圣人还有平常人的一面，还必须用眼睛看，用耳朵听，神人真人就不必了。所以神人真人又高出圣人。他说："圣人者，以目视，以耳听，以口言，以足行；真人者，不视而明，不听而聪，不行而从，不言而公。"圣人是否存在，我本就怀疑，而文子却列出比圣人更玄妙的神人真人，我就更难认同了。此外，他品评的标准还有很多是值得争论的。但是，文子这张表，却也有精彩之处，例如，其中提出"辩人"、"肉人"这种概念，就很有趣。

钱钟书先生在《管锥编》中，把我国古籍中有关"肉人"的文字汇集一起并加以评论，使我的兴趣更浓。所以，我还得再把钱先生的原文照抄于下：

《壶公》（出《神仙传》）："长房下座顿首曰：'肉人无知'。"按卷一五《阮基》（出《神仙感遇传》）："凡夫肉人，不识大道。""肉人"之称，频见《真诰》，如卷一："且以灵笔真手，初不敢下交于肉人"，卷八："学而不思，浚井不渫，盖肉人之小疵耳"，卷一一："肉人喟喟，为欲知之。"其名似始见《文子·微明》篇中黄子论"天地之间有二十五人"，其"下五"为"众人、奴人、愚人、肉人、小人"。道士以之指未经脱胎换骨之凡体，非《文子》本意；盖倘言重浊之躯，则"二十五人"舍"上五"外，莫非"肉人"也。《广记》卷七《王远》（出《神仙传》）："谓蔡经曰：'汝气少肉多，不得上去，当为尸解，如从狗窦中过耳！'"道士所谓"肉人"，观此可了。《大唐三藏取经诗话·入大梵天王宫》第三玄奘上水晶座不得，罗汉曰："凡俗肉身，上之不得"，足以参证。……

……《广记》卷二五一《郑光业》（出《摭言》）："当时不识贵人，凡夫肉眼；今日俄为后进，穷相骨头"；《旧唐书·哥舒翰传》："肉眼不识陛下，遂至于此！"卢仝《赠金鹅山人沈师鲁》："肉眼不识天下书，小儒安敢窥奥秘！""肉眼"之"肉"亦即"肉人"、"肉马"之"肉"，皆凡俗之意。诗家如厉鹗《樊榭山房集》卷三《东扶送水仙花五本》："肉人不合寻常见，灯影娟娟雨半帘"；沈德潜《归愚诗钞》卷七《为张鸿勋题元人唐伯庸〈百骏图〉》云："不须更责鸥波法，世上纷纷画肉人"；摭取道家词藻，以指庸俗之夫，未为乖违也。（见《管锥编》第二册第六百五十三页，中华书局，一九七九年版）

从钱先生所征引的文字看，"肉人"乃是"不识大道"之人，"学而不思、浚井不渫"之人，"气少肉多"之人，"为欲知之"之人，说法虽有差别，但大体是指没有灵魂，没有思想，没有学识而只有凡体俗躯之人。如果我们确认人应是灵与肉的结合物，那么，肉人便是灵的部分几乎消失而只剩下"肉"的部分的人。按照钱先生的意思，《文子》中借黄子之口所论的二十五种人，除上五种之外，其他二十种人均带有"肉人"气，即都不是纯粹的灵人（如神人、真人等）。文子的论断虽苛，但并不错。所以当我们自以为是"智人"——知识分子时，一旦不学不思，自己心灰意懒又被社会剥夺了独立思索的能力，也有变成"肉人"的危险。

　　文子把"肉人"作为一种和众人、奴人、愚人、小人并列的概念，使我们知道，世界上有一种（至少在理论上可以认定的）以"肉"为特征的单面人。这种人并不是坏蛋，也不是奸佞小人，只是一种无识无知之人。亚当与夏娃在偷吃智慧禁果之前，恐怕只能算是"肉人"。不过，倘若这个想法能够成立，那么，岂不是说，依上帝的意愿，人的世界本来应当是肉人的世界。

　　尽管从德人、贤人一直到愚人、小人都有肉味，但把"肉人"单列一项还是有必要的。例如，"肉人"和"小人"就不能完全混同。多数"小人"，虽肉味甚重，但他们绝不像肉人那么笨拙，反之，他们往往相当机灵，常具有狐狸的小狡猾和卑鄙的心术，甚至还有蛇蝎的毒辣，而肉人绝对没有"小人"这种机能，倘若有，便不算肉人。此外，他们和众人、愚人也有所不同。众人、愚人自然也是肉大于灵的凡俗之躯，然而，肉的比重恐怕不如"肉人"，一个瘦骨伶仃的无知者，称之为肉人恐不合适，最好还是称之为愚人，例如阿Q，称之为愚人还说得过去，若称之为肉人便极不通。而一个肌肉发达而无知的妓女，称之为愚人也不妥，还是称为"肉人"为好。不过，如上文所说，称呼时要小心，因为妓女并非全是肉人，不少妓女乃是智人德人，只是绝非圣人。我国古代的知识分子思维大约不如今人细致，写字不如今人方便，所以我们不必苛求古人应当说得一清二楚。古人既然点破，接着就需要我们自己再细想，以区别对待。

　　当然，我们比古人要"进步"一点的是我们知道，用一个概念来概括一种人的时候，这个概念已筛选过滤了许多东西，于是，这个概念离开那种人本来的丰富存在往往很远。所以用一概念规定某一种人时实际上非常困难，就以这二十五种人的概念来说，同一个人，就可以用多种概念来形容他。譬如猪八戒，说他是肉人，倒有些像，他好吃懒做，像猪一样地嗜好睡觉，嗜好食、色，长得也像猪一样的肥胖，而智能又低，一个字也不认识，这些均符合肉人的条件。然而，他有时却也有一点小聪明和小狡猾，而且还有武艺，可和师兄孙悟空协同作战，后来竟然死心塌地和唐僧走到底，以至成佛。这一下，老猪便从第二十四等的肉人，一跃为头几等的神人真人了。

　　对于肉人，作智能判断比较容易，而作道德判断就比较困难。甚至可以说，肉人不涉及道德价值判断。有些肉人很凶恶，有些肉人则很善良。猪八戒就很善良。因此，肉人并不是坏人。当然，也有些近似肉人的人是很恶劣的，例如《红楼梦》中的薛蟠，此人在下酒令时所胡诌的几句打油诗，每一句都带着粗俗的肉味，但他虽没有道德感，却很讲交情，说他是"肉人"时，是因为后两项特征太微弱，以至使他的"肉"的特点太突出，所以说他近似"肉人"也不冤枉他。

在中国当代文学中，我见到的准确意义上"肉人"的形象有两个。一个出自台湾作家李昂之手。她的小说《杀夫》中的屠人陈江水，就是个唯知性与宰屠的肉人。他只生活于肉世界，与肉世界的彼岸——精神世界绝对无关。他在肉中欣赏自己的暴力"也是他的本质力"，无论是在猪肉中，还是在人肉中。他是肉人，把妻子林市也当作肉人，然而，非肉人的妻子终于不能忍受他的肉的暴力而把他杀死。我在《屠人论》里分析了这个人，此处只好从略。另一个肉人形象，则出自大陆作家遇罗锦之手。她的小说《一个冬天的童话》，女主人公"我"的第一个丈夫董卫国，就是一个"肉人"。这人善良，勤劳，有力气，但他除了壮实的身躯之外，其他的属于人的精神部分几乎消失了，他无辜，但也无知，无灵。他的存在几乎是单纯的肉的存在。女主人公在北方极端孤独无援中，找到这样一个出身很好的肉的存在作为丈夫。这个存在，一切都无可指摘，他没有智慧，但也没有罪过；他没有灵气，但也没有邪气；他没有雄心，但也没有坏心眼。他有爱又似乎没有爱，他的爱只是肉形态的"爱"。女主人公在初婚的夜晚，看到这个硕大的肉身男人高高地壮实地站在床上，她感到一种莫名的恐惧，但她说不出这个壮汉的罪恶，她无法把他推向任何一个道德法庭。她只能深深地感到这其中包藏着一种不平与不幸，但她说不出这种不平与不幸的理由。而我们倒是可以为她找到一个理由，这就是因为这个男主人公是一个无辜的善良的肉人，而女主人公遭遇到的，恰恰是一个富有灵性的女子必须接受一个毫无灵性的肉人的悲剧，或者说，是人的灵必须消亡于肉之中的悲剧。然而，男主人公化为肉的存在本身又是一个悲剧。这是一个在"文化大革命"中被剥夺了心灵生长机会的人的悲剧。他不是注定应当成为肉的存在的，但是，正当他有了肉之后却丧失了补充他作为人的另一方面的东西：文化，知识，灵魂。他不是自我剥夺，而是被社会所剥夺。在六七十年代里，大陆的一代青年，都遭遇到这种悲剧。仅仅"文化大革命"，就不知制造了多少像董卫国这样的肉人。其实，批判"独立思考"和批判知识分子的政治运动，都是制造肉人的机制。如果政治运动和"文化大革命"连绵不断，连知识分子也会退化为肉人的，与此相应，整个社会就会肉化。李汝珍在《镜花缘》里想象出各种各样的奇异国度，尚没有想象出一个"肉人国"，我想，倘若他想到，一定会设计出许多令人发笑又令人悲哀的故事。

但是，肉人现象，决不是中国的"国粹"。在西方，"肉人"正在大量繁殖，高度发展的物质潮流正在窒息人的精神。高技术派生出大批的技术奴隶，这就是机器人，而高度发展的经济，又使人变成广告的奴隶，这其中有许多就是肉人。而且肉人的生意愈做愈发达，不仅有女妓男妓，还有只知肉的享受的非妓家的普通人，他们常常在电视上做纯粹的肉的表演。表演之后，他们的生活也绝对与精神生活无关。世界的现代化浪潮，物质主义的洪波，固然使不发达的国家羡慕，但是，这种潮流正在使社会肉化，使肉人大群大群地产生，这是不是也值得忧虑呢？社会现代化的设计师与推动者们，在呼唤现代化的同时，是否看到人类社会的肉化趋势呢？我常为中国的现代化呐喊，但呐喊之后，一想到迅速蔓延的肉人现象，脑子就冷静得多，甚至冷到会产生一种噩梦，梦见未来的环球世界，乃是拥有金钱的肉人的世界。

贾环无端恨妙玉

贾环与妙玉素不来往，但是，一听到妙玉遭劫的消息，他竟高兴得跳起来，不但幸灾乐祸，还狠狠地"损"了妙玉几句："妙玉这个东西是最讨人嫌的。他一日家捏酸，见了宝玉就眉开眼笑了。我若见了他，他从不拿正眼瞧我一瞧。真要是他，我才趁愿呢！"

贾环如此恨妙玉，除了妙玉对宝玉和他采取"两种不同态度"而引起醋意之外，还有更重要的原因，这就是贾环和妙玉的精神气质差别太大了。一属仙气，一属猴气，这种差别，真可用得上"天渊之别"、"霄壤之别"等词。说人与人之差别比人与动物之差别还要大，这也许是个例证。如果借用尼采的概念来描述，妙玉属超乎一般人的精神水平的"超人"，而贾环则在一般人的精神水平之下，似乎是未完成人的进化的人，接近尼采所说的"末人"。

妙玉自称"槛外人"，她所以超世俗，不仅因为她带发修行，更重要的是她的精神气质格外高贵飘逸。曹雪芹赞美她"气质美如兰，才华馥比仙"。确实，她的气质与才华特异，与俗人有很大的距离，带有一种超常性。这种超常既反映在她的"洁癖"等外在行为方式，同时（更要紧）也反映在她的内在世界。连大观园里最美丽、最有才华的林黛玉、薛宝钗，在她的特异光彩下都觉得不太自在。黛玉在别人面前锋芒毕露，在妙玉面前却小心拘谨，她和宝钗到庵里做客时，刚开口问了一句话，就被妙玉讥笑为"大俗人"，再也不敢多说，坐了一会儿，便起身告辞。妙玉的才华和她的气质一样，也有一种压倒群芳的力量，《红楼梦》第七十六回，写她在中秋之夜论诗写诗，均不同凡响，为林黛玉和史湘云的长篇联句作诗时，竟不假思索，十三韵一挥而就，使林、史惊叹不已，连连称赞她为"诗仙"。中国小说中写超凡的女子形象如此精彩，既不是神，又高高地超越于人群，几乎找不到第二个。

妙玉是脱俗超俗之人，而贾环则比俗人还俗，人是从猴子进化而来的，贾环便是一个猴气有余而人气不足的浑浊生物。《红楼梦》写贾政所看到的自己这个儿子的形象："见宝玉站在眼前，神采飘逸，秀色夺人；看贾环，人物委琐，举止荒疏。"委琐和荒疏，都是缺少人样。最有意思的要数公众对他的印象竟然是一只猴子。第一百一十回中写了众人对李纨诉说他们对贾环的印象：

众人道："这一个更不像样儿了。两个眼睛倒像个活猴儿似的，东溜溜，西看看，虽在那里嚎丧，见了奶奶姑娘来了，他在孝幔子里头净偷着眼儿瞧人呢。"

众人的眼光和众人的评论不仅有趣，而且一下子就抓住贾环的要害：眼睛。眼睛最能反映人的精神气质，而众人竟看出他的眼睛"像活猴儿似的，东溜溜，西看看"。在众人眼里即在普通人眼里贾环也是猴子，可见他并未达到普通人的水平——在精神气质上未完成人的进化。

所以他的哭，众人称为"嚎丧"。但他毕竟不是猴子，有人的食欲性欲，因此一面嚎丧，一面又在孝幔子里偷看女人。这种在精神气质上尚未从猴子界中脱胎出来的人物，和妙玉正好形成两极。倘若没有妙玉这一极做参照系，贾环这一极还可以在人群里混混。有了妙玉做参照，他就显得更丑陋，也被抛得更远。贾环在潜意识里也许本能地感觉到这一点，所以就恨妙玉。如此说来，其恨无端又有端了。

妙玉与贾环，虽处于至优至劣的两极，可是还得共处于一个社会，可见社会管理多不容易，我常想：如果让贾环领导妙玉、黛玉和宝玉们，这个世界将会是什么样子？恐怕他就要用其猴性、猫性的面貌来改造一切，包括改造妙玉和大观园里的女儿国。

飞旋的黄鼠狼

有一位朋友告诉我一个关于黄鼠狼的故事，讲故事之前，他问我：你猜，黄鼠狼最重要的武器是什么？我想，可能是牙齿。他自然不需要我回答，只顾讲下去。

我的朋友住在山边，不知道为什么，黄鼠狼老是悄悄地溜进他的房屋，并常常打翻他的墨水瓶和撞倒他的小火炉，从而构成了一种威胁。他写作时，一想起黄鼠狼，就不自在。那里的山民崇拜黄鼠狼，觉得它们的本领高强得出奇，近似神物。但我的朋友只觉得它们影响思维，绝对不能留情。因此，他决心要消灭敢于再前来骚扰的狡猾的野兽。

有一天，他推开门，就发现黄鼠狼正扒在墙角批判他的书籍。他愤怒极了，立即紧锁房门，堵死所有的窗口和出口，然后拿起木棍，直扑黄鼠狼。黄鼠狼一听到声响，就往门口冲去，但已太晚。黄鼠狼敏感极了，意识到大难临头，只能作生死一搏。于是，它纵身飞向书桌，打翻花瓶，然后左冲右撞，寻找别的出口。可是别的出口均已封死，而我的朋友又一鼓作气穷追猛打。黄鼠狼在绝望之中疯狂奔突，而我的朋友也因为积恨太久无处宣泄而把棍子乱抡起来。在生死关头上，黄鼠狼以惊人的速度在房中飞驰，速度之快，令人难以置信。据我的朋友说，最后快到鼠身已看不见，只剩下一道黄色的急转的圆圈。圆圈在眼前飞旋，木棍在手里乱舞，这样相持足有半个小时，仍然不见分晓。我的朋友此次决心很大，尽管手臂已经酸疼，但仍然穷追不舍，并呐喊起来。黄鼠狼一听到叫声，更是疯狂，变成满屋的黄练。就在最紧张的时刻，突然一声巨响，我的朋友以为是黄鼠狼撞破窗门逃跑而去了，但是，他立即就发现自己的判断不对。因为在一声巨响之后，飞旋的圆圈马上散发出一种奇臭。这种臭味，令人惊心动魄。我的朋友活在世上五十年有余，从来没有闻到过这种魔鬼般的奇臭。他说到这里时觉得要形容这种臭味实在太难，然而，他终于作了表达，他说这种臭味相当于一百万只臭虫的总臭味，足以使一个人窒息而死。

在奇臭的突然袭击下，我的朋友已无心恋战，他知道继续下去就会晕死，以惨败告终。因此，他当机立断，冲向窗户，打开窗门，企图让空气冲淡臭气。然而，就在窗门刚打开的一刹那，黄鼠狼就像飞箭似的射出窗外。这场人与兽的搏斗，终于以兽的胜利而结束。

听了朋友的故事之后，我们共同嘻嘻甚久，开始相信"臭气"的力量，并佩服祖先创造"臭气冲天"一词的准确，觉得绝不可以轻视肮脏的武器。臭气的冲击往往比牙齿的批判更加可怕。

四代"卫卫"的故事

读小学的时候，我妈妈养了一只名叫"卫卫"的狗。"卫卫"的名字，是沿袭它的祖父和父亲的名字，它的祖父和父亲也叫"卫卫"，因此，它是第三代卫卫，我们姑且称它为卫卫第三。

卫卫第三长得很不错，其身姿有点像德国的牧羊犬，只是缺少牧羊犬那种刚劲气质。不过，它的尾巴很漂亮，翘起来时像一弯镰月，而且摇起来很有节奏，相当迷人。可是我奶奶却很不喜欢它。

我是奶奶最宠爱的孙子，从小就是她的心里话的存放处，牢骚、悲伤、愤怒、感慨都不瞒我。我常听她埋怨，我们这块土地正在败落，人心正在发霉，树木总有一天要被砍光，河流总有一天要灭绝，老人们总有一天会死无葬身之所。我还常听到她认真说，咱村子里的狗也是一代不如一代，咱家的卫卫也一代不如一代。

就以她见到的三代卫卫为例吧，奶奶说，虽然它们一代比一代会叫唤，嗓门愈来愈粗，但是一代比一代好吃懒做，一代比一代胆小而无守卫能力，到了卫卫第三，就只会摇动漂亮的尾巴，其他的什么也不行。而且，那尾巴也是一代不如一代，卫卫第三的尾巴虽漂亮，但是完全没有祖父卫卫第一尾巴的雄健。

说起卫卫第一，我奶奶脸上就有自豪的神色。那是我爷爷的卫卫，第一印象就使我奶奶终生难忘。奶奶嫁到我爷爷家的第一天，和爷爷并立迎接她的就是长着雪白鬣毛的卫卫第一。它真是英俊极了，简直不是狗，而是一匹狮子，一看就叫人振奋。奶奶说，她在娘家二十年，从来没有见过如此英武的像个将军的狗。我爷爷聪明勇敢，在辛亥革命中带兵打仗时也像狮子，他知道奶奶见了这只颇有将军风度的狗一定很喜欢，所以在迎接奶奶下轿的那一重要时刻，特地让老卫卫站在自己的身边。果然，奶奶一下轿子，就透过薄薄的面纱看到那雄狮般的卫卫满身英风地和爷爷互相映衬，顿时增加了对爷爷的爱慕。奶奶说她永远不会忘记走下轿子踏上我故乡土地的一刹那，卫卫豪爽地大叫一声，像狮子吼，然后舞剑似的挥动三下尾巴，接着便傲慢地离开人群，跑向屋后的山冈去尽它战士的职责。

奶奶说，这以后很久，她再看不见老卫卫的摇摆的尾巴，连舞剑似的潇洒也看不见。但她亲眼看到，在一次和狼的搏斗中，它的尾巴就像神鞭一样。当时双方势均力敌，进行了持续足有一个小时的鏖战，最后在一个转身中，卫卫突然用尾巴猛击狼的眼睛，每一下都击中要害，最后狼惨叫一声，趴在地上，而卫卫则把尾巴骄傲地举起，像得了金牌的世界冠军高高地举起手臂。

老卫卫最可爱的地方，还不在于它的勇武，而在于它决不乱叫。它在门外巡逻，倘若是月明风清的时刻，它就喜欢独自奔突，但决不叫出声来，在漆黑的时刻，它则伏在洞口注视和聆听着屋外的世界。它天生敏感，负责任，不贪睡，或熟人，或陌生人，或携带武器的盗贼，它都会做出很准确的判断，从来也不会在没有看清楚过客的脸孔时就叫唤起来。如果能听懂狗的语言，就会明白它很少空话与废话，倘若有叫声，一定是重要的信号。对于野兽，它的敏感、判断力和勇气，更让奶奶喜欢。在它守卫家园的年代，我的故乡布满原始大森林，巨大的古榕和古松覆盖着我家屋后的山峦，那里常常有老虎、豹子、猴子、野猪出没。因为我家正处在山脚下，所以老虎常来偷袭猪羊和家禽，也因为常有野兽骚扰，所以我爷爷和他的同辈乡亲，家里都有猎枪，而老卫卫则起了猎犬的作用。奶奶说，老虎身上有一种类似臭虫的味道，而卫卫对这种味道非常敏锐，当老虎还在两公里之外，卫卫就能闻出这种味道。而一旦嗅到这种味道，它就会狂吠起来，在屋里狂奔，并朝着正在鼾睡的爷爷大叫，一直叫到爷爷惊醒了，拿起猎枪。我爷爷从不轻易伤害老虎，不得不鸣枪时也只是为了把老虎吓跑。有一天夜里，一只显然是很年轻的花斑虎，刚刚走出我家对面的小丛林，卫卫就疯叫，大约是这种叫声惹得小老虎生气了，它偏偏一直顺着声音奔来，一直闯到卫卫的洞口，于是，它们就在不到一米长的花岗岩门洞两端互相吼叫，咆哮，一时吼声雷动，把村子里的人全都惊醒。我爷爷和奶奶的眼光穿过洞口看到老虎愤怒的脸和像钢针一样竖起的虎须，仿佛就在噩梦中，而老卫卫一点也不惊慌，只用坚定的吼叫迎接洞口那边另一强大生命的挑衅，双方持续对叫了大约一个小时，直到彼此都筋疲力尽，声音嘶哑，小老虎才怏怏地退入我家屋后的大森林。

那天晚上之后，老卫卫名扬全村，连狗们也知道，一见到它，都敬佩地看着它，向它行注目礼。从那天之后，它更是难得一叫，假如见到野猪，它便像鹰一样飞扑过去，用不着发出声音，就把野猪捕住。奶奶说，有老卫卫醒着，我们就可放心大睡。

老卫卫死时，我爷爷和奶奶都很悲伤，亲自把它厚葬于西北坡的茶园里，那里很安静。据奶奶说，自从老卫卫安葬在那里之后，再也不见野猪的踪迹，显然，老卫卫的鬼魂也是很有威力的。

老卫卫死后，我爷爷不再养狗，由我伯伯养了一只老卫卫和邻村一只很伶俐的小母狗交配而生的小黄狗，这就是卫卫第二。

因为这是老卫卫下的种，所以奶奶对卫卫第二开始也喜欢，并希望它能保持父辈的遗风，但是，她很快就失望了。奶奶告诉我，使她反感的还不在于它身上几乎看不见父辈的英姿，更重要的是它有几个致命的弱点：一是喜欢乱叫，一听到村子里有狗叫的声音，就立即跟着叫。尽管这不只是它的缺点，而是整个村子一代狗族共同的缺点，即无论哪一只狗先叫起来其他的狗必定跟着叫。有一天晚上，爷爷奶奶正在做爱，卫卫第二竟疯叫起来，把爷爷奶奶吓得连滚带爬地端起猎枪，结果，什么踪影也没有，我爷爷安静下来后，才知道这是因为小河那边的狗在叫，卫卫第二只是胡乱响应。另一个使我奶奶不喜欢的缺陷，是它和老卫卫相比，胃口变得很大而胆子变得很小。胃口大，无非是贪吃，多做一点饭也就罢了。而胆子小则使人厌恶。它一听到远山的虎吟，足有五公里距离的虎吟，就立即往狗洞里钻，钻得像只泥鳅，而且吓得直哆嗦。怕老虎还说得过去，有时连野猪也害怕。据奶奶说，他开始也曾向野猪冲击，但被野猪狠狠刺了一回之后，一见到野猪，便立即钻入狗洞，然后在洞内朝着野猪乱叫，而野猪总是蔑视它的空喊，从从容容地挖掘我家田里的地瓜和芋头。还有一点使我奶奶不喜欢的是它的尾巴已没有力量，只能用尾巴欺负我家的母鸡和母鸭，但有一次当它正在用尾巴弹打着母鸡时，一只愤怒的公鸡冲过来朝着它摆开阵势，它不仅不敢迎战，反而又像一只泥鳅似的从狗洞滑出去，钻到我家对面的土屋和一只长得很乖巧的小母狗调情。

卫卫第一和卫卫第二我都没有见过。到了七八岁的时候，才见到卫卫第三。据奶奶说，卫卫第三和老卫卫的血缘关系是很清楚的，我奶奶脑子中狗族的家谱一点也不糊涂。可是，使我奶奶生气的是，卫卫第三明明是老卫卫的血脉骨肉，却一点也没有祖父的骨骼和风度，只有漂亮的脸蛋和漂亮的尾巴。

使奶奶更生气的是它连卫卫第二都不如。卫卫第二虽然听到村子里的狗叫唤时必定会跟着叫唤，但叫唤时还是认真地站在洞口，而卫卫第三则总是懒洋洋地蹲着，只做叫唤状，声音虽大，但总是闭着眼睛瞎叫，响应别家的狗叫只是一种本能。更使奶奶厌恶的是，它的尾巴虽然漂亮，但老是自我欣赏，在晒谷场上，我奶奶好几次看到它翘着尾巴得意地转圈，显然是在欣赏自己的尾巴，竭力想亲吻自己的尾巴。它拼命把脖子往后拧，而尾巴拼命往嘴边靠，但始终没有接吻上，只是转圈。看看卫卫第三弯弓似的尾巴，奶奶已很不舒服，偏偏它又拼命地摇摆，对任何施舍给它一点食物的人都要叮叮当当地摇晃几阵。而对那些不能给它东西吃的人，特别是衣衫褴褛的过路人，它总是突然收起尾巴的舞蹈，然后冲到这些穷人的面前大叫，做种种挑衅状，这个时候，我奶奶总是忍无可忍地举起手杖，而卫卫第三机灵至极，立即就鼠窜而逃，彻头彻尾全是狼狈，祖辈的堂皇与骄傲丢失得干干净净。

奶奶去世之后，我随后也离开故家到别处读书了。十几年中，中国社会风风雨雨，狗的命运也发生了很大变化。当我一九六三年大学毕业后回家乡去的时候，卫卫已进入第四代了。

我在堂哥家见到第四代卫卫。堂哥指着一只怯生生的龟缩在墙角下晒太阳的小黄狗说：这就是卫卫。我简直不敢相信。怎么这样猥琐？怎么眼里全是怯生生的乞求怜悯的光波，它蹲在阳光下的草堆里，身边是一只打鼾的猪。看到我注视着卫卫，堂哥朝它叫了一声。卫卫第四听了主人叫唤，如梦初醒，轻轻地应了一声，声音竟像绵羊，那甜蜜与温顺把我吓了一跳。它悻悻地跑到我们面前，眼睛仍然是怯生生的，当它站在我面前时，我才发现它一直把尾巴夹得紧紧。我一向讨厌夹着尾巴的狗，为了让它走开，我把手上的一块吃剩的馒头扔到门口，希望它在往前奔跑的时候能扬起尾巴。没想到，它朝着那块馒头跑过去的时候，尾巴仍然夹得紧紧，显得非常驯服，非常本分，跑起来也像一只羊。

我问堂哥，它为什么总是夹着尾巴，堂哥说，全村的狗都这样。我更惊讶，为什么会这样？他说：前几年开展了几次打狗灭狗运动，杀了许多狗。运动过后幸存下来的狗都吓破了胆，全都夹起尾巴，见到陌生人就赶快逃走。"连摇尾巴也不会了吗？"正在追问中，夹尾巴的卫卫刚吞下那块馒头，并朝着我摇了几下尾巴，可是，立即又把尾巴收回，又夹得紧紧。

看到这个样子的卫卫，我满心不舒服，觉得奶奶所说的"一代不如一代"真的说中了。可是，我还是不甘心，还期待夹着尾巴的卫卫有狗的生物功能，便问堂哥：家里有它，还是放心一些吧？堂哥笑着说：咱家乡的大森林砍光之后，也没有老虎豹子了，连野猪也没有，没什么不放心的。我们家家都穷，也没什么可偷的。不过有卫卫在总是热闹一些，它不分熟人生人，不分好歹，反正总是胡叫，村里的狗一叫它跟着叫且不说，连乌鸦叫喜鹊叫的时候它也常跟着乱叫，生命秩序有点混乱，而且叫的样子很难看，一伸一缩的，很像乌龟。不过，它也有许多长处，据堂哥说，它天生很讲卫生，睡眠相当准时，不仅夜里睡，白天也睡，尤其是午睡更少不了，很像人。

生活小品

SHENGHUOXIAOPIN

瞬间
草地
玩屋丧志
学开车
征服蒲公英

瞬　间

在芝加哥大学的校园，已经历了第二个秋天。

两个秋天都来得非常突然，都在我没有任何心理准备的时候突然展示在我的面前。

今年的秋天是在一个周末来到的。昨天，屋前的大树还在阳光下闪着绿，而夜里一阵秋风之后，今天早晨，却突然满树是黄黄红红的叶子。有些叶子还在枝上抖擞，有些叶子则已开始了第一次秋的飘落。在依旧苍翠的草地上，已有第一群秋的使者。

秋是在一刹那间到来的。就在一瞬间里，生命更换了一个季节，世界呈现出另一种风貌。我既没有为夏天的消失而伤感，也没有为秋天的突然降临而狂喜，只是惊讶于昨天与今天之间的一瞬。神奇的一瞬，改变了大自然生命形式的一瞬。瞬间的魅力，常带给我永恒的激动。

我想到，人的生命也如大自然的生命一样，常在瞬间完成了精彩的超越，生命的意义就蕴含在一刹那的超越之中。在一刹那间，生命突然会奇迹般地涌出一个念头，一种思想，一股激情。这种不知来自何方的念头与情思，强迫你立即做出判断和抉择。在那一瞬间，你并没有意识到此时此刻的判断和选择如此重要，然而，正是这一时刻的选择，使你的生命意义和生命形式发生了巨大的变动。也许，就在这一瞬间，你的灵魂已经跪下，成为魔鬼的俘虏和合作者；也许就在这一瞬间，你的灵魂往另一方向飞升，穿越了庞大的痛苦与黑暗，甚至穿越了残酷的死亡，实现了灵与肉的再生。这一刹那，就是偶然，就是命运。

我常常感到瞬间的神秘。瞬间有一种难以描述也难以测量的力，可以摧毁一切，包括摧毁坚固的秩序和被称为"必然"的许多庞大的规范和权威，也可以摧毁自己在内心中营造多年的全部精神建筑。然而，这种力也会把智慧之门突然打开，让生命增加许多奇气。很多长久折磨过我的困惑和许多长久煎熬过我的书本上的难题，就在瞬间消解了，明白了。我觉得自己对于自身的存在和自身之外的其他无穷存在的领悟，就实现于瞬间之中。

瞬间，还常常改变自然时空与现实时空的程序，使过去、现在、未来，全跃动在我的思绪里。瞬间中，我可以驰骋于古往今来的沧桑之中，感悟到生命的短暂，也感悟到生命的永久。近代大哲人海德格尔关于存在与时间的学说，最初是否也发生在瞬间的感悟之中呢？他对宇宙、社会、人生暂时的关怀和永久的关怀，以及两种关怀之间的思辨，是否就在一个顷刻之中萌动呢？

我常常感到我的周遭到处是围墙，我就生活在围墙的笼罩之中。然而，就在一刹那间，我突然会完成一次勇敢的突围和穿越高墙厚壁的尝试。此时，我没有意识到危险，更没有意识到死神已逼近我的身边。只是在这一瞬间过后，我才意识到危险已被我战胜，死神已被抛在远处，我的生命已获得了一种新的证明。我为自己高兴，并感到生命并不脆弱，就像从夏树飘落而下的叶子，不是死亡，而是进入厚实的大地给秋作证。秋是美丽的，值得我为她作证。

当我发现自己没有被他人他物所确定的时候，真是高兴，因为我知道被确定的生命是没有活力的。只有不被他人他物所确定的生命，才有属于自己的绿叶、黄叶与红叶，才有属于自己的生长、发展、飘落以及再生的故事。我真高兴，我将继续经历许多突然降临的春夏秋冬和突然而来的一刹那。既然能看到瞬间的飘落，就能看到瞬间的萌动和瞬间的大复苏。瞬间虽然无定，但我信赖它。

草　地

在芝加哥大学，除了喜欢到图书馆之外，就是喜欢看看校园的草地。

校园内到处是草地，其实，校园外也到处是草地。然而，我就喜欢看看，已经看了两年了，还是喜欢看看。

草地上除了青草之外，别的什么也没有。我的根在故国的土地上扎得太深了，不容易喜欢异邦，然而，我却很喜欢异邦的草地。

我在西方的享受，就是看看这些草地，这些青青的、青青的草地。

我爱躲在屋里读书，读得累了，突然会想起，屋外是一片草地，登时就有点精神。一旦走出门口，闻到草香，就更有精神了。这种体验多了，才意识到草地也是我生命的一部分，它天天在给我注入一种精神的液汁。只要有草地在，我的生命就不会变成一片赤土。

记得童年时代的故乡，也到处都有草地。可是，前几年我回家乡时，才知道草地和森林都消失了。不知道在什么时候，故乡被剥了一层皮。

在北京生活，因为很难见到草地，就在自己楼前小院里种了一些小草。可是，街道委员会的老太太们组织大扫除时，总是把它拔得干干净净。在京城里散步，总觉得缺少点什么。到了美国之后，才意识到是缺少草地。

我的生命太需要草地了。如果故国也到处都有草地，天天都可以看看草地，我的心境一定会安静得多。对于我，这些飘动的小草，比挺立的旗帜还重要。

夏日里，我更离不开草地。晚饭后我一定要到草地上坐坐，看看，想想。坐在草地上，想什么都特别顺畅。

对着眼前的青青翠翠，我想到，人生其实也很简单，只要有一箪食，一瓢饮，一片草地，就可以生活得很有味，用不着那么激烈，那么多忧烦，更用不着那么多旗帜、火药和无谓的喧嚣。

玩屋丧志

买了新房子之后，好长一段时间，我一直处于快乐的亢奋之中。

搬进来的前一天晚上，我就独自上街买油漆，然后连夜把屋内四间房的墙壁全部刷新。速度之快，叫菲亚和小莲大为惊讶。对着看呆的妻子和女儿，我骄傲地说：在五七干校锻炼那么多年，不是白活的。但是，说实在话，在干校的干劲，从来没有这么大过，更没有这么兴奋地干过。

刷完墙壁之后，我们就搬家。搬家之后，就忙于买家具，装拼书架、橱柜、桌椅，速度之快又令妻子女儿惊讶。尽管快，大约也花去两个星期的时间。屋内的事忙完之后，便沉醉于修整阳台和草地。

好友吕志明劝我，阳台最好还是开春之后再修。可是，我心急，从窗门看到阳台上的旧栏杆，总觉得碍眼。一座新房子怎么可以容忍这么一座破阳台，于是，在冬日里就着手改造修整阳台。为了修整，我又购买了各种工具，从斧头到锯子，从钳子到钻头，仅仅钉子，就有十几种类型。志明兄原是物理学博士，现在已是专家了。他顺应我的意愿在冬日里和我一起改天换地。他心灵手巧，我在他的指挥下做着小工，时而锯木头，时而取钉子，时而上街买零件，也忙得浑身是汗。最后一道工序是粉刷，我们选择的是淡橘红色。这时，我又拿出五七干校学到的全部本领，把阳台仔仔细细地重新刷了一遍。科罗拉多冬日的阳光特别明亮，崭新的阳台在阳光下发出淡红的光焰，像在燃烧。看着自己制造出来的阳台，我简直高兴极了。这是我发表的第一篇创家园的作品，比年轻时发表第一篇诗作还高兴。志明兄回家后，我独自对着窗口欣赏自己的作品，欣赏了好久，愈看愈高兴，夜幕降临了，我才感到肚子饿了。那些天，我真的废寝忘食，饭都顾不得吃，哪能顾得上读书写书。

修整完阳台，便进入修整草地。草地上的杂草要除，树要剪枝，菜地要开垦，还要买肥料和种子，春天到来时更是忙极了，满地是蒲公英的小黄花，千朵万朵，要一一拔掉，但不管什么活，样样都使我沉醉。这时我才知道，修建自己的房屋和草地会上瘾，一上瘾，才知道原来自己更爱体力劳动。写作真辛苦，还是干点体力活痛快。当初不知道为什么会走上写作这条痛苦的迷途，当初为什么不选择修房子、修阳台和修草地这条金光大道？如果不是误入歧途，怎么会天天陷入爬格子的苦役中？愈想干得愈欢，但也愈想愈不对头。幸而突然想到李泽厚的话，人一上瘾就异化，抽烟、赌博，看《红楼梦》都会异化。我这会儿也异化了。倘若不是异化，怎么会整整三个月，什么书都不想读，什么字都不想写，只想刷墙、种菜、拔蒲公英。古人说，"玩物丧志"，我在这些日子不正是"玩屋丧志"吗？

尽管意识到这一点，还是控制不住自己，还是一天到晚牵挂着草地，而且一走到草地上就高兴。好几回大女儿剑梅从纽约来电话找我，小妹妹告诉她：爸爸又在 enjoy 草地了。大女儿才开始着急，并很认真地说：爸爸，你真是彻头彻尾的无产阶级。人家有产阶级才不稀罕那一点小房子小草地呢。你还是赶紧坐下来读书写作吧，别在屋里地里愈陷愈深。大女儿喜欢教训人，可这回，她的教训倒使我愣了一下，然后便觉得这个聪慧的家伙击中了我的要害。真的，我是个无产者，而无产者一旦拥有财产，便把财产捏得紧紧，比资产者还兴奋。这也难怪，受贫穷折磨得太久了，身上一无所有的痛苦记忆太深了，反而更知道拥有的重要，于是，有了财产之后便紧紧地拥抱住财产。想到这里，不觉笑了出来，悟到无产者真的并不是天然的无私者，迷信发财的资产者不对，迷信无财的无产者也不对。

经女儿提醒，我才慢慢又坐了下来，只是，像个刚刚戒烟的人，总还是有点烟瘾，所以又是一两个月，写作不太专心。在想到"真理"时总要想到房子。总觉得任何人间真理都与吃饭和住房有关，实在没有出息。

学开车

　　听说我学会开车，许多朋友都很惊讶，消息竟然传到北京、香港和温哥华，我一连收到好几个电话："你真的会开车了？"其口气均像是听说我要驾驶宇宙飞船上天了。去年夏天，三弟贤贤一家来探亲，我开车到丹佛国际机场去接。弟弟见到我会开车，禁不住想笑，在他看来，我坐在驾驶盘前的形象是滑稽的。其实，我自己也几乎不敢相信。我对自己有许多期待，但学会开车，绝对是超乎对自己的期待。

　　朋友和兄弟都知道我的操作能力实在太差，在五七干校时，大家都学会理发，就我学不会。而所以学不会，是没有一个朋友愿意拿他们的头发让我试验，他们都不相信笨手笨脚的我会学会理发。后来我学会骑自行车也几乎被视为奇迹。这些经验使我在思考主体结构时变得很具体，我把人的主体结构大致分为三个系统，即认知系统，情感系统，操作系统。有的人认知系统很发达但情感系统不发达，如某些理论家。柏拉图大概就属此类，所以他崇尚哲学家而排斥诗人，主张精神恋爱。有的则情感系统发达而认知系统不发达，如某些神经质的歌星。有些则是认知系统、情感系统发达而操作系统极差，例如好些科学家都不会修汽车，更不用说诗人了。难怪毛泽东要嘲笑知识分子五谷不分，肩不能挑，手不能提。这固然是事实，但嘲笑是没有理由的，因为人确实有主体结构上的差异。我就是属于操作系统极不发达的人，但特别崇拜认知、情感、操作都很发达的"完人"，可惜这种完人难找。

　　要教会我这样的人学会开车实在不容易。足足有两个月，东亚系里的朋友，从教授到研究生，唐小兵、陈戈、王玮等轮番教我。他们不但有好的方法，而且有耐心和勇气。我自己更需要耐心和勇气。当陈戈第一次把我硬带上高速公路时，我不但紧张得满身是汗，而且很有一点悲壮感。那天夜里，我梦见自己雄赳赳气昂昂地走向为革命献身的刑场，当了烈士。

教练们最后一项课程是准备考试（路试），拿执照。他们说，美国的警察头脑简单，每次路试都是那几条道。于是，他们就带我在那几条道上反复练习，哪处左拐，哪处右拐，我均记得清清楚楚。可是，考试那天的美国警察头脑并不简单，他一开始就指令我往东开去，与我准备好的往西开的路径正相反。这一下我可心慌了。不过很奇怪，在慌乱中，我竟然按照警察的口令，在一条陌生的路上顺畅地东奔西驰，最后又糊里糊涂地回到原点上。车子刚一停下，我便高度紧张，等着警察宣布我是否通过，简直像等待宣判。"你通过了。""什么？我没听清，请重复一遍！""你通过了！"美国考官不耐烦了。我高兴得紧握黑人考官的手，连声说谢谢谢谢。

拿了驾驶执照回家，我立即递给母亲和妻子看，而且连声自我赞叹："真厉害！真厉害！"看到我不断赞美自己，母亲用奇怪的眼睛盯了我一下，我知道她在说：怎么这样自夸个没完，写那么多文章也没这么得意忘形过。

我真的有点得意忘形了。立即带着妻子在 Boulder 城里绕了一圈，然后又在通往丹佛的高速公路上奔驰：真是不可思议，一切都变了，道路怎么变得这么有魅力？Boulder 城怎么变得这么小？落基山怎么变得这么近？我的手脚怎么变得这么灵活？这双脚完全可以驾驭自己的命运，完全可以驾驭自己的明天和未来，愈想愈得意。看到得意忘形的我，坐在身边的妻子提心吊胆地说："超速了，小心被警察抓走！"回家之后，我才发觉自己一身热汗，而妻子却是一身冷汗。

征服蒲公英

我所能感受到的植物世界，生命力最强大的，在树类中要算榕树；在花草类中，则要算蒲公英了。

我的故乡到处都有榕树和蒲公英，一者向天空发展，一者向大地蔓延，这两种生命，均震荡过我的灵魂。榕树的强大我早就知道了，所以写了《榕树，生命进行曲》。而蒲公英的强大，则刚刚体验到。

去年初冬，我在科罗拉多的大学城 Boulder 购买了一座房子。随着房屋而来的是屋子后院足有三亩地之大的草园，草园上还有七八棵大树。冬天的草园经常被白雪覆盖，一到春天，被雪水泡浸了一个隆冬季节的青草立即抬起头来并疯狂地生长，到了三月间便是一片浓密的翠绿。可是，刚被大地的青春所陶醉的我，在一个清晨里却大吃一惊，发现草地上到处是星星点点的小花，像天上突然洒下的星光。我本能地揉揉刚苏醒的眼睛，怀疑这是梦境。这时，站在阳台上的妻子也喊叫起来：看，蒲公英，满园的蒲公英黄花。直到这个时候，我才相信，和青草争夺土地的正是我熟悉的童年的伙伴。没想到，它的足迹也遍布天下。哪里有土地，哪里就有它金黄色的生命。

我开始还觉得在草地上有蒲公英点缀也很不错。可是，邻居 Dan，一个极为勤劳的美国人，他告诉我，要赶紧除掉这些蒲公英，否则过些天，它就会结子，经风一吹，满园都是它的野花，园子就要成为废园。听到"废园"一字，我浑身一震。童年伙伴的破坏力这么大吗？它能很快就把柔美的草地变成废墟吗？我将信将疑，只继续写着我的文章，并没有立即去对付它们。过了几天，蒲公英果然以难以想象的速度迅猛发展，蓬蓬勃勃地蔓延到草地的每一个角落，这真真是奇迹般的星火燎原。而且果然有一大群的蒲公英已抽出一个个小球似的花穗，每一穗上都挂着密密麻麻的白花子，它们正在微风中摇曳，等劲风一到，它们就会扑向大地，开始铺开第二代。第一代还风华正茂，第二代便如此跃跃欲试，真是令人难以置信。蒲公英呀蒲公英，我过去怎么没有发现你这种发展生命的强大性格。

我决心征服蒲公英，为了我心爱的花园，为了我心爱的绿草地。于是，我发动妻子、小女儿和我一起投入拔除蒲公英的战斗。我们把园地分成几片，逐片拔除，各个击破。拔了两天之后，妻子和女儿均腰酸腿疼叫苦不迭。她们退出战场后我只好孤身奋斗，近乎疯狂地继续我的征战。

这场征战真是苦战。蒲公英的数量之多完全出乎我的想象，多得惊人，拔不胜拔。我一边拔，一边想起故乡的散文诗人郭风，他是蒲公英最热烈的歌者，早就讴歌过这一倔强的生命。可是我却忽视他的声音。当他告诉人们这一貌似弱小的生命其实是难以战胜的生命时，我以为他不过是在作浪漫的戏语，而今天，我终于对他的提醒有所领悟，他讴歌的确实是一种无比强悍的生命。

经过三天的鏖战，我松了一口气。第三天清晨，我欣赏草地时，心旷神怡，觉得劳动确实是美丽的，至少带来美丽。蒲公英虽然强悍，但毕竟是可以征服的。我在阳光下坐着，充满征服者的骄傲。

可是，大约过了一个星期，在一场大雨之后，又是一个清晨，我又见到三个星期前的景象，后园又是一片金黄色。我立即意识到，新一代的蒲公英仰仗着阳光雨水又崛起了，只是没想到，崛起得这么迅猛，我的征服的骄傲尚未舒展它们就这样向我表明它们的不可战胜。

我去请教 Dan，他告诉我，这么多的蒲公英拔是拔不完的，要去买农药，而且要在雨后蒲公英的叶子还带着水珠时洒药最有效。我和妻子立即就去买农药并买了一辆洒农药的车子。这部深绿色的小车简直是我的坦克。驾着坦克，我在草地上驰骋。大约是着意要和这大自然的顽强生命较量，我洒得很多很重。此后几天，我看到药物可怕的杀伤力，大片大片的蒲公英枯萎下去，长得最密集的北角，简直遍地横尸。生命再强悍，也挡不住这种残酷的化学武器，我又一次升起了征服者的骄傲。

由于下药过量，有几个角落的青草和蒲公英一起被杀死，出现了一片枯黄，翠绿的草地仿佛长满疮疤。这使我更加憎恨蒲公英，这种憎恨甚至波及我所喜爱的故乡散文诗人。不正是他所讴歌的顽劣者，破坏了我眼前这一片如歌如画的天堂吗？

不过，洒药之后，我就放心了。放下的心收拢起来后便专心去照顾青草，每个周末都开着拖拉机刈一遍青草。夏天来到时，我几乎天天喷水，房子的旧主人留下一套自动喷灌水系统，我不怕花钱，只要草长得好就高兴。可是，就在青草茂盛，草地展示一片生机的时候，我再次非常懊丧地发现，蒲公英又在青草丛中复活而且也跟着长得十分繁茂。它们竟然没有死，竟然从地底再次汹涌而出。这一回，它们不开花，只是夹在青草里生长，而且是新一轮的狂生狂长。这一次蒲公英的复活与再生，动摇了我的意志。我对妻子说：蒲公英拔不胜拔，不理它了。妻子说："听说要洒五遍农药才行，你只洒了一遍就泄气。不要忘记Dan的话，任它生长，草园可就真的变成废园了。"

一提起废园，我又急了。不能接受失败和失败后的废墟，于是我又投入新一轮的战斗，可是，这一回，我再也没有雄心消灭它们了。我意识到，这一童年的伙伴与另一伙伴——榕树一样是不可战胜的。而且，我想起了卡夫卡的话，这句话早已烂熟于心中，但此时的声音变得非常响亮：从土地上生长出来的生命是难以被消灭了，因为土地是永生的，附丽在土地上的生命也是永生的。这一年多，我每次走到草地上，总要想起卡夫卡的这句话。真的，大地是不可征服的，附丽于大地的生命也是不可征服的。联想起这些年自己走过的路，想到那些想征服我的人都失败了，而我想征服另一种生命，也失败了。这些失败的记录恰恰显示生命的胜利：无论是庞大如榕树还是微小如蒲公英，生命都是一支不可征服的进行曲。

悟語

WUYU

《独语天涯》自注
《山海经》的领悟
红楼悟语五十则
《双典批判》三十则

《独语天涯》自注

1

我喜欢何其芳年轻时的诗文，尤其是他的《画梦录》，出国之后，我常望着高远的天空和低回的云彩，想起其中的名篇《独语》和它的画梦般的句子：昏黄的灯光下，放在你面前的是一册杰出的书，你将听见里面各个人物的独语。温柔的独语，悲哀的独语，或者狂暴的独语。……每一个灵魂是一个世界，没有窗户，而可爱的灵魂都是倔强的独语者。借用老诗人"独语"的概念和它的如梦如画的诗意，我穿过历史耀目的长廊，又一次展开心灵之旅。

2

漂流之夜。没有圆月，没有星斗，于幽暗中我什么也看不见。然而，因为独语，我感到肉眼看不见的兄弟姐妹就在身边，百种草叶与万种花卉就在身边，远古与今天的思想者就在身边。黑暗企图淹没一切，但我却听到暗影深处和我共鸣的轻歌与微语。于是，我在虚无中感到实有，在乌黑中看到薄明与亮色。

3

漂泊者用双脚生活，更是用双眼生活。他用一对永远好奇的童孩眼睛到处吸收美和光明。哲人问：小溪流向江河，江河流向大海，大海又流向何方？我回答：大海流向漂泊者的眼里。歌德在《浮士德》中说：人生下来，就是为了观看。真的，人生下来就是为了观赏大千世界与人性世界的无穷景色。所以，在我的《远游岁月》与《独语天涯》中，一直跳动着乔伊斯的这句话：漂流就是我的美学。

4

英国思想家卡莱尔说：未曾哭过长夜的人，不足以语人生。日本文学批评家鹤见佑辅在他著写的《拜伦传》序言中引述了这句话。

我曾经在最爱我的祖母逝世时哭过长夜，曾经在故乡的大森林被砍成碎片时哭过长夜，曾经在看到慈祥而善良的老师像牲畜一样被赶进牛棚时哭过长夜，曾经在殷红的鲜血漂向大街时哭过长夜，曾经在被抛入异邦之后面对无底的时间深渊哭过长夜，我还经历了一轮又一轮的炼狱，胸中拥有许多炼狱的灰烬。我应当拥有独语天涯的资格了。

5

像那些在荒漠沙野中身陷孤独的求道者，我常对自己提出的问题是："我还能做什么？"寻找答案时，想起了尼采的话：真理开始于两个人共同拥有的那一刻。可是我只有一个人。然而，我立即想到：主体多重，我不仅是一个现在的自己，而且还有一个过去的自己和未来的自己。分明是三个人。我可以和他们对话，可以和他们共同拥有真理起程的时刻。

6

在大滔滔的既往与未来的合流之中/在永恒与现在之中/我总看到一个"我"像奇迹似的/孤苦伶仃四下巡行——这是泰戈尔的诗句。

我看到的自己也是孤单的身影，踽踽独行在宏观的历史大道与微观的现实羊肠小路上，独语过去、现在、未来三个时间维度上。虽是无依无靠，无着无落，却与滔滔大浪共赴生命之旅，在莽莽苍苍的大宇宙中，与神秘的永恒之声遥遥呼应。于是，尽管独行独语，却拥有四面八方，古往今来，身内身外。

7

心灵之窗敞开着，面对着共存的一切：太阳与墓地，存在与时间，洪荒与文明，星斗与小草，婴儿宇宙与孩提王国，罗马古战场与阿芙乐尔号炮舰，柏拉图的理想国与奥斯维辛集中营，荷马的七弦琴和乔伊斯的意识流，中国的长城与博尔赫斯的迷宫。在思想的漫游中，我时而与堂吉诃德相逢，时而与哈姆雷特相逢，时而与贾宝玉、林黛玉相逢，时而与达吉雅娜与洛丽塔相逢。冲锋、犹豫、迷惘、忧伤，不同颜色的独语，我都能倾听，而对于我的独白，他们难道就只有沉默吗？

8

丹麦哲学家、存在主义先驱克尔凯郭尔在《非此即彼》书中写道："你知道我很喜欢自言自语。我发现，在我的相识中间，最有意思的就是我自己。"我相信北欧这位大哲人的话，因为他拥有自己的语言，那是他存在的第一明证。可是，二十年前，我绝不敢承认这句话，因为那时候我丢失了自己的语言。丧失个体经验语言，只会说党派和集团的语言，这不是真的人，而是一只鹦鹉，一个木偶，一副面具，一堆稻草，一颗螺丝钉，一台复印机，一条牛，甚至是一只蜷缩在墙角时而咆哮时而呻吟的狗。

9

九年前的那个夏天，烈日几乎把我的体力蒸发尽了。在疲惫中，我觉得自己的身上什么也没有剩下。对着天尽头那灰蒙蒙的落日，我突然产生一种"惊觉"，这也许就叫做"顿悟"。我想到，头一轮的生命终结了。过去，我曾经索取过，得到过，而我也努力偿还，以致最后为了孩子站在烈日的曝晒下呼喊。我能给予的都给予了。我不再欠债。我已从沉重的债务中解脱。这是生命的大解脱。一阵大轻松如海风袭来。轻松中我悟到：此后我还会有关怀，然而，我已还原为我自己，我的生命内核，将从此只放射个人真实而自由的声音。

10

惊觉之后，我在镜子前看到的自己是完整的，不是碎片，也没有装饰。这是生命的原版。母亲赋予的生命原版，不再被剪裁、截肢、染污的生命原版。美极了，葳蕤生辉的生命原版。这是神奇童年的心和手，这是自由歌哭的咽喉，这是丛林般的还带着嫩叶清香的头发，这是亲吻过大旷野并播放着泥土潮味的嘴唇，这是能看穿皇帝新衣的眼睛，这是瞳仁，闪闪亮亮地正在映像每日常新的太阳。

我要在生命的原版上写下属于自己的文字。我的仁厚无边的天父与地母，我爱你，我要献给你最美丽的礼物：心灵的孤本，生命的原版，和天涯的独语。

11

拒绝合唱。埋头在山西高原上写了《厚土》、《旧址》、《无风之树》的李锐，突然抬起头来说：拒绝合唱！这是一个写作者在黄土高坡上的独语，然而，它该也是，该也是一代惊觉者的独立宣言。我要在宣言书上签字，我要在签字后发出更响亮的生命的歌哭，我要独立咀嚼天地的精英然后独自吐出我的蚕丝我的独唱和可能的绝唱。合唱已吞没了我的青年时代，我不能再把整个人生送到合唱里，我已看清合唱的媚俗与空洞，我已给合唱的指挥员发出拒绝的通知。

12

没有拒绝，便没有生活。没有良知拒绝，不可能有良知关怀。而对黑黯与不公平，左拉发出的声音是："我抗议！"冰心发出的声音是："我请求！"请求是妥协性抗议，也不容易。我无法再面向庞大的客体，但我可以要求主体发出声音："我拒绝！"至少必须拒绝谎言，失去拒绝能力，就意味着把自己交给撒谎的世界。

13

此刻，康德从他的林间小道散步到我的心间小道。依依稀稀，我听到了他的独语："人之可贵，是他只遵从自己所发出的法则。这些法则不是他人提供的，而是自己生产出来的。"这是康德对我的第一百次提醒。不错，我的主体黑暗主体懦弱主体混乱匮乏都是因为我太崇尚他人提供的原则，遵从的结果只有一个：只能说他人的话，无法履行内心的绝对命令，包括天真天籁的命令。于是，正如天空失去星辰，我失去了地上的道德律。

14

窗外是穆穆的秋山，山中是娓娓的秋湖，窗内是雪白的书桌，桌上是素洁的稿子。没有人干预我、骚扰我。太阳只给我温暖与光明，没有叫嚷；思想大师与文学大师们只给我智能、思想和美，没有喧嚣。伟大的存在，无须自售。活着真有意思，活着可以和太阳、山川及人类的大师们交谈。紧紧抓住活着的一刹那，一片刻、一瞬间。死了之后，太阳对于我没有意义，大师的精深与精彩也不再属于我。

15

层峦起伏的远山，在缭绕的薄雾中屹立。夕阳还在，黑夜尚未完成它的大一统。我又沉浸于寂静中。我不仅看到寂静，而且听见了寂静。易卜生在《当我们这些死者苏醒的时候》一剧中，让一个人物轻轻地问另一个人物："玛亚，你听见寂静了吗？"如果这是问我，我要回答：听见了，我听见了群山孤岭的寂静，听见了星汉银河的寂静，听见了高原上大森林颤动的寂静和云天中兀鹰翱翔的寂静，听见太阳与小草在相依相托中爱恋的寂静。寂静不是死灭。寂静是孕育。死亡是轰动，孕育是沉默。

16

不仅是易卜生听到了寂静。所有天才的诗人与作家都能听到寂静。他们具有第二视力也具有第二听力。这种听力是伟大造物主赐予他们的内听觉。贝多芬耳朵聋了的时候却创造了人间最美的音乐，他显然听见了大寂静中的大韵律。第二听觉使大艺术家们从"无"中听到"有"，从虚无与沉默中听到潜在的大音，这是万物万有从"无"中远远走来的足音，这是正在孕育、正在诞生的足音。不论是从母亲腹中走来的孩子还是从宇宙深处走来的星光，他们都能听见其天乐般的情韵。唯有这些无声中的有声，具有永恒之美。

17

薇拉·妃格念尔，我心目中最高贵、最美丽的俄罗斯女性。你出身贵族家庭，才貌非凡，本可享受人世奢华，却偏偏同情穷人、投身革命坐牢二十年。你在自传《俄罗斯的暗夜》中说："孤独与宁静使人心神专注，更能倾听过去的诉说。"人类精神宝库中最丰富的部分，不是今天的诉说，而是过去的诉说，是从苏格拉底、荷马开始的伟大死者们的诉说，这些精神战士的诉说镌刻在书本上。书本没有声响。书海是一片大寂静。

18

此刻，我听到了"过去的声音"，听到了柏拉图与亚里士多德的诉说；听到了康德与陀思妥耶夫斯基的诉说；听到了乔伊斯的《尤利西斯》和普鲁斯特的《追忆似水流年》。他们的诉说是那样冗长而深奥，我常常站在他们的门外。这回，孤独与宁静把我带进门里，我终于领略了他们的诉说。《尤里西斯》的门槛，连福克纳都觉得难以踏进，但他踏进了。他说："看乔伊斯的《尤里西斯》，应当像识字不多的浸礼会传教士看《旧约》一样：要心怀一片至诚。"孤独、宁静，至诚，这三者把我的心扉打开了，过去一切最深邃的独白与对语汩汩地流入我的血脉，多么美妙多么迷人的过去的诉说呵，可惜我倾听得太晚了。

19

妃格念尔，当沙皇的王冠落地，当你所献身的目标像东方日出，当人们都沉醉于革命的狂欢节之中，你还喜欢孤独与宁静吗？宁静与孤独是逍遥之罪吗？你会为狂欢节中的孤独者与独语者辩护和请命吗？记得帕斯捷尔纳克在《日瓦戈医生》里对着狂欢的人群说：个人的生活在这里停止了。真的停止了吗？应当停止吗？革命注定要抹掉个人生活与独自行吟的权利吗？能回答我吗？诗一样美丽的革命家与悲剧创造者。

20

夜半时分，我推开了窗户。窗外除了远空中的几颗疏星闪烁之外，全是无。无声、无息、无歌、无曲，千山无语，万籁无音，连长堤那边的公路上也没有喧嚣，没有笛鸣。宁静压倒一切。此刻，我意识到大寂静的浓度。浓得像蜜，像酒。我闻到蜜和酒清洌的香味，并渴望吮啜。于是，我向空中伸出双手，然后深深呼吸。我的思想除了需要盐的泡浸之外，还需要蜜和酒的滋润。伟大的、辽阔的北美大地，对于别人来说，也许意味着黄金，意味着白银，而对于我则意味着蜜和酒。

21

天底下有谁会像我这样迷恋蜜和酒？天底下又有谁在痛饮一片虚无的液汁后又如此迷恋自己的独存独在独思独想独歌独诉独言独语？如果不是被群体的喧嚣所愚弄，如果不是当够了被人操纵的布袋木偶，如果不是听够了以阶级的名义革命的名义国族的名义发出的慷慨陈词，如果不是看够了用一千副面具表演的历史悲剧与闹剧，如果不是连自己也说烦说腻了从一个模式里印出来的话语，我怎能从睡梦中醒来，怎能知道夜半的蜜夜半的酒夜半的大寂静如此清醇，一滴一滴都会激发我生命的自由创造与自由运动。

22

终于远离噪音。我的故家就在深山老林中。小时候，我害怕猛兽，但喜欢听到山谷里的虎啸，那一声声雄伟，启蒙了我的孩提时代的豪情。然而，我始终讨厌蚊子的嗡嗡，这种噪音真会伤害人的灵魂。我少年时的浮躁，显然是蚊子激发的。叔本华认为思想者最好是聋子。他厌恶噪音，以至埋怨造物主造出人的耳朵必须始终竖立着始终开放着是个极大的缺陷。如果耳朵可以自由开翕，随时可以关闭，生活一定会美满得多。

23

都说上帝担心人们沉醉于寂静安宁的生活，会不思进取，才制造出撒旦来激活人的热情。可是，我明明看到太阳是孤独的，月亮也是孤独的，它们无须魔鬼的刺激也天天放射光明。上帝何尝不是孤独的。只有魔鬼才喜欢吵吵闹闹。

24

一直在构筑一个属于自己的精神故乡，但是我的故乡与周作人的那种"自己的园地"不同。我并未筑起一道与世隔绝的篱笆，然后躲在篱笆里谈龙说虎，饮茶自醉，顾影自怜。我只是在家园里独自沉思，而思索的根须却伸向大地的底层与心脏，每一根须都连着时代的大欢乐与大苦闷，也连着乡村、城市、大道、监狱和广场。我的园地封闭着又敞开着，孤立着又漂泊着，躲藏着又屹立着。这不是风雪可以吹倒的茅棚草舍。

25

世界很大，人群熙熙攘攘，但无处可以倾诉。正如四周都是海，但没有水喝。处于人群中的思想者就是处于沧海中的孤岛。思想者的人生状态注定是孤岛状态，能在孤岛上翘首相望，作歌相和，便是幸福。

26

我喜欢独自耕耘，远离人群的目光。

美国作家爱默生说："我爱人类，但不爱人群。"我的心与爱默生相通。人类整体是真实的，每一个体也是真实的，但一团一团人群的真实却值得怀疑。

人群是什么？人群就是"戏剧的看客"（鲁迅语），天才的刺客，人血馒头的食客，寡妇门前挤眉弄眼的论客；就是今天需要你时把你捧为偶像的喧嚣，明天不需要你时把你踩在脚下的骚动。

27

人群不认识凡·高。此时他的画价创下世界纪录，可是他生前只卖出过一幅画：《红色的葡萄园》。售出的场合是布鲁塞尔的"二十人画展"上。他创作了八百幅油画和七百件素描，可是个人画展是他死后两年才举办的。

人群把活着的凡·高视为疯子，把死后的凡·高视为神。真的凡·高活着时只能对着天空与画布倾吐，死后只能在向日葵绰约的花影下沉默。

28

阳光如火的中午，一群黑鸟自远处飞来，遮住了天空与太阳，然后飞进凡·高的眼里。这之后，他完成了最后一幅画：《麦田上空的乌鸦》。第二天，他仰望无底的苍穹，用手枪顶住自己的太阳穴，扣动扳机，死在金黄色的麦田里，离开了苍白、冷漠、与美隔绝的人间。

给天才送行的只有烈日、云影和麦地上轻拂的风，之后还有他的七个亲人和友人。凡·高的死与群众无关，正如他的存在以及不朽不灭的图画，与群众无关。

29

真理活在事物深处。它不是闹哄哄的集体眼睛可发现得了的。它需要个人的眼睛去体察、去发觉，所以真理常常在少数人手中。群众虽然占有多数，但未必占有真理。雨果曾经大声地叫道："站在多数一边随大流？宁肯违背良心受人操纵？决不！"（引自《雨果传》第四三七页，湖南文艺出版社）这是天才的拒绝。知识分子拒绝群众比拒绝政权还难，所以许多知识分子都是民粹主义者。

30

生活在人群里而要求得安全，就必须自己也是矮人。或者屈膝跪下，显得比矮人还低；或者低下头去，眼睛只看自己的脚趾，这才平安。身上高于矮人的部分都是祸根，如果高出整整一个头颅，脖子可能会被砍断。然而，必须有敢于不怕削去头颅的大汉在社会中站立着，社会才有活力和境界。有人批评过日本，说它是一个没有柏拉图和亚里士多德的希腊，但是，近代的日本出现了福泽渝吉、伊藤博文、川端康成、三岛由纪夫，日本人可以反驳批评了。

31

普希金的诗吟：我的无法收买的声音，是俄罗斯人民的回声。普希金爱俄罗斯人民，但不爱一团一团的人群，也不奢望人群会听懂他的声音，于是，他又说："在冷漠的人群面前/我说着/一种自由的真理的语言。/但是对凡庸愚昧的人群来说/可贵的心声却可笑到极点。"

人群的评议并不重要，重要的是可贵的心声。

如果死亡不能把我从宇宙中赶走，那么，唯一的原因就是因为我留下了未曾背叛自己的真实的个人的声音，和统一的声音不同的声音，从强大的集体声浪中跳出并存活下来的声音。

32

十几年前，我写作《爱因斯坦礼赞》时，笔下情思汹涌，仿佛有神灵在摇撼我的身体与灵魂。爱因斯坦就是神灵的使者，他到地球上告诉人类许多真理，还告诉我一个真理：人，只是宇宙中的一粒尘埃。人到世上，是尘埃的偶然落定。生命终结，即尘埃飘走。

爱因斯坦给我一种眼光：从宇宙深处看人的极境眼光，从无穷远方观察自身的庄子式的"齐物"眼光。这是伟大的人文相对论。这种眼光使我知道自己在宇宙中的位置，使我心志昂扬但又摆脱人间自大的疯人院。

《山海经》的领悟

1

当八十年代中期中国作家在寻根的时候，我无所作为。因为我早已清楚我的根在《山海经》里，在那个草树蓁蓁密密、到处洋溢着原始野性与洪荒气息的神话世界里。那是一个人、神、兽三位一体的世界，那是一个生命无边无沿、无拘无束的世界，那是一个不长心术权术也不长教条酸果的世界。无论是蛇身人面还是龙身人面的庞然大物，都是不加粉饰的、最本真的大地的儿子。

2

追日的夸父，填海的精卫，以乳为目的刑天，补天的女娲，治水的大禹，这些远古的神话英雄，他们身上活泼而坚韧的神经，就是我的根，他们的名字就是我灵魂的血肉与骨骼。灵魂是需要血肉与骨骼的，更需要脊梁。人世间跪着与匍匐着的灵魂太多，而且长出了苔藓与莠草，所以我更是缅怀伟大祖先那坚韧的、赤子的灵魂。

3

原始神话告诉我：你的祖国的伟大日神是一位女性，她是帝俊之妻，名字叫羲和。她生育了整整十个太阳，并在甘水这个地方完成了辉煌婴儿的洗礼。每一个太阳都是必需的。说后羿射下九个多余的太阳，那是《淮南子》编造的。我从伟大的女性日神中得到启示：我心内也需要有十个太阳。我需要有多重多元的光明之源，需要有四面八方的暖流与知识流。

4

我身内有十个太阳的名字是夸父、精卫、刑天、女娲，还有曹雪芹、荷马、柏拉图、莎士比亚、歌德与托尔斯泰。每一个太阳都不能少。我所以能睥睨乌云，轻慢寒风暴雪，心灵上空常有朝霞，黎明与黄昏都蓄满暖意，就因为胸中有着十个灿烂夺目的太阳。有这些永恒永在的骄阳丽日相伴相随，还怕黑暗与黑暗的动物吗？还感叹人生缺少流光溢彩吗？

5

仿佛是在青年时代，那时我丢失了十个太阳，只留下一个人造的赤热的太阳。尽管人们说，这是最红最红的红太阳，尽管我十年如一日地生活在它的光环中，可是，留下的却全是黑暗的记忆。

6

追超烈日，填平沧海，修补苍天，断了头颅之后还照样操戈舞剑，这有可能吗？谁都会回答不可能。然而，远古的英雄却把不可能当作可能去争取、去努力、去拼搏，知其不可为而为之。这正是东方伟大的日神精神，中国永远不灭不亡的原因。我的故土上的五个太阳，每一天都以它璀璨无比的光波提示我：别忘了，别忘了大地上第一曲英雄的悲歌和它的主旋律。

7

夸父面对燃烧的火海，精卫面对苍茫的汪洋，刑天面对失去头颅的身躯，大禹面对漫衍中国的洪水，女娲面对破败的天空，他们都有绝望的理由。但是，他们面对绝望而反抗绝望。我们的祖先是一些硬在绝望中挖掘出希望并发展希望的伟大孤独者。在他们开天辟地的茫茫史篇中，每一页都镂刻着这样的真理：人活着，不是为了等待希望，而是为了创造希望。

8

法国思想家埃德加·莫林和他的朋友这样阐释他们的希望原则："不是希望使人活着，而是活着产生希望。"或者说："活着孕育了希望，希望又使人活着。"刑天不仅体现这种希望原则，而且启示后人：人类可以在自己的身上完成"复活"，即实现再生，可以在更新生命中实现新的希望。在险恶的逆境中，首要的原则是不要倒下，即不被命运所击倒，然后重新创造命运。生存、死亡、复活；希望、破灭、再生。这正是时空轨道上永恒的生命链。

9

夸父真傻，精卫真傻，女娲太傻。太阳追得着吗？大海填得了吗？苍天补得上吗？跋涉一个个白天与黑夜，口衔一块块细小的木石，手捏一团团的泥土，不分朝夕，不舍昼夜，奋不顾身地作力量悬殊的较量，勇敢、执著、坚韧，一身侠骨与傲骨。他们做着聪明人嘲弄的事业，却走上聪明人无法企及的天地境界：在苍穹与大地之间展开彩虹般的自由羽翼。

10

不是争取成功，只是争取信念。他们的眼睛紧紧地盯着前边那个美丽的目标，不知道什么叫做胜利，什么叫做失败。鲁迅说："中国少有失败的英雄。"因为中国人失落了遥远的祖先的大心灵与大气魄，而落入"成者为王，败者为寇"的势利理念中。

11

《红楼梦》中的诸多人物谁最傻？除了一个傻大姐之外还有一个傻哥哥，这就是贾宝玉。傻大姐是天生的白痴，什么也不懂。傻哥哥可有大智能。呆中的迷惘，痴中的执著，傻中的正义与公道，憨中的诗书评论与大迷惘，沉默中的逃离家园和告别尘界，哪样不是真性情与真智能，贾（假）不假，傻不傻，能在僵尸国里守住点活灵魂、活情感就不傻。

12

聪明人只能沾染太阳的一点光辉和大海的一抹浪花，他们永远是太阳与大海的局外人，而憨傻的夸父与精卫却溶入太阳溶入大海，化作伟大存在的一部分。聪明人早已灰飞烟灭，傻子却与太阳、大海一起穿越时空的围墙与边界，活到今天。

13

夸父追逐太阳，最后溶入太阳。太阳是他所求的道，不屈不挠的求道者最后得道并化为道的一部分。夸父求的是光明之道，他的名字是光明的一角。

每天每天，当太阳从山那边的岩角上喷薄而出，金黄色的光焰洒向花丛、草地、屋顶和我的图画般的窗口，我就想到，这是夸父的精灵，原始的，野性的，赤裸裸，单纯的精灵。这些精灵一走入我的身心，我就想行进，想尝试，想奋发，显然，他们在我的生命当中又投下了神秘的热能。

14

存在者是肉身，它属于形而下国度；存在是道身，它属于形而上国度。夸父、精卫、刑天、女娲都告诉我：存在者不可沉湎于帝王之家、温柔之乡。宫殿里的虫豸还是虫豸，琼楼玉宇中的猫狗还是猫狗。要奋飞，要长出穿越沧海怒浪的双翼，要寻找存在的意义。

15

夸父、精卫、刑天、女娲：天地之间永恒的天真；只知耕耘，不知收获的天真；只知奋飞，不知占有的天真。有天真在，便不顾路途中有巨火烈焰，人生中有沧海般的大苦难，贴近目标时有断头的危险。有夸父、精卫、刑天、女娲的名字在，就会有伟大的耕耘者与追求者。王朝明明灭灭，天真的探寻者却生生不息。

16

夸父没有群落与国度，精卫告别父亲炎帝之后成了东海的流浪者，刑天则独往独来，女娲是最伟大的孤独者。他们以天为居所，没有故乡，然而，他们为他人创造故乡。夸父在死亡的时刻还把自己身体的一部分抛入人间，化作一片桃林。那就是千载万载、无数炎黄子孙的家园。

17

刑天丢了头颅，但心还在。心灵可以长出另一种眼睛。原始英雄拥有大心，但没有巨大的脑。大心里有大性情、真性情。现代人脑的发达却使心缩小，小到容纳不了一点真情真性。夸父的性情弥漫天空，精卫的性情覆盖大海，刑天的性情穿越古与今。我在心里建造了夸父塔、精卫塔、刑天塔，好在人欲横流的世上守住一份大性情与真性情，遏制住心的萎缩。

18

刚毅木讷者天然地藏拙。拙中有大智能。大禹治水三过家门而不入，女娲补天千载而不知疲倦。夸父无言，精卫无语，刑天无音，原始的大英雄们都是拙人、拙神。他们不是修炼于口舌，而是修炼于肝胆和性情的最深处。

19

我喜欢女娲，不喜欢共工。撞断天柱容易，建构苍天和修补苍天却很艰难。破坏天柱不是工程，补天却是伟大的工程。女娲的劳作是大寂寞，没有人知道她流过多少汗水。共工流了血，流血轰动了天内天外，人们知道他是革命英雄。英雄的标尺变了，所以人们崇拜流血与暴力。我要质疑这个标尺，为女娲，也为精卫：你，才是真正的英雄。

20

白云千载，蓝天悠悠，谁是中国第一代理想主义者，谁是山高海深的第一代大梦的主体？是精卫，是夸父，是女娲。移山填海，修天补地，中国的远古有大浪漫、大理想。可惜中国今天只剩下小浪漫：作家笔下的情爱小故事，霓虹灯下的色情小夜曲，精卫当年奋战过的东海碧波中的小寓言。

21

远古时代的凤凰美丽而自由，它"饮食自然，自歌自舞"，快乐地翱翔于原初的日月山川之中，可是，不知道从什么时候开始，它被文化改造了，"五采而文"："首文曰德，翼文曰义，背文曰礼，膺文曰仁，腹文曰信"。（见《西山经》）从此，凤凰的头颅变得沉重，翅膀变得沉重，身躯变得沉重。中国的凤凰既然背负德、义、礼、仁、信，怎能自由地"自歌自舞"？我讴歌精卫，同情凤凰。但愿凤凰的翅膀不再负荷过重，真的可以自歌自舞，如我今日自语自说。

红楼悟语五十则

1

写作，有的是为了立功立德，有的是为了立言立名，有的是为了制作一把钥匙去打开荣华富贵的大门。而最高境界的写作，是为了消失。林黛玉的《葬花辞》，是最感人的伤逝之诗。她写这首诗，就是为了消失，为了给生命的消失留下一声感慨，一份见证，一种纪念。曾有一个生命如花似叶存在过，她也将如花凋残，如叶消失，为了纪念这一存在的消失，她才写作。消失的歌，唱过了，消失的方式，准备好了，那是简朴干净的还原，"质本洁来还洁去"，没有奢望，没有遗嘱，只留下一个曾经发生过的高洁的梦。"为了忘却的纪念"（鲁迅语）是痛，"为了消失的纪念"是更深的痛。消失不是目的，不是世俗的有，但它合乎更高的目的——澄明充盈的无。曹雪芹著写《红楼梦》也是为了消失，为那些已消失的生命留下挽歌，为将消失的生命（他自己）留下悲歌。

2

　　溪壑分离，红尘游戏，真何趣？名利犹虚，后事终难继。（《红楼梦》第五十回）

　　这是元宵节游戏中，史湘云编的灯谜，实际上是一首词牌名为《点绛唇》的词，让人猜一俗物。李纨、宝钗等都不解，倒被宝玉猜中是"猴子"。众人问："前头都好，末后一句怎么解？"湘云道："那一个耍的猴子不是剁了尾巴去的？"连一俗物都可作如此艺术提升，连一灯谜都写成真诗真词，每一精神细节都如此精致而有诗意，这便是文学作品"质的密度"。这部巨著永远说不尽的原因也在于此，既有广度、深度，还有密度。这则谜语，除了把猴子用诗语准确地描摹之外，还把《红楼梦》的哲学观与人生观也表现出来。曹雪芹观物观人观世界是庄子的《齐物论》和禅宗的不二法门，是把握整体相而扬弃分别相，所以不喜欢红尘游戏中的"溪壑分离"。而在人生观中则断定名利乃是幻象，它只有暂时性而无实在性与永恒性，所以是"后事终难继"。写小说只讲故事只铺设情节容易，但创造这种诗意的精神细节却有很大的难度。

3

　　贵族府中的富贵人并非人人都贵族化，其精神气质、风度形态可谓千差万别。倘若加以区别，大约可分为四类：一是形贵神俗，如王熙凤、王夫人姐妹等；二是形俗神贵，如尤三姐等；三是形神俱俗，如贾赦、贾琏、贾蓉、薛蟠、贾环、赵姨娘等；四是形神俱贵，如贾宝玉、林黛玉、秦可卿、史湘云、妙玉、李纨、三春姐妹等，贾母也属于此。如果以此尺度划分，有些人物可能会有争论，如贾政，有人会把他划入"形贵神俗"，也有人会把他划入"形贵神贵"。我替他作了辩护，是认为他虽是贾府中的"孔夫子"，父权专制的体现者，但其品质及道德精神仍可界定为高贵者，不像他的兄长贾敕，身内身外皆是一大俗物。薛宝钗也是如此，虽然她老是劝诫宝玉要走仕途经济之路，但她毕竟满腹经纶，气质非凡，也属形神俱贵之人，不可轻易把她划入"封建"俗流。曹雪芹的美学成就，是塑造了一群形至贵神也至贵的诗化生命，为人间与文学大添光彩。

4

中国门第贵族传统早就瓦解，清王朝建立之后的部落贵族统治，另当别论。虽然贵族传统消失，但"富贵"二字还是分开，富与贵的概念内涵仍有很大区别。《孔雀东南飞》男主角焦仲卿的妻子兰芝，出身于富人之家但不是贵族之家，所以焦母总是看不上，最后还逼迫儿子把她离弃。《红楼梦》中的傅试，因受贾政提携，本来已发财而进入富人之列，但还缺一个"贵"字，所以便有推妹妹攀登贵族府第的企图。第三十五回写道："那傅试原是暴发的，因傅秋芳有几分姿色，聪明过人，那傅试安心仗着妹妹要与豪门贵族结姻，不肯轻易许人，所以耽误到如今。且今傅秋芳年已二十三岁，尚未许人。争奈那豪门贵族又嫌他穷酸，根基浅薄，不肯求配。那傅试与贾家亲密，也自有一番心事。"

曹雪芹此段叙述，使用"暴发"一词，把暴发户与贵族分开。暴发户突然发财，虽富不贵，还需往"贵"门攀援，然后三代换血，才能成其贵族，可见要做"富"与"贵"兼备的"富贵人"并不容易。贾宝玉的特异之处，是生于大富之家，却不把财富、贵爵、权势看在眼里，天生从内心蔑视这些耀目耀世的色相。他也知富知贵，但求的是心灵的富足和精神的高贵。海棠诗社草创时，姐妹们为他起别号，最后选用宝钗所起的"富贵闲人"，宝玉也乐于接受。他的特征，确实是"富"与"贵"二字之外，还兼有"闲"字。此一"闲散"态度便是放得下的态度，即去富贵相而得大自在的态度。可惜常人一旦富贵，便更忙碌，甚至忙于骄奢淫逸，成了欲望燃烧的富贵大忙人。

5

秦可卿的乳名为"兼美"，历来的读者与研究者都知道她身兼黛玉与宝钗两种美的

190

风格。其实，兼美正是曹雪芹的审美情怀与美学观，而兼美、兼爱、兼容则是曹雪芹的精神整体与人格整体。无论是黛玉的率性、妙玉的清高、宝钗的矜持、湘云的洒脱、尤二姐的懦弱、尤三姐的刚烈、晴雯的孤傲、袭人的殷勤，各种美的类型，都能兼而爱之。除此之外，对于薛蟠、贾环等，也能视为朋友兄弟，更是难事。人类发展到今天，多元意识才充分觉悟。但在二百年前，曹雪芹早已成为自觉。曹雪芹是中国"多元主义"的先知先觉。《红楼梦》不是宗教，但有宗教情怀，这种宗教情怀便是兼美、兼爱、兼容的大宽容与大慈悲。

6

数千年中国文学史上有两个最伟大的"艺术发现"者：一个是陶渊明，一个是曹雪芹。两人的发现有一共同点，都是在平凡中发现非凡，在平常中发现非常。一个在身边的日常的田园农舍里发现大自然的无尽之美；一个在身边的日常的贵族府第中发现小女子甚至是小丫鬟的无穷诗意。两位天才都在常人目光所忽略之处发现大真大美大诗情。这两项发现，与爱因斯坦发现相对论一样，具有划时代的意义。

7

一九二九年清华大学为王国维树立碑石，陈寅恪先生在其所撰的碑文中用"自由之思想，独立之精神"十个字概括王国维的人格主旨。如果按照陈寅恪先生的语言方式让我们在曹雪芹的碑石上概括《红楼梦》的精神主旨，也许可用"尊严之生命，诗意之生活"来概述。曹雪芹显然有政治倾向，也必定熟悉宫廷里的血腥斗争，但他超越了政治理念和政治话语，不把《红楼梦》写成政治小说，而赋予小说以个体生命的旋律，叩问生命存在的意义，在此主旋律之下，《红楼梦》表达的便是两大主题：一是追求生命的尊严；二是追求生活的诗意。后者便是德国诗人兼哲学家荷尔德林的那一著名提问：人类如何能够诗意地栖居于大地之上。而只有这样的主题才经得起岁月急流的冲洗颠簸。处在最坚固最黑暗的封建王朝专制眼皮下却最有力量地写出千古不朽的伟大作品，这原因不能归结为"勇敢"，而是他的天才选择：从基调、主题到笔触。

8

读了《红楼梦》第五十四回"史太君破陈腐旧套",便知贾母倘若年轻,也是大观园女儿国的洒脱女子。她听了女说书人讲了《凤求鸾》的故事之后,批评道:"这些书都是一个套子,左不过是佳人才子,最没趣儿。把人家女儿说的那样坏,还说是佳人,编的连影儿也没有了。开口都是书香门第,父亲不是尚书就是宰相,生一个小姐必是爱如珍宝。这小姐必是通文知礼,无所不晓,竟是绝代佳人。只一见了一个清俊的男人,不管是亲是友,便想起终身大事来,父母也忘了,书礼也忘了,鬼不成鬼,贼不成贼,那一点儿是佳人?便是满腹文章,做出这些事来,也算不得是佳人了……"贾母所要破的陈腐旧套,首先是才子佳人的旧套。把文学理解为只是子建文君这类浅薄的故事,的确水准太低。贾母这一文学观,在第一回小说的开篇就已揭示,石头在与空空道人的对语中就嘲笑"历来野史"、"风月笔墨",特别指出"佳人才子"等书千部共出一套,且其中终不能不涉于泛滥,以致满纸潘安、子建、西子、文君……

小孙子(宝玉)和老祖母(贾母)共破熟套老套,这是值得注意的情节。《红楼梦》的基调是轻柔的,但其文化批判的锋芒却处处可见。这种锋芒是双向的:一面指向"文死谏"、"武死战"的皇统道统文化和"仕途经济"的功名文化;一面则指向淫秽污臭、坏人子弟的庸俗文化及才子佳人的陈腐文化。上层文化和下层文化的糟粕老套,曹雪芹都给予拒绝。要说"文化方向",曹雪芹所呈现的路径,才是真方向。

9

《儒林外史》的开头,先写王冕隐逸拒仕的故事,还有一点放任山水的清洁情怀。《三国演义》和《水浒传》里则只有抱负与野心,没有美好情怀。《红楼梦》之美是它不仅揭露了泥浊世界的黑暗,而且呈现了人间最美好最有诗意的大情怀。贾宝玉的慈悲情怀如沧海广阔,如太初本体那样明净。而其他少女林黛玉、妙玉、湘云、香菱、晴雯、鸳鸯乃至宝钗、宝琴等,都有各自的高贵情怀,这些情怀或呈现于诗,或呈现于欢笑,或呈现于歌哭,或呈现于伤感,或呈现于怨恨,都让人看到黑暗地狱中的一线光明,也都让人感到人有活着的理由。《红楼梦》中的少女，每一美的类型，都是一种梦，一卷画，一片生命景观。贾宝玉对人间的依恋，便是对这些生命风景的依恋。

10

中国人到了唐代，才真正把"国"看得很重，"国破山河在"的沉重叹息也因之产生。相应的，作家文人也把功名看得很重。到了《红楼梦》时代，贾政等仍然把国视为天，把家国之事视为"头等大事"。自己的女儿（元妃）省亲，简直是天摇地动，因为这不仅是家事，而且是国事。然而，贾宝玉对此无动于衷，而晴雯之死，他却视为"第一件大事"。第七十七回写宝玉知道晴雯被逐后丧魂失魄，回到怡红院时的情景是："……一面想，一面进来，只见袭人在那流泪，且去了第一等的人，岂不伤心，便倒在床上，大哭起来，袭人知道他心里别人犹可，独有晴雯是第一件大事。"贾宝玉把晴雯放在价值塔上的最尖顶，把晴雯视为第一等人，把晴雯被逐视为第一件大事，这是《红楼梦》的价值观，把个体生命看得比家国更重的价值观。贾政父子两代人的冲突，不是封建与反封建的冲突，而是重个体还是重家国的价值观念的冲突。曹雪芹很了不起，他在二百多年前就把五四运动旗帜上重个体重自由的内容率先在小说中有声有色地展示于天下了。

11

漂亮并不等于美。长得漂亮的男子女子很多，但能称得上美的并不多。王熙凤长得漂亮，但不能算美。倘若不漂亮，贾瑞就不会那样死追她。形贵神俗之人不能算美。所谓美，是形贵神也贵。林黛玉、晴雯显得美，就是形神兼备。《红楼梦》塑造了一群至情至性也至美的人，其外貌超群出众，其内质又超凡脱俗，内外皆有熠熠光华，才、貌、性、情之优秀集于一身。兼美之名属秦可卿，其实，黛玉、宝钗、湘云、妙玉等女子都是稀有的兼美者，个个都结晶着大自然与大文明的精粹精华。最美的黛玉，不仅具有倾城之貌，而且拥有诗化的内心，她是至美的花魂，又是至真的诗魂，至洁的灵魂。王熙凤缺少这种内在光彩，只能称作漂亮女人。

12

苏东坡到了晚年，其达观眼睛愈加明亮，在此宇宙的"天眼"下，"人"为何物也愈清楚。因此，便有"茫茫太仓中，一米谁雌雄"的诗句（写于一〇九七年）。此诗说，在茫茫大千世界茫茫宇宙中，人不过是微小的一粒米，不过是万物万有生生灭灭中的一粒沙子，在此语境下，决一雌雄争一胜败究竟有多少意义？苏东坡的太仓境界到了《红楼梦》发展到极点，成为小说的基本视角。

用洞察天地古今的"天眼"看世界日夜忙碌的人，一个个只是天地一沙子，沧海一米粒，星际一尘埃。曹雪芹也把主人公界定为悠悠时空中的一石头，而且是多余的石头，连补天的资格也没有的石头。因为有这一界定，所以他通灵幻化进入人间之后，虽然聪慧过人，但不与人争，不与鬼争，不与亲者争，不与仇者争，不进入补天队伍，也不加入反天队伍，自然而生，欣然而活，坦然而为。

13

人类在生存压力愈来愈重的时候，其生存技巧也随之发达发展，而生命机能也会在对环境的适应中增长增进，王熙凤的算计机能（机心）就生长得超群出众。但《红楼梦》的主人公贾宝玉，他自始至终没有常人常有的一些生命机能，例如，他没有嫉妒的机能，没有恐惧的机能，没有贪婪的机能，没有虚荣的机能，没有作假的机能，没有撒谎的机能，没有设计阴谋的机能，没有结党营私的机能，没有奉迎拍马的机能，没有投机倒把的机能，甚至没有诉苦叫疼和说人短处的机能。贾府上下的常人（黛玉例外）都笑他傻，笑他"呆"，笑的恐怕正是他的身心缺少这些机能。美国的大散文家爱默生说，个性比智力更高贵。贾宝玉的个性，天地间没有第二例，也不可能出现第二次。他的个性是种心灵的本能，不必学、不必教而形成的至真至善的本能。《石头记》中的石头，是通灵的磁石，其磁力又是心灵的磁力，至真至善的磁力。因此，贾氏这座贵族府第中所有美丽的心灵都向他靠近。这种靠近不是世俗的对贵族荣华的攀援，也不是对翩翩公子形体的倾慕，而是被心灵的磁力所吸引。曹雪芹通过这部伟大小说所创造的心灵磁场，不仅被书中的诗意生命所环绕，也被我们这些异代读者所环绕，千万年之后，人间美好的生命还会向它靠近。

14

柳湘莲、蒋玉菡、冯紫英等，有的是戏子，有的是商客，有的是闲士，都是社会的"边缘人"，人世间的浪子。在贵族豪绅眼里，他们都是不可交往的三教九流之辈。可是，身处贵族社会中心位置的贾宝玉，不仅没有瞧不起他们，反而和他们结成深厚的情谊，敬重他们，关怀他们，把他们引为知己。俗语说，物以类聚，人以群分，可是贾宝玉不接受权力操作下的分类，他不是"有教无类"，而是有情无类。真情所至，类别全消，完全打破中心人与边缘人的界限，化解尊卑概念，心灵覆盖全社会。这种"不二法门"与"不二情怀"被理解为"同性恋"，实在是对悲情与世情的亵渎。

15

对曹雪芹，我总是心存感激。如果不是他的天才大手笔，我们可能永远不会知道人间有贾宝玉这样一种至善心灵，这样一种至真品格，人的性情性灵之美可以抵达到这样的水准。这是属于宇宙最高层面上的心灵与品格。无机谋的思想，无掺假的心性，无做戏的情感，无偏邪的目光，无虚妄的目的，无计较的头脑，无嫉妒的胸怀，每一样都找不到它的开始与结束，但可以见到它活生生的形态与光泽。人类无法理解和无法保存这种心灵和品格，说明世界有着巨大的缺陷。他的生身父亲不知道他的价值，不知道他的出走是丧失一位怎样高贵的儿子，而如果再把这种心灵与品格视为"废物"与"孽障"，那更是人类世界的一种耻辱。

16

林黛玉、贾宝玉既是诗人，又是哲人；既有形而下生活，更有形而上思索。他们的生命富有诗意，正是基于此。他们与王熙凤的生命质量之别，也在于此。这种抽象区别如果用具象语言表述，便可以说，王熙凤等只知"味道"，不知"道味"；而林黛玉、贾宝玉则不知"味道"，而知"道味"，其精致的心灵对于"道味"有特殊的敏感。味道是色，是香味色味，是感官享受，是生存意识；道味则是空，是庄禅味，释迦味，是存在意识。王熙凤只知输输赢赢，不知好好了了；而贾宝玉、林黛玉则不知浮浮沉沉，只知空空无无。《金瓶梅》、《水浒传》、《三国演义》中的人物，全是一些只知"味道"不知"道味"的角色，这些小说没有形而上维度。

17

贾宝玉与《卡拉玛佐夫兄弟》（陀思妥耶夫斯基）中的阿寥沙神形俱似，都极善良、单纯、慈悲，都像少年基督。但是，其深层心灵的方向却不同。东正教以苦难本身作为苦难的拯救，灵与肉绝对分开，其拯救便是通过肉的受罪达到灵魂的升华，或者说，是通过肉的净化达到神的纯化，从而在受难中得到崇高的体验与纯洁的体验，因此，磨难也是快乐，苦也是甜蜜。贾宝玉则不承认苦难的合理性，更不是禁欲主义者。他爱少年女子，不仅爱她们的性情，也爱她们的身体，是灵肉的双重欣赏者。他不断追求新的精神境界，但不是通过肉的净化，他自称"淫人"，实际上又与世俗的淫荡内涵相去万里。他是一种面对"肉"而不肉化的奇特生命，也是一种把审美等同于宗教的地上"圣婴"，从文学形象而言，阿寥沙显得更为"崇高"，但贾宝玉比阿寥沙，显得更有血有肉，而且也更富有人性的光彩。

18

贾宝玉本是天外的"神瑛侍者"，来到人间后，属于天外来客。在天外，在云层之外，他更靠近太阳，更靠近星辰，也被多重光明照耀得更加透明透亮。他没有吃过蛇虫爬过和被现代理念嫁接过的果实，没有呼吸被尘土与功名污染过的空气，身上带着宇宙本体的单纯，因此，来到地球之后，他便给人一种完全清新的感觉。这种清新，是太极的明净，是鸿蒙的质朴，是混沌初开的天真。老子所说的"复归于朴"，"复归于婴儿"，在曹雪芹看来，便是复归于类似贾宝玉这种天外来客的本真状态。

19

贾宝玉的兼爱，是情，又是德，更是一种慈悲人格。他的高贵、高尚、高洁举世无双，但他并不要求自己和他人净化生命或圣化生命。在他的潜意识里，大约明白，要求净化生命就是剥夺欲望的权利与生活的权利。所以当秦钟与智能儿偷情被他"抓住"时，他没有谴责，只是开一个善意的玩笑而已。品格高尚的贾宝玉是一个至善者，但不是一个道德家，更不是道德法庭的判决者。应当尊重圣人，可惜中国太多高唱"存天理、灭人欲"的圣人，太多道德裁判者。在这些裁判者的眼中，情爱有罪，欲望有罪，生活有罪，而开设宗教、政治、道德法庭，剥夺生的权利与爱的权利，却没有罪。

20

古希腊时代的艺术家对人的完美形体有一种衷心的迷恋，所以才创造出维纳斯、大卫等千古不朽的雕塑。贾宝玉也有希腊艺术家的慧目与情结，他对人的完美体态也有一种痴情的迷恋，所以才为秦可卿、秦钟姐弟而倾倒。但他全身心投入与全身心迷恋的实际上是完美形体与完美性情和谐为一的青春之美。林黛玉、晴雯、鸳鸯便是这种和谐的化身。因此，当鸳鸯随同祖母的逝世而自杀时，他真正痛惜并为之痛哭的是青春之美的丧失。因为有爱入骨髓的迷恋，才有痛彻肺腑的悲伤。

21

莎士比亚笔下的哈姆雷特是宫廷王子，曹雪芹笔下的贾宝玉是贵族王子，两者都有焦虑。哈姆雷特所焦虑的，一是复仇，二是重整乾坤。贾宝玉却远离这两项焦虑，他从根本上不知复仇为何物，天生不知记恨与仇恨。他更没有改造乾坤的念头，完全拒绝"治国平天下"的立功立业抱负。但他也有高贵的焦虑，这就是个体生命为什么屡遭摧残？天大地大怎么就保护不了那些弱小的美好生命？

晴雯被逐之后，宝玉发出痛彻肺腑的大提问："我究竟不知道晴雯犯了什么弥天大罪?"这是宝玉发自灵魂深渊的"天问",也是曹雪芹在整部《红楼梦》中的最根本的焦虑:一个美丽、善良、率真的女子,一个在贵族府第里服侍主人的整天忙忙碌碌的生命,她没有伤害任何人,也没有向社会谋求任何权力与功名,更没有贪赃枉法或扰乱人间秩序,却招引出如此无端的敌视,以致被剥夺爱的权利与生的权利,偌大的世界不给她半点立足之所,这是为什么? 宝玉的天问,是对人类世界的质疑与抗议。可惜,他是一个比哈姆雷特更犹豫更没有行动能力的贵胄子弟,连哈姆雷特身上的佩剑都没有。

22

专制,与其说是制度,不如说是毒菌。中国男人身上布满这种毒菌,所以到处是专制人格。连反专制制度的战士也带着专制人格,于是一旦赢得权力,又是新一任暴君。甚至知识人与道德家也不例外,韩愈的文章写得好,但他作为一个大儒,身上也有这种毒菌。佛教文化作为外来文化传入中国,皇帝尚能接受,但他却不能接受,刻意加以打击排斥,比皇帝还专制。"五四"反旧道德,不得不拿韩愈开刀,因为他是文学家,又是道统专制者。曹雪芹塑造一个没有任何专制毒菌的人格——贾宝玉人格。他是离专制最远的灵河岸边人,是连进入补天队伍都没有资格的大荒山人,是天生带着天地青春气息、黎明气息的自然人。因此,哪怕对加害过他的赵姨娘,也从不说她一句坏话。宝玉疏远赵姨娘和一些小人,是出于本能,不是仇恨。

23

老子说"大制不割",大生命一定是完整的。人之美首先是完整美。即使形体有残缺,但灵魂应是完整的。一旦戴上面具,哪怕半副面具,人格就会分裂。《三国演义》中的一些主要人物,如刘备、曹操、孙权、司马懿,都是极善于戴面具的英雄或枭雄,都很会装。装得愈巧妙,成功率就愈高。连诸葛亮也戴面具,也很会装,他哭周瑜就装得特别像,其谋略是完整的,其人格是破碎的。《红楼梦》中的主要人物贾宝玉和林黛玉以及晴雯等,都是完整人,真实人,情爱虽失败,但很美。

高级的文化是超越任何权力分割和世俗分类的文化。它高于政治文化与道德文化,对人不作政治分类与道德分类，因此，它才彻底地打破红与黑的界限和尊卑、贵贱、内外等区别。《红楼梦》正是这样一种文化，它致力于对生命整体的把握，拒绝对生命进行权力分割与权力运作，拒绝割裂生命"大制"的任何理由。

24

《红楼梦》不仅有诗的无比精彩，还有人的无比精彩。宇宙虽大，物种虽多，最美的毕竟是人。可惜人类中精彩者太少。古今中外，有哪部著作像《红楼梦》汇集这么多精彩生命而构成灿烂的星座。黛玉、宝玉、晴雯、湘云、宝钗、妙玉、元春、探春等等，哪一颗不辉煌？即使有黑点，哪一颗不灿烂？林黛玉之死，让我们感到星辰陨落，山川减色；晴雯之死，让我们感到人间已耗尽了几个世纪真纯的眼泪；尤三姐一剑自刎，又让我们感到大地洒尽高贵的鲜血。在这些星光般的诗意生命之前，权力微不足道，财富微不足道，功名微不足道，贾赦等"世袭的蠢货"更微不足道。

25

《三国演义》中的主要英雄一个个都有治国平天下的抱负，一个个都觉得可以占地为王、夺冠为帝，全是一些高调的生命存在；《水浒传》中的英雄，也都觉得自己不仅武艺超群，而且都在替天行道，连没有文化的李逵也口口声声要夺皇帝的"鸟位"，充满豪言壮语，也全是高调的生命存在。唯有《红楼梦》的贾宝玉是低调的生命存在。他没有任何立功立德的宣言，也没有改天换地的呐喊，更没有拯救世界的妄念。他只想过自己喜欢过的生活，只希望生活得有尊严有诗意。他没有任何先验性的生活设计和预设性的反叛。他对传统理念的一些非议与质疑，都是生命的自然要求，他的言行挑战了旧秩序，但他并不是反封建的战士。

26

无论是在屋里与小丫鬟厮混，还是在家中与姐妹们戏笑，还是在诗社中与才女们比诗赛诗，或者在学堂里打闹，甚至在寺庙里的一夜时光，贾宝玉都充分地享受生活，或者说，都活得很充分，很自在。似乎只有他，才真正了解青春的短暂，生命的一次性与片刻性，才真正了解应当热烈拥抱当下，拥抱生活。但是，和薛蟠、贾琏等兄弟哥儿们不同，他又不安于世俗的快乐。在他的意识或潜意识里，大约知道仅仅满足于吃喝玩乐，不过是高级动物的生活。人的生活确实离不开这一面，但是，人也可以跳出这一面，可以跳出物质的牵制，可以跳出财富、功名、色欲的限制，尽管常常跳不远或跳出后又跌落，但有跳出的意识，才有别于动物，才有另一种质的生活。宝玉既快乐又苦恼，那苦恼的一面便是想跳出而周围又布满障碍。

27

第三十九回的回目叫做"村姥姥是信口开合，情哥哥偏寻根究底"，说的就是宝玉的认真劲儿。刘姥姥胡诌一个在雪地里抽柴的标致姑娘的故事，还说祠堂里为她塑了像。他听了之后竟信以为真，按刘姥姥说的地点去找祠庙，想见见这个小姐，结果只见到一尊青脸红发的瘟神。贾宝玉没有泛泛的恋情，泛泛的悲情，也没有泛泛的世情。他有真切的情爱感，真切的友谊感，真切的生活感，而且还有真切的关怀。他知道泛泛之情，口蜜心疏，便是世故。

真的性情总是认真的，并非泛泛。哪怕对一个不熟悉的小丫鬟，哪怕只有一次偶然的相逢，他也不会敷衍。他知道敷衍便是作假。

28

林黛玉、薛宝钗、史湘云、探春、李纨还有贾宝玉，他们组织海棠社，作诗写诗，都是为诗而诗，即只有诗的动机，没有非诗的目的与企图。这些诗人们写诗全都如同春蚕吐丝，除了抽丝的本能之外没有非丝的丝外功夫。诗的动机及做诗进入非功利的游戏状态，这正是天才状态，也正是康德所说的"不合目的的合目的性"。海棠社的诗人们给后人留下启迪：诗意生活和诗意写作，最重要的是首先要有诗的动因。有诗的动因，有蚕的纯粹，才有做诗的大快乐。

29

王熙凤是《红楼梦》世界里的第一女强人。她的强是因为她具有男人性。第五十四回（"史太君破陈腐旧套"）特别穿插一个小情节，让两位女说书人讲了一个金陵男生赴考遇佳人的故事，此生的名字也叫做"王熙凤"。说故事时凤姐也在场，但她并没有不高兴。强势性格与超人才干使她扮演雄性角色，这本无可非议，但她却因此陷入男人的泥浊世界，相应的，便进入你争我夺的绞肉机，绞杀别人，也绞杀自己。

在男人的泥浊世界里，女子要占上风，必定要比男人更用心机，因此，不可能用原心灵去生活，只能用尖嘴尖牙尖爪去拼搏。婚后她第一次变性，成了"死珠"（贾宝玉语），掌权后第二次变性，成了狼蛇。变性后的女强人比男强人更凶狠更恶毒，这是宿命。她的铁爪杀死了贾瑞与尤二姐。所以潇湘馆闹鬼时最害怕的是她——女强人在机关算尽之后变成最胆小的人，这也是宿命。

30

中国女人，尤其是中国的世俗女人，可以面对薛宝钗，但不敢面对林黛玉。薛宝钗世故，善于应付各种关系，又可以赢得贤惠的美名。面对她，不仅不会感到压力，反而会感到欣慰。而林黛玉却纯粹真实得令人不安，尤其是她心灵巨大的文化含量和她背后深刻的精神性，更是灵魂水平的坐标。面对她，等于面对魂的高尚，情的高洁，诗的高峰。面对她，不免要感到生命的苍白、庸俗和生存技巧的丑陋。所谓"高处不胜寒"，在这里也可以解释为面对精神高山不免要产生羞愧感与恐惧感。

31

贾环为赌输了钱而哭，作为兄长的宝玉如此教训他："大正月里，哭什么？这里不好，到别处玩去，你天天念书，倒念糊涂了！譬如这件东西不好，横竖哪一件好，就舍了这件取那件，难道你守着这件东西哭会子就好了不成。你原是要取乐儿，倒招的自己

悟　语

烦恼，还不快去呢！"

禅讲自性、自救，要紧的是自明，即不要自己陷入无谓的烦恼中。宝玉开导贾环，一席平常话，却是至深的佛理禅理：世界那么大，那么广阔，任你行走，任你选择，条条大路通罗马，这路不通那路通，南方不明北方明，没有什么力量能堵死你。天地的宽窄，道路的有无，完全取决于自己，人生的苦乐也取决于自己，烦恼都是自寻的。

32

贾宝玉作为"人"活在人间之后，一直带有"天使"的特点（他本就是天使，随身而衔着的宝玉就是物证）。所以他不食人间烟火，不知天下大事，完全没有人间生物的生存技巧和策略，也不懂得说那些人们滚瓜烂熟的谎话、大话、套话、废话和脏话，更不知人们追逐的权力、财富、功名的重要。他唯一敏感的是生命之美与性情之美，是灵魂天空中那种种绮丽的如同天外云霞的景观。更有意思的是，他有一种超人间的天赋价值尺度，这一尺度打破了世俗的等级之分，凡是生命，凡是美，他都一律尊重与欣赏。其他一切尊卑标准、成败标准、得失标准全都进入不了他的眼睛与心胸。

33

贾宝玉厌恶任何关于仕途经济、求取功名的劝诫，哪怕这种劝诫是最温柔的声音，是来自才貌双全的少女薛宝钗之口。他不能容忍自己走到发着臭味酸味腐味的科举场里去鬼混，去在那里装模作样地做着没有灵气的文章，然后又用这些文章去换取一顶无价值的乌纱帽。他比谁都清楚，这将导致生命在垃圾堆里被活埋的灾难。这位来自灵河岸边的贵族子弟，习惯呼吸大自然的清新空气和少年生命的青春气息，来到人间走一回，当然不会愚蠢地争夺一顶八股编制而成的虚假桂冠。《红楼梦》续作者最大的败笔是让宝玉走进了科场，还莫名其妙地中了举。

34

《红楼梦》第九回写贾宝玉忽然上书房，其父贾政竟火上心头，冷嘲热讽起自己的儿子："你再提'上学'两个字，连我也羞死了。依我的话，你竟顽你的去是正经。看仔细站腌臜了我这个地，靠腌臜了我这个门。"说得很绝，骂得很尖刻彻底。

贾宝玉有善根，有慧根，有灵性，有悟性，既聪明又善良，什么问题都没有。但在贾政看来，他的问题很大很严重。只知诗词，不知文章，只重自由，不爱事功，完全没有豪门遗风。因此不仅处处看不顺眼，而且还把他往绝处骂，往死里打。贾宝玉，一向与世无争，于国无涉，于人无伤，却变成巨大的"问题人物"，难以生存。明明是人类精英，在一部分人眼里，却是废物蠢物，这正是人类社会的一种巨大荒诞现象。

35

孔子喜欢"刚毅木讷"性格的人（如颜回），而不喜欢"巧言令色"之徒。然而，"刚毅"与"木讷"二者兼而有之却不容易。《红楼梦》中的迎春十分木讷，可是刚毅全无，结果成了贾府第一懦弱者。探春却刚毅有余而木讷不足。她是兴利除弊的干才，锋芒毕露，但也未免过于精细，性情中缺少一点必要的"浑沌"。惜春貌似刚毅木讷，可是她的木讷不是憨厚，而是冷漠。贾府中人物数百，真正能称得上刚毅木讷者的，只有贾宝玉一人。他木讷得让人称作呆子，自始至终不失憨厚。而他的刚毅不是形刚而是神刚，其绝对不入国贼禄鬼之流的人生信念植根于心底，一点也不动摇，但因为形态太柔，常被人误解，以为他是个弱者。

36

任何典籍经书，都是人写的，而不是神作的。即使是佛经、圣经也是人写的。把释迦基督的原始话语变成人的记录，这中间至少要削弱原创思想的一半；而从记录到整理成籍，可能又丢失其半；再从印度传到中国，从梵文译成中文，其原意可能又减其半。

所以读经典，无须寻章摘句，只要捕捉典籍的基本信息。因此禅不仅要破我执，去我相，而且要破法执，去法相，扫法尘。贾宝玉厌恶经书教条，其实是天然地拒绝法执，把八股文章、陈腐说教视为遮蔽心性的法尘。第八一回宝玉对黛玉说："还提什么念书，我最厌恶这些道学语。更可笑的是八股文章，拿他诓功名混饭吃也罢了，还要说代圣贤立言，好些的不过拿些经书凑搭还罢了，还有一种更可笑的，肚子里原没有什么东西，东扯西扯，弄得牛鬼蛇神，还自以为博奥，这哪里是阐发圣贤的道理？"宝玉在他"看破红尘"之前，就"看破法尘"。读书能看破书尘法尘，才算真能读书。

37

在大观园里负责买办花草、年已十八岁的贾芸，是个乖觉的伶俐人。比他小四五岁的宝玉，见到他长得出挑，就说了句"倒像我儿子"的笑话，贾芸敏锐地抓住这句话顺杆而爬，居然要拜认宝玉为干爹。为了往豪门门缝里钻，竟如此缩小自己与矮化自己。对于贾芸这种行径，常人只会觉得恶心。宝玉也知道他的心思，虽未应允但也不伤害贾芸，只说"闲着只管来找我"。此时宝玉本可以呕吐训斥，本可以得意扬扬，但他却以平常心看待这一世相。不惊也不喜，不宠也不拒，既不引为亲信，也不踢上一脚。没有众生相，也没有贵族相，只有大悲悯之心。菩萨难当，便是面对君子容易，面对小人（远小人）很难。贾宝玉的慈悲人格是理解一切人性弱点的菩萨心肠。

38

宝玉的困境可视为现代基督、现代释迦的困境。他拥有绝对的善，善根慧根植于内心最深处，却被视为祸根。他爱父亲，但父亲不爱他；他爱兄弟，但兄弟（贾环等）不爱他；他爱作为奴隶的少女们（丫鬟），但被他所爱的都跟着倒霉；他没有任何邪念，但被视为色鬼淫人。至善被视为"孽障"，至慧被视为"呆子"，至情被视为"至淫"。如果有十字架，首先想把他送上十字架的是他的父亲、兄弟和姨娘。他谁也不得罪，却无端得罪许多人。他在晴雯被逐后，发出"晴雯到底犯了什么滔天大罪"这一悲天之问，那也是他自己心灵困境的呐喊。

◎ 悟 语

当今世界纵横复杂的人际关系，被更加膨胀的欲望变成无所不在的绞刑十字架，想关怀人间的现代基督，一旦进入关系网络，不仅救不了他人，反而会变成他人眼中的孽障和绞杀的对象。这就是现代基督的困境。

39

贾宝玉到地球上来一回，对人间满意不满意？如果返回青埂峰下灵河岸边，如果让他再来人间走一回，肯不肯？实际他已作了回答。第三十六回中，他说："自此不再托生为人了。死了随风化去，了无痕迹，死时只求有些女人的眼泪的送别。"

黛玉去世前，贾宝玉就决定不再托生，更不必说黛玉去世之后。到"地球"来一回，对于宝玉来说，也许正是到"地狱"来一回。地狱中固然有少女们呈现的天堂之光，让他享受了生活，但他也看到，这个人间，豪门不得安生（他亲眼看到父母府第里一个接一个的死亡），寒门不得安生（他到过晴雯家，连那个嫂嫂也使他害怕），佛门不得安生（妙玉的下场就是铁证），还有那个让人向往让人削尖脑壳往里钻的宫廷大门，也不得安生（元春就说那不是人的去处）。地球虽大，但安生无门。原来，这个有山有水的大地并非门门通向天堂，而是门门为地狱敞开。

40

宝玉随祖母到宁国府，在秦可卿卧室里，于唐伯虎《海棠春睡图》画下眼饧骨软，入睡入梦。这是《红楼梦》的梦中之梦，可谓大梦中的小梦，但又是极重要的梦。在梦中宝玉见到警幻仙境。宝玉和秦可卿这一节情事，在俗人眼里简直是不堪的偷情。但在曹雪芹笔下，却写成宝玉邂逅仙子，诗意绵绵，有如曹子建的《洛神赋》，是诗人与女神的邂逅。这里除了具有想象力之外，在审美形式上又是化腐朽为神奇，化俗为雅，以最典雅的笔触去驾驭最世俗的情节。无论读者如何好奇地猜想世俗场景，但都无法破坏这幅生命相逢的至美图画。这幅图景，不宜用"心比天高"去描述，却可用"情如天高"去形容，是《红楼梦》情感宇宙化的一个极好例证。

41

在贾宝玉的主体感觉中，宇宙的存在只是为了满足人类爱美的天性，而少女的存在，即宇宙精华的存在，又只是为了确认美的真实和满足他爱美的眼睛。于是，太虚幻境、大观园便是他的宇宙，他的审美共和国。黛玉、宝钗、晴雯、湘云等女子就是他的星空、黎明与云彩。他生来没有世俗的焦虑，唯一焦虑只是星空的崩塌，黎明的消失，云霞的溃散。因此，每一个少女每一个姐妹的死亡出嫁都会让他伤心至极，不知所措。他的痴情，既是细微的人间之情，又是博大的宇宙天性；他的审美观，既是生命观，又是宇宙观。

42

宝玉和妙玉都是人之极品。但宝玉比妙玉更可爱，这是因为妙玉身为极品而有极品相，而宝玉虽为极品却无极品相。妙玉云空而具空相，宝玉言空而无空相。一有一无，一个有佛的姿态而无佛的情怀，一个有佛的情怀而无佛的姿态，境界全然不同。

妙玉与黛玉都气质非凡，都脱俗。不同的是黛玉脱俗而自然，而妙玉虽脱俗却又脱自然，言语行为都有些造作。因此，她虽在庵中修道，却不如黛玉未修而得道。"率性谓之道"，果然不假，真正得道的还是率性的黛玉，而不是善作极品姿态的妙玉。

43

《红楼梦》中的少男少女，多数是"热人"，极少"冷人"。其中第一号热心人当然是贾宝玉。而薛宝钗却被视为"冷人"（第一百一十五回），其实，她的骨子里是热的，内心是热的，但她竭力掩盖热，竭力压抑热，只好常吃"冷香丸"。林黛玉也吃药，但绝对不会吞服冷香丸，即便心灰意冷，也掩盖不住身内的热肠忧思。黛玉任性而亡是悲剧，宝钗压抑性情而冷化自己也是悲剧，甚至是更深的悲剧。《红楼梦》中真正可称为"冷人"的，恐怕只有"惜春"。她过早看破红尘，过早在自己心中设置防线。尤氏称

206

◎ 悟 语

她："可知你是个心冷口冷心狠意狠的人"，她也不否认，只回答说："不作恨心人，难得自了汉。"如果说，薛宝钗是"装冷"，那么，惜春倒是"真冷"，彻头彻尾、彻里彻外的冷。所以她的心，只有烟尘，只有灰烬，没有光焰，没有和暖气息。而薛宝钗虽然有时也冒出烟尘与灰烬，但毕竟还有冷香丸控制不住的生命亮光，所以才能"任是无情也动人"。

44

林黛玉与王熙凤都是极端聪明的人，但林黛玉的聪明呈现为智慧，而王熙凤的聪明则呈现为机谋（"机关算尽"）。如果说王熙凤兼得三才：帮忙、帮闲、帮凶；那么，林黛玉则兼有三绝：学问、思想、文采。也可说是史、思、诗三者兼备。王熙凤没有学问，也无文采，一辈子就写过一句诗（"昨夜北风起"）。至于思想，更是了无踪影。心机、主意、权术等虽多思虑，却非思想。要是让她与林黛玉谈历史、谈禅、谈诗，她只能是一个白痴。所以尽管机关算尽、聪明绝顶，处处盛气凌人，却不敢面对林黛玉丰富无比的内心。林黛玉是大观园诗国里的首席诗人，文采第一，而其学问，与"通人"薛宝钗不相上下。宝钗特别擅长于画，黛玉则特别擅长于琴。至于思想，其深度则无人可及，也不是宝钗可及的。有此三绝，再加上她性情上的痴绝，便构成最美最深邃的生命景观。

45

探春是宝玉姐妹中最有才干的人，但宝玉对探春的"改革"（整顿大观园）却颇有微词。他说："这园子也分了人管，如今多掐一草也不能了。又蠲了几件事，单拿我和凤姐姐作筏子禁别人。最是心里有算计的人，岂只乖而已。"（第六十二回）宝玉极少发泄不满，这里的不满是美和功利的冲突。探春只想到花草的"经济价值"，想到称斤论两卖园里的花草可以赚钱。宝玉则把花草视为"美"，视为可以观赏之物。一个想到"利"，一个想到"美"。所谓"美"，乃是超功利，难怪宝玉要对探春进行批评了。宝玉与探春的区别是他完全没有探春式的算计性思维，或者说，"算计"二字是宝玉最大的阙如。他一辈子都不开窍，便是一辈子都不知"算计"，一辈子都不知何为"吃亏"，何为"便宜"，何为"合算不合算"，难怪聪明人要称他为"呆子"、"傻子"。探春要称他为"卤人"（第八十一回）。但是，不可以对春玉之争作善恶、是非、好坏的价值判断，不能说探春"不对"，因为她要持家齐家，肩上有责任，而宝玉则纯粹是"富贵闲人"。不过，文学艺术世界天然是属于贾宝玉。这个世界是心灵活动的世界，它不追求功利，只审视功利。

46

尽管宝玉与探春性情有很大差别，尽管宝玉也知道探春的缺点，但是探春远嫁时，他还是伤心伤情，大哭一场。第一百回写道："忽然听见袭人和宝钗那里讲究探春出嫁之事，宝玉听了，啊呀的一声，哭倒在炕上。唬得宝钗袭人都来扶起说：'怎么了？'宝玉早哭的说不出来，定了一回子神，说道：'这日子过不得了，我姐妹们都一个一个散了！林妹妹是成了仙了。大姐姐已经死了，这也罢了，没天天在一块。二姐姐呢，碰着了一个溷帐不堪的东西。三妹妹又要远嫁，总不得见的了。史妹妹又不知要到哪里去。薛妹妹是有了人家的。这些姐姐妹妹，难道一个都不留在家里，单留我做甚么。'"在宝玉的情感系统里，恋情大于亲情，但两者都是真的。恋情是真的，亲情也是真的。秦可卿、晴雯、鸳鸯之死让他痛哭，姐姐妹妹的分别也让他痛哭。宝玉的人性是最完整的人性。连悲情也很完整。有真性情难，有完整的真性情更难。贾宝玉既不仕，也不隐，没有中国传统男人的生存目的和人生框架。情、生命个体的存在与快乐，就是他的目的，他的框架。他厌恶"仕途"，反感儒家意识形态，但伤别探春的亲情，骨子里却是儒家深层的心理态度。贾宝玉非常特别，所以无论是儒是易是道还是释，哪一家文化理念都不能完全涵盖他。

47

王熙凤与妙玉相比，精神气质差异很大。王熙凤可以成为秦可卿的知己，却很难成为妙玉的知己。一个是俗世界的顶尖人物，一个是雅世界的云端人物。在精神层面上，妙玉自然要比王熙凤高尚高贵得多。但是，在人性底层，其复杂多姿却不是雅俗二字可以概括的。俗人也往往有雅人所不及之处，这不是指王熙凤比妙玉能干百倍千倍，而是说，即使在心灵层面，王熙凤也并非一无可取，例如对社会底层的乡村老太太刘姥姥，就没有净染之辩，没有势利之心。她热情地确认这门穷亲戚，并引见给贾母。而妙玉却从心底里把这个农家老妇视为脏人。她对贾母那么殷勤，却把刘姥姥喝过的杯子视为脏物，立即扔掉。清高中不免显得势利。可见，王熙凤的人性底层并不全黑，妙玉并不全白。人的丰富往往在这种细部上显现。对待刘姥姥一事，令人反感的不是王熙凤，而是人之极品妙玉。

48

一个心爱生命的死亡，对另一个生命造成的打击是如何沉重，用语言很难表达。晴雯之死，对贾宝玉的打击何等沉重，难以表达。贾宝玉尽管写出《芙蓉女儿诔》，也只能表达伤痛之万一。语言很难抵达终极的真实，也很难抵达情感最后的真实，所以林黛玉才说"无立足境，方是干净"。对于林黛玉的死亡，贾宝玉就无法再用语言表达了。高鹗没有让宝玉写挽歌是聪明的选择。此时的至哀至痛只有无言才是至言。只有"无"才能抵达"有"的最深处，或者说，只有无声的行为语言才是表达伤痛的最深邃语言。贾宝玉最后的出走，是比《芙蓉女儿诔》更深更重的哀挽。正如他第一次见到林黛玉时，便认定为灵魂早已相逢，至情无法言传，只有把与生俱来的玉石砸在地上，以此行为语言表达自己与黛玉无分无别。行为语言是"无"，又是"大有"。

49

宝玉有一种特别的记忆，其"忘"与"不忘"皆不同凡俗。他被父亲打得头破血流，几乎置于死地，但没有怨恨，依然孝顺父母，至死不忘父母之恩之情。最后离家出走，还不忘在云空中对父母深深鞠了一躬。

"恩"不可忘，"怨"却不可不忘。这是宝玉的记忆特点。人生坎坎坷坷，恩恩怨怨，脑中的黏液只有粘住美好情感的功能，没有粘住仇恨的功能，这是宝玉的记性与忘性。有这种记忆特性，才有大爱与大慈悲，也才有内心的大空旷与大辽阔。

50

宝玉敬重黛玉，把她视为先知先觉者，所以黛玉悟道所及之处他虽尚未抵达，却不会因此而抱愧。第二十二回宝玉回答不了黛玉的问题后独自沉思："原来他们比我的知觉在先，尚未解悟，我如今何必自寻烦恼。"黛玉问他："宝玉，至贵者是'宝'，至坚者是'玉'。尔有何贵？尔有何坚？"宝玉答不出来，黛玉只开玩笑，并不替宝玉回答，但她以自己有始有终的爱情和人生证明自己是至贵者与至坚者。她比宝玉不幸，但比宝玉更高贵更有力量。她的行为语言回答了人的至贵至坚并非来自门第，也非来自财富、功名、权力，而是来自心灵的自我彻悟，即自贵自坚。高贵与否完全取决于自身。是贵是贱，操之在我；为玉为泥，也操之在我。在贾府里，最高贵最有力量的人并非贵族王夫人、薛姨妈等，而是女奴隶晴雯与鸳鸯，她们正是宝玉心目中的"宝玉"。晴雯、鸳鸯等卑贱者最终变成至贵至坚者，也是取决于她们自己。

《双典批判》三十则

1

阿根廷的诗人作家博尔赫斯曾批评美国作家爱伦·坡的作品过分渲染悲痛。爱伦·坡自己说："恐怖不是来自德国，而是来自灵魂。"博尔赫斯认为，他没有必要从德国浪漫派的作品中寻找恐怖。（《博尔赫斯谈话录》第一〇一页，上海译文出版社，二〇〇八年版）可是爱伦·坡却为我说出一项真理：恐怖往往来自两部文学经典。从少年时代开始，《水浒传》与《三国演义》就开始不断袭击我的灵魂。李逵刀砍四岁婴儿小衙内，武松刀杀嫂又杀小丫鬟，张青夫妇开人肉饭店，刘安杀妻招待刘备，曹操杀王垕以安军心，还有三国六十年战争中那种说不尽的诡术、骗术、权术，一桩一桩全是噩梦。我对双典的批判，便是借此走出噩梦，走出恐怖，走出人性恐怖图像给自己投下的阴影。

2

终于意识到和《水浒传》的逻辑（凡造反使用什么手段都合理）划清界限，和《三国演义》的逻辑（伪装得愈好，成功率越高）划清界限，才有灵魂的健康。无论是对于自己还是自己出生的民族，都是如此。水浒英雄们大块吃肉、大碗喝酒，身体是健康的，强壮的，但灵魂多不健康。乐于"排头砍去"的灵魂是有病的，把潘金莲的人头拿来当祭物的灵魂是有病的。三国的豪强们争夺天下，激情燃烧，身体也是健康，强壮的，但头脑布满权术，心中全是杀机，哭也假，笑也假，灵魂更不健康。愈向双典靠近，灵魂愈是布满病毒。

3

《水浒传》与《三国演义》是压在中国人身上心上的大山。这两座大山不推翻，中国妇女在精神上就永世不得翻身。这两座山屹立着，中国妇女就难以摆脱"尤物"、"祸水"、"狐狸精"等罪名。同样是追求生活的婚外恋者，同样是一个潘金莲，在《红楼梦》中，秦可卿被送入天堂（梦幻仙境）；在《金瓶梅》中，潘金莲被放入人间（无善无恶）；在《水浒传》中则被投入地狱（死于武松的刀下）。妇女在《水浒传》中是被杀戮对象，在《三国演义》中是被利用对象。前者为刀俎之物，后者为政治动物。中国人从皇帝到平民，从将军到士兵，从知识人到工人、农人，全被这两座山压着，统治着。大山压着，神经变得麻木，以为造反有理，以为欲望有罪，以为女人是祸水，以为权术是智慧，以为团伙结义是道德。于是，天天背着畸形的道德法庭，替天行道的政治法庭，不得解脱，不能翻身。近几百年，中国的表面是帝王、军阀、总统统治着，其实从上到下都是这两座大山统治着，主宰着，从意识世界一直统治、主宰到潜意识世界。

4

《水浒传》和《三国演义》读来有趣。其中有精彩故事，有神奇人物，有超人智慧，有英雄气概，但是，缺少一样东西，这就是人性，最普通、最基本、最要紧的人性。双典中著名的英雄（后来成为中国人的偶像）缺少一点觉悟，不知每一个生命个体，哪怕最微不足道的个体，都有其生命权利与存在价值，大刀大斧不可指向这些无辜的生命。张青、孙二娘的菜园子（人肉饭店）原则是三种人不吃，其他的皆不放过，可是人有千种万种，每一种都应尊重，都有活着的权利。人之所以成为人（区别于禽兽）就是人不忍杀他人、吃他人和伤害他人。

5

刘劭的《人物志》把"流业"分为十二家：清节家、法家、术家、国体、器能、臧否、伎俩、智意、文章、儒学、口辩、雄杰。

观《三国演义》此十二家都有。其中有许多人身兼数家数能，如诸葛亮，他就兼有法家、术家、器能、臧否、智意、文章、儒学、口辩、雄杰。但三国中人，就其"角色"而言，最多的是术家，即权术家、心术家。虽然都是术家，但又有很大差别，有的善儒术，如刘备；有的善法术，如曹操；有的善阴阳术，如司马懿。而就其功能上而言，《三国》的器能、臧否、口辩都极发达，魏、蜀、吴三方的谋士集团中均有一流的辩才，一流的批判家（臧否），一流的"秘书"。然而，最发达的是"伎俩"。三国时代将中国的政治伎俩和其他生存伎俩推向了高峰。连智慧也变成伎俩。无所不在的伎俩，前无未有的伎俩，才是《三国》大人物的特色。

6

魏晋创造了一种文化性格，鲁迅称之为"魏晋风骨"。牟宗三先生称之为"名士人格"。这种人格乃是"唯显一逸气而无所成"，属于集天地之逸气，却是天地之弃才。牟先生认为曹雪芹所塑造的人物贾宝玉，就是此种人格形态。他说了一段很精辟的话：曹雪芹著《红楼梦》，着意要铸造此种人格型态。其赞贾宝玉曰："迂拙不通庶务，冥顽怕读文章，富贵不知乐业，贫贱难耐凄凉。"此种四不着边，任何处挂搭不上之生命即为典型之名士人格。曹雪芹可谓能通生命情性之玄微矣。此种人格是生命上之天定的。普通论魏晋人物，多注意其外缘，认为时代政治环境使之不得不然。好像假定外缘不如此，他们亦可以不如此。此似可说，而亦不可说。外缘对于此种生命并无决定的作用，而只有引发的作用。假定其生命中无此独特之才性，任何外缘亦不能使之有如此之表现。即虚伪地表现之，亦无生命上之本质的意义，亦不能有精神境界上之创辟性。魏晋名士人格，外在地说，当然是由时代而逼出，内在地说，亦是生命之独特。人之内在生命之独特的机括在某一时代之特殊情境中迸发出此一特殊之姿态。故名士人格确有其生命上之本质的意义。非可尽由外缘所能解析。曹雪芹甚能意识及此种生命之本质的意义，故能于文学上开辟一独特之境界，而成就一伟大之作品。此境界亦即为魏晋名士人格所开辟所代表。

牟先生这一论断无可争议，但他提出《三国演义》中的诸葛亮虽非名士却有逸气的见解，则值得讨论。诸葛亮在日理万机之中，却有一种他人无可比拟的从容与风流，羽扇纶巾中神露智显。可惜他的这种状态只能装给司马懿等敌人看，实际上自己却力劳心歇，不得喘息，五十多岁就鞠躬尽瘁，疲惫而死。因为他已进入政治、军事的中心漩涡地带，完全没有逸的可能即没有清言、清谈的可能，他发出的声音均是指令、计谋，其中不仅有重言，而且有浊言，如改"二桥"为"二乔"以煽动周瑜反曹等等。身在政治较量漩涡之中，其逸很难逸之真切，像诸葛亮，出山之后的逸态，多半是伪态。

7

如果说《红楼梦》是一种名士文化，那么《水浒传》则是一种斗士文化，而《三国演义》，似可称为谋士文化。

《红楼梦》中的史湘云，鲜明地折射名士文化。她不拘形骸，恃才放达，逸得很真很纯。她的外祖母（贾母），也很有名士风度。而最大的逸士是贾宝玉，他的身上集中了名士文化的全部特点。《水浒传》虽属战士文化，可惜太多战士的伪形。像鲁智深，可称真战士，他英勇善战，但不滥杀无辜，始终守持战士的人性边界，而李逵、武松等，则杀人如麻，刀斧的指向一片混乱。《三国演义》从文化上说，比的不是力量，而是计谋。于战争中，表面上看是靠将士，从深层看是靠谋士。诸葛亮是争夺各方的第一谋士，他代表着三国最深层的文化。

8

曹操确实爱才如命。他对关羽、赵云之爱的故事确实感人。赵云在曹军的重重包围之中，如果不是他慕其英勇、下了一道"勿伤害"的命令，赵云哪能冲出一条生路、救出阿斗？但是，曹操所以爱才还是因为"才"能为我所用，一旦发现才不附我顺我，他也不容"才"立足于天下。荀彧为他立了那么大的功劳，还是被他所"不容"，更勿论杨修、弥（祢）衡了。可惜可惜，即使像曹操这样"爱才如命"的统帅，也走不出"顺我者昌，逆我者亡"的猛人定律。

9

牟宗三先生认为从才性的角度上说，英雄与圣贤的区别在于前者"顺"，而后者则有"逆觉"。也就是说，英雄总是顺其天性而为，缺少"超越理性"，而圣人虽也有先天的才性，但又能超越自己的才性去就范天理。

牟先生所说的"逆觉"，用今天的语言表述，便是"反思"、"反观"、"反省"，即能把自己作为审视对象，有自知之明，能自我克服。孔子所说的"克己复礼"，大约也是这个意思。《三国演义》中的英雄，如曹操、刘备、孙权、关羽等都缺少这种"逆觉能力"，个个自以为是。关羽也如此，他最后的失败正是失之缺少自知之明，对自己估计过高，对敌方估计过低。"三国"中唯一具有逆觉能力的是诸葛亮，所以他才会挥泪斩马谡，才会在战败后自我处分（降三级），同此，他是"三国"中唯一的"英雄"兼圣人的人。可惜因为战争环境极为险恶，他的智慧常常化作心机权术，也戴面具，与真正的圣贤又不能同日而语。无论如何，圣贤是不可搞阴谋诡计的。

10

曹操煮酒与刘备论的是英雄，不是圣贤。英雄、圣贤两者都需要智慧，除此之外，英雄的主要特征是"胆力"，而圣贤的主要特征则是"道德"。曹操知道自己如天上蛟龙，拥有胆力，但他的"宁负天下人"，则离圣贤十万八千里。他不能做"内圣外王"之王，只能做"内雄外王"之王。刘备满口仁义道德，却满腹"宇宙之机"，离圣贤也很远。曹操称他为英雄时，他吓得手足无措，乃是曹操实际上道破他也是胆力过人、能缩能伸的野心家。中国的历史，在秦之后，汉初崇儒，算崇尚圣人，汉末进入乱世，则崇尚英雄。之后，时而崇英雄、时而尊圣贤。宋代是崇尚圣贤的高峰，国势变得很弱，没有力量。清则两者都尊。五四运动的划时代意义，是结束英雄崇拜与圣贤崇拜的时代，进入凡人生活的时代。虽然之后还有反复（乃有英雄崇拜），但凡人与英雄、圣贤平等的时代开始了。用黑格尔的语言说，史诗时代结束了，进入的是散文时代。

11

《红楼梦》的梦是个性的，每个人的梦和每个人物的"梦中人"都不同。《三国演义》的梦是共性的，曹操、刘备、孙权，也包括袁术、袁绍等在战场中打得你死我活，回到帷幄之中和睡床之上，梦的是相同的一样东西，这就是头上的那一顶缀满珍珠宝石可以号令天下的王冠。为了争夺那一个曾经落到孙策手里的玉玺，沙场上就打得血流成河。《红楼梦》的梦，是带泪的梦；《三国演义》的梦，是带血的梦。

12

《红楼梦》用很大的篇幅写儿童的故事。贾宝玉一周岁时，父亲便要试他将来的志向，将那世上之物摆了无数，让他抓取，谁知他一概不取，只取脂粉钗环。七八岁光景时，就童言无忌，说出"女儿水作"、"男人泥作"的惊人之语，黛玉第一次见面时就给黛玉取别名，发了一番读书议论等。但在《水浒传》和《三国演义》中看不到儿童的故事，只见四岁小衙内，被李逵砍成两段；二是阿斗，被刘备扔到地上；三是童年时代的曹操，尚未涉世，就在家里搞阴谋诡计加害亲叔叔。

13

可作一假设：如果李逵活在清代，而且造反成功，梁山队伍打到北京城，进入了贾氏的荣国府与宁国府，那么，他的大斧照样会排头砍去，肯定会杀尽丫鬟小姐，恐怕连贾宝玉与林黛玉也不会放过。他是否会重演狄公庄那场抓住"狗男女"来剁杀的惨剧也未可知。中国农民革命的历史性悲剧，正是流血成河以后只是更换了权力主体，更换了新贵，以新的暴君取代旧的暴君。历史为什么老是重复，想想李逵就明白。

14

读了《红楼梦》与《三国演义》，明白一个做人"大方向"：可以做大观园中人，不可做三国中人。大观园有竞赛，但无争夺。在诗意的竞赛中，贾宝玉为胜利者鼓掌（李纨宣布比赛结果：潇湘妃子第一，怡红公子最后一名），他虽被评为最差，但称赞评判者公道。三国中人的争夺，则是你死我活，为了战胜对手，不惜践踏无辜的生命和用尽黑暗的阴谋诡计。大观园中人不知何为心机，所以王熙凤等不可居住园中。三国中人，则布满心术权术。可惜世界上太多三国式的权术较量，太少大观园式的诗意栖居。

15

《红楼梦》给中国人提供了心灵体系，而《三国演义》却提供权术体系。《红楼梦》中也有王熙凤式的权术，但作者说她"机关算尽太聪明，反误了卿卿性命"，基本点是蔑视与批判的。这种权术与整个优秀的心灵体系背道而驰。而"三国"对权术则一路欣赏过去。曹操、刘备、孙权都是机关算尽，但他们一点也不耽误性命，反而把性命推向权力的尖峰。

16

人的差别之大，人性的差别之大，大得无法估量与言说。有的人的人性单纯得极为纯粹，具有纯粹的彻底性，如《红楼梦》中的贾宝玉，完全没有心机、心计、心术，以至像个傻子。人世间的一些天才艺术家如凡·高、莫扎特、弗吉尼亚·沃尔夫、摇滚乐王麦克尔·杰克逊等都单纯到极点。在艺术王国里，他们充满灵魂活力，光芒万丈，在世俗世界里，他们什么都不懂，更不知怎么与人交往。但有的人却极为复杂，其人性是一个布满机谋与算计的世界。《三国演义》中的三国中人，如曹操、刘备、孙权等都是深不可测的人。

17

《三国演义》有伟大的智慧，但无伟大的心灵。诸葛亮的《隆中对》有历史的洞见、现实的把握还有未来的预设，其战略智慧可谓大矣。可惜三国智囊，包括诸葛亮的智囊，只切入大脑，却未切入心灵。由于智囊缺乏伟大心灵的支撑，所以其智囊均是分裂的，常常发生变质，化作权术与机谋。与《三国》相比，《红楼梦》不仅具有伟大的智慧，而且具有伟大的心灵。其主人公贾宝玉与林黛玉的心灵是完整的，他们的智慧是建构诗意生活的想象。

18

读了《红楼梦》，再读《三国演义》，便知道人类各自的追求真不相同。一部分爱诗歌，爱绘画，爱音乐，爱自然，爱真情，另一部分则爱权力，爱皇冠，爱财富，爱功名。两部分人都游戏，前者玩的是诗，是歌，是灯谜，后者玩的是血，是刀，是人头。同一片土地，同一片天空，可是天下地上人们的向往、憧憬、焦虑多么不同。哪一部分人更可爱？更久远？应当是前者，不是后者。

19

堂·吉诃德的征途是独立支撑的征途，中国缺少这种传统，所以需要仰仗兄弟之盟，仰仗集团，崇尚"义"的纽带。《三国演义》的桃园之"义"，实际上是一种盟约即组织原则。个体灵魂如果屹立独立不起来，"义"字就一定会盛行。存在主义草创者萨特关于"存在先于本质"的命题宣示：自身对自身的把握先于被后天的社会关系所规定的总和，当然也先于被团伙所规定的本质。因为自身未能完全把握自身，就需要"义"来帮助把握。

个体对自身的认知与把握应当先于被关系所规定的总和（本质）。自知其无知，首先认识你自己，然后才被他人所认识。他人对"我"的评语，例如伟大作家、学者等，不要在乎，不要被他者的评语动摇你的本真存在，剥夺你的自由。

20

中西方文化有一重大差别：西方重思辨艺术，中国重生存智慧。不仰仗上帝，而靠自己的生存能力与生存智慧自强不息，本是好事，但因为生存环境过于险恶，智慧便发生变质，化作权术与诡术。于是，当西方的思辨艺术发展为形而上学的哲学体系时，中国的生存技巧也发展为成熟的权术体系。《三国演义》就是权术体系的形象展示，中国文化重生存智慧的基本优点变成基本缺点；生存智慧变成生存伎俩。

21

如果说，心灵是《红楼梦》的第一主角（贾宝玉、林黛玉等都是心灵的载体），那么，权术则是《三国演义》的第一主角。曹操、刘备、孙权、诸葛亮等，全是权术的载体。三国时代，心灵销声匿迹，连女子的心灵也看不见。历史只给某些女子（如孙夫人、貂蝉）提供政治舞台，但不提供内在世界。三国时代的领袖，会欣赏头脑，欣赏才干，但不会欣赏心灵，欣赏性情。这是一个心灵被遗忘的时代。

22

在《红楼梦》中，林黛玉作《五美吟》，薛宝琴作《怀古十绝》。女子在解说世界，解说历史，女子有自己的灵魂。《三国演义》、《水浒传》中没有一个妇女能对历史作出解说，她们都是男人的工具，男人的附属物。西方中世纪宗教统治时期，曾讨论妇女有没有灵魂。倘若让"三国"、"水浒"的英雄们作答，他们一定要一致地认定：妇女没有灵魂。

23

读《红楼梦》，读到的是童心；读《三国演义》，读到的是野心。曹雪芹暗示，所谓童心，就是不戴任何面具。而《三国》中人，尤其是《三国》中之英雄，则个个都戴面具。《红楼梦》所作的梦是太虚幻境的孩子梦，《三国演义》所作的梦是玉玺到手的皇帝梦。《红楼梦》是眼泪之书，《三国演义》是铁血之书。《红楼》的泪是真的，《三国》的泪是假的。是走向"红楼"，还是走向"三国"，倒真正是心灵大方向的选择。

24

教育的第一目的，对于中国的学子来说，也许可以表述为：不要做"三国"中人，不要做"水浒"中人。也就是在复杂的社会生活中要纯化自己，守持本真的心性，而不是长满心机，长满暴力趣味。离"三国"、"水浒"愈远，心性就愈加美好。健康优秀的人性便是拒绝心机，拒绝暴力，拒绝争夺财富、权力的品格。

25

对于中国的世道人心，危害最大的不是孔夫子，而是《三国演义》与《水浒传》。四五百年来，造成中国国民性之黑暗的，不是前者，而是后者。五四新文化运动的一大失误，是把前者作为主要打击对象，而未把后者作为主要批判对象。放过了刘备、李逵、武松，抓住了孔夫子，放过了张青、孙二娘的人肉饭店，抓住了儒家的"孔家店"。批孔未必能推动新人性的产生，批《三国》、《水浒》却可以产生正常品格。

26

五百年来，中国人的民族文化性格一直被《三国演义》和《水浒传》这两部书所塑造。小说文本中可以看到梁山造反首领对卢俊义、秦明、朱仝等的强行改造，而小说于文本之中，对中国社会世道人心的塑造更是广泛而规模巨大，可是看不见，不易发觉。中国人把《三国》中人捧为神，把《水浒》中人捧为"天人"（金圣叹对武松的评语），其心灵就开始被关羽、武松、李逵所塑造。鲁迅的《阿Q正传》写中国人热衷于品赏暴力趣味，观看死刑观看砍头才觉得有趣，枪毙便觉得乏味。《水浒传》的李逵正是玩赏这种血腥趣味的先锋，他在用斧头剁起人肉时，生命才享受最高的快感。

27

三国时代，每一个兵士、校尉、将军、文人都殚精竭虑，努力去做一个英雄，但都没有想到努力做一个人。一个英雄必须胆力过人，一个人则必须有善良、正直、诚实的心灵。英雄必须为自己杀出一条血路，必须踏着别人的尸体前进，而一个真正的人则不能随便伤害另一个人，更不能在他人的血泊中建构自己的事业和赢得人生的光荣。在那个时代，当一个不玩心术权术而守持生命本真的人，比当一个英雄更难。

28

中国进入"三国对峙"，很像西方进入"古罗马"，即真正进入了一个英雄崇拜的时代。"煮酒论英雄"不是一时兴致。那个时代，英雄就是历史主角，历史主题。这个时代延伸到唐。直至南宋，二程及朱熹们才改变时代的文化基调，把英雄崇拜变为圣人崇拜。孔孟再次成为历史主角。英雄讲究立功，圣人讲究立德，宋代虽然也出现岳飞、文天祥，但对他们的崇敬是后世的事，当时他们死得很惨。圣人崇拜一直沿袭到清末，曾国藩虽为三军统帅，但他只期待自己为圣人，并不希望自己是英雄，因此，一旦战胜太平军，便立即交出军权。直到五四新文化运动，宣布"打倒孔家店"才结束圣人崇拜而进入了平民时代。这又很像西方的文艺复兴，结束了一个中世纪的神圣崇拜，确立了以人为中心的时代基调，宣布的是每一个人，每一个生命个体都是重要的。灵魂主权不仅属于英雄，属于圣人，也属于每一个有血有肉的老百姓，凡生命都应受到尊重，受到崇拜。以五四新人文主义为参照系去观看《三国演义》，就明白它只把英雄当作人，不把普通人（尤其是妇女）当作人。整个时代阙如的不是英雄性，而是人性。

29

英雄时代讲究立功，圣人时代讲究立德，凡人时代讲究立人。《三国演义》所展示的英雄时代，其主角们个个都想建功立业，但都遗忘甚至鄙视圣人的教导。战争太残酷，老是想到圣人的仁义之论，就会打败仗。因此，像刘备这种既想当英雄又想当圣人的首领，便常常露出"伪装"的尾巴。

英雄们立功心切，不把圣人当回事，更不把"凡人"、"普通人"当回事。所以三国时代便蜕变为最不讲道德的时代，又是普通人最不值钱的时代。

30

曹操与刘备煮酒论英雄，认定英雄为"使君与曹耳"，天下英雄非他俩莫属。

按照刘劭《人物志》的英雄定义，英雄乃是"明"与"胆"二者兼备之人，即"英"与"雄"兼而有之，他说："是故聪明秀出谓之英，胆力过人谓之雄，此其大体之别名也。若校其分数，则牙则须，各以二分，取彼一分，然后乃成。……若一人立身兼英雄，则能长世。"英雄必须聪明过人和胆力过人。曹操和刘备虽多权术，但这两个条件还是具备，所以曹操的判断可以成立。《三国》中的诸葛亮、周瑜也"英"与"雄"兼备，无愧英雄称号；吕布这个人，虽胆力、体力有余，但聪明不足，难以称为英雄。按照刘劭的定义，赵云的英雄性比关羽、张飞更强。这就难怪笔者家乡的香火要献给赵公元帅赵子龙。

辛弃疾诗云："天下英雄谁敌手？曹刘。生子当如孙仲谋。"一方面确认曹操、刘备为英雄，另一方面又确认能与天下英雄鼎足而立的孙权也是英雄。我国《山海经》中的女娲、精卫、夸父，其英雄特点也是敢于选择"天"、"大海"、"太阳"等最强大对手，胆力可以和天地齐观。

用刘劭的"明"、"胆"两把尺衡量《水浒》主要人物，可知鲁智深是真英雄，而李逵、武松虽胆力超群却毫无"英明"可言，因此，选择他俩作为崇拜对象，并非准确的英雄崇拜。

两地书信

LIANGDISHUXIN

论我所热爱的那个世界
论德谟克利特之井
论大器存于海底
论人生分期
论快乐的巅峰
论性格的诗意
论慧根与善根
论拒绝世故
论罗素的三激情

论我所热爱的那个世界

爸爸：

你寄来的三本《西寻故乡》已经收到。我留了一本，另两本已交给了夏志清老师和王德威老师。

周末，我把每篇文章都细细读了一遍，读后心痒痒的，也很想写散文。散文能把自己所热爱的一切都自由地表现出来。我能想象你写完"漂流手记"三集后，心里有多美。

在你的散文里，除了聂绀弩、马思聪、傅雷、孙冶方、施光南是你最心爱的名字之外，我和妹妹，还有妈妈也是主角。你在中国时，总是被社会上无数"重要的"事务缠身，无暇顾及我们。我常觉得家里门庭若市，人来人往，像个旅店而不像个家；爸爸好像离我们很遥远。自从一九八九年你到了异乡后，倒是对我们念念不忘。虽然你远离了祖国，可是我和妹妹却重新得到了自己的父亲。你的漂流对我们来说，反而是件可喜可贺的事——我们这个家因你从公共空间走回私人空间变得更完整了。

不过，你在书中把我说得太理性了，其实我常常被情绪所左右。我确实有点庄禅味，把名利看得很淡，觉得在名利高墙上爬动的人生肯定是失败的，但我有时又很想"出类拔萃"，争取人生的光荣。这很像鲁迅所说的，中了庄周的毒，因此有时很随便，有时又很峻急。人真的难以完美。说人不完美才是真理。不过，我知道你是在勉励我，勉励我往更好的地方走去。

你在这部新的集子中，重新定义"故乡"，重新定义"祖国"，这是很有意义的。这几年你一直在对国家进行分解，然后在文学上扬弃（放逐）权力意义上的国家，而追寻情感意义上的国家。这种分解与重新定义，使你的散文打破了"乡愁"的模式。我国文学自屈原始，一直就有乡愁的模式。他和他之后的许多作家诗人创造了许多"乡愁"的动人诗篇。现代和当代文学更是着迷于"感时忧国"（夏志清语）和"涕泪飘零"（刘绍铭语）的主题。这种挥之不去的永恒的眷恋，当然与中国传统文化心理有关。你刻意反"乡愁"，而且反得很自然，溶入了自己的个人经验，对这一文化母题进行反思，我觉得很有意思。这是发前人所未发。在中国作家笔下，故乡常常被理想化和浪漫化。其实，故乡不是一块永远不变的土地，故乡有时很明亮，有时又很黑暗。即使把故乡视为美丽而遥远的梦幻，也应把这种梦幻视为流动状态才好。故乡跟着人流动，这故乡才是活的，而且才有更丰富的内涵。我记得托马斯·曼（你在"漂流手记"的开篇就提到他）说过这样的一句话："我走到哪里，哪里就是德国。"德国是托马斯·曼的祖国，但是当德国被法西斯主宰的时候，他就拒绝承认希特勒的政权是自己的祖国，而认定自己那颗蕴含着德国优秀文化的心灵才是祖国。他就是背着这一意义上的祖国流亡到美国的。当时，像他这样选择流亡的，还有爱因斯坦和布莱希特等世界第一流的头脑。我相信他们也有这样的祖国观念。所以，我觉得你重新定义祖国并不唐突。我希望你继续深化对故乡、国家的思考，我也会留心这一题目。

你虽然着意打破"乡愁"的模式，但我又感到你有另一种乡愁，也可以说是另一种眷恋。我一时也说不清这是怎样的一种情感，你有空谈谈吗？

小　梅
一九九七年五月二十日夜

小梅：

你的毕业论文已接近尾声，应一鼓作气把它写完，散文以后再好好写。散文写作虽如说话那么自然，但毕竟蕴含着生命的激情。如果一面进入理性逻辑，一面又让生命的波浪翻卷不已，可能会太累。不过，你如果真的不吐不快，可以在周末给我写信。书信也是散文，你这次写给我的信就是一篇不错的散文。

我很喜欢你在信中所说的一句话：散文可以表现我所热爱的那一切。我的散文也是这样。我用我的笔雕塑心灵，并展示我热爱的那个世界。每个人、每个作家都有自己热爱的世界。你，妹妹，还有在我散文中常常提起的聂绀弩、马思聪、傅雷等名字，就属于我热爱的那个世界。《百年孤独》的作者，我们熟悉的大作家加西亚·马尔克斯名满天下之后听到各种赞辞，但只有一九八一年法国总统密特朗说的一句话使他最为感动，以至使他禁不住热泪盈眶。这句话就是："你属于我所热爱的那个世界。"这是密特朗在爱丽舍宫颁发给马尔克斯荣誉骑士勋章时说的，我一直记在心里。每次想起这句话，我心中便会涌起不可抑制的情感。

我所热爱的那个世界是什么？它在哪里？它是一个国度还是一个部落？它是黄花地还是百草园？它在此岸还是在彼岸？我既说不清也无法命名。也许老子的"名可名，非常名"，在此倒可为我辩解。你发现我在打破地理意义上的"乡愁"模式之后仿佛又产生另一种乡愁，另一种眷恋，这是真的。我的眷恋就是对于"我所热爱的那个世界"的眷恋，我的乡愁也正是对于"我所热爱的那个世界"的沉思、钟情与向往。这一令我时时萦绕心头的世界，就是我的良知故乡和情感故乡，因此，我的依稀可觉的乡愁，可说是一种良知的乡愁和情感的乡愁。说到这里，你大约已经理解，我的"西寻故乡"，寻找的正是"我所热爱的那个世界"。

每个真的诗人作家，都会有一个他们所热爱的世界。这个世界不属于现实，不属于公众，它只属于自己。这是诗人作家自己构造的理想国即精神王国。这是人间的权势、钱势、气势不可侵犯的王国。这个世界是"空"的，因为它排除了现实的一切妄念和欲念，但正因为这样，这个世界便腾出最广阔的空间，可以容纳你真心喜爱的一切，可以容纳你的憧憬、向往、期待，可以容纳你生命的本真。这是一个赤子之心可以纵情微笑、漫游、言说的地方，是一个形而上思索可以展开自由双翼的地方。人只有现实体验是不够的，人还需要有神秘体验，需要有梦境。我所热爱的世界，也可以说就是梦境，但这种梦境，有自己的秩序、尺度和眼睛。我常用梦境中的眼睛看着你，把你看作和我一起从另一超验世界来到地球上的小伴侣。除了你，还有许多其他的一些伴侣，即我精神上的友人、恋人与兄弟姐妹，他们不仅在中国，也不一定都呼吸在我看得见的地方。

但他们都属于我所热爱的那个世界。

你有幸从事文学，生活在精神深层之中。你一定也可以逐步构筑一个属于自己所热爱的世界，把无价值的东西排除在这个世界之外。倘若尚未形成这个世界，你也可以先寻找你真挚热爱的世界。例如我现在就非常清楚地知道今生今世自己最爱的世界是莎士比亚、曹雪芹、歌德、托尔斯泰创造的世界。他们的世界也属于我——属于我用整个心灵去体验和领悟的美丽星空。如果你寻找到甚至已经构筑了一个很美的、由衷热爱的世界，你将找到永恒的幸福与灵感的源头。

爸 爸

一九九七年五月二十一日

论德谟克利特之井

爸爸：

来到马里兰大学已两个月了。这个学期我只需要教两门课，一门中国诗歌翻译，一门中国现代文学史。其他时间我都用在读书研究，继续提高、丰富我的毕业论文，争取早些完成我的第一部英文著作。最近我把第三章改完，心里一阵轻松，并想到，时间真的太重要，有时间让我沉下心来，好好读书思考，就会有心得、有收获。

在旧金山州立大学时，那里的同事和学生都很好，我很喜欢他们，此刻也很想念他们，可惜每个学期要教四门课，天天忙于教学。我去旧金山前，夏志清先生曾叮嘱我要好好教书，他说将来桃李满天下该多有意思。我个人也很喜欢教学，可能是继承了妈妈的教学基因，从小就"好为人师"。我的学生们都很喜欢我，每个学期结束时，我都收到许多鲜花和礼物，真是蛮有成就感的。有几位美国男学生还寄了卡片给我，上面写着："老师，我们爱死你了。"真是有趣得很。不过，我发现，过于沉浸在教学中，整天忙着备课、讲课、批改作业，长此以往，可能一辈子要生活在文学常识的层面，只是输出自己以往所学的常识，而没有多少时间来接受新的知识。我有些恐慌，所以最后还是狠心选择马里兰大学。马大属于研究性大学，想在此拿到终身教职，不仅要教学好，更重要的是要有研究成果，所以这个地方除了时间多压力也大。压力可把人往深处推进，虽然苦些，但有好处。我生性懒惰，有压力才好。

我的同一代人和比我年长十岁左右的大哥大姐们，有杰出者，但也有许多人在"文化大革命"中染上"破字当头"的坏脾气，或多或少都在自己身上留下红卫兵"造反有理"的遗风。这种脾气和遗风又形成一种古怪的文化性格，就是不愿意坐下来做艰苦的建设性的研究，而想"一破定天下"，即靠打倒权威而"暴得大名"，结果愈"破"愈浅。这种"破字当头"的策略能取得短期效应，但时代风气一变，就不行了。我已警觉到这种策略的虚幻与危险。我不会走这种路。既然有幸赢得一个从容读书思考的机会，就要从这种集体性格中走出来，避免时代病。只是走出来之后应当走向何处，有时也会迷惘。不过，近日我已想清楚，应当一步一步走向深处。你说对吗？

小　梅

一九九八年十月十八日

小梅：

你选择到马里兰大学恐怕没有错，这不在于这个学校名声大、"级别高"，我们不必有这种世俗的念头，不必去争此虚荣。重要的是在这种研究性大学的确可以赢得时间，真正的无形之宝与无价之宝就是时间。除了时间，压力也是好的。把你推向深处的压力，对于你这种懒人是绝对必须的。

中国人喜欢讲"人往高处走"，这一世俗的观念容易误导人们往名利的阶梯上作无休止的爬行。其实，作为学人，应当感兴趣的是"人往深处走"。我一直用这句话勉励自己。你往深处走的条件比我更好，环境、基础、语言都可以帮助你。你能意识到时代病，感到须沉下心来，这是很要紧的。沉下去，才拥有大海。这种"深处意识"将使你受益无穷。

说到这里，我想起"德谟克利特之井"这个意象。你知道，德谟克利特（约公元前

228

四六○—公元前三七○年）是古希腊杰出的唯物主义哲学家，原子说的创始人之一，其著作达七十三种，可惜只留下少数的一些片断。他有一句名言，叫做"事实真相在井底"。因有这句名言，人们后来就把储藏秘密、储藏真理的深处称为"德谟克利特之井"。我们应当走向德谟克利特之井。

不知道你喜欢不喜欢爱伦·坡的小说。他就用过德谟克利特之井这个意象。他写的短篇《幽会》里说过一句话："宝藏只会在深渊里。"这句话我读过便忘不了，现在虽已烂熟于心，但从未失去它的新鲜感。记得《幽会》里曾描写道：有许多强壮的游泳者跳入水中，寻找他们想找的宝藏。但是，他们不敢进入深渊，所以寻找也只能是"徒劳"。我们做学问，正是以寻找精神宝藏为职业的人，可是，这宝藏在浮浅的表面是找不到的，这就决定了我们一生必须不畏艰辛地工作，不怕劳苦地往深处下沉。任何捷径都是表层之路，它不可能通向深渊。你今年三十一岁，彻底打掉心存侥幸的念头，下决心一辈子往深渊靠近，这将形成你的一种境界与抱负。

犹太人有句谚语："不要靠近深渊。"我不喜欢这种太聪明的告诫。在《独语天涯》中，我特写了一小节随想录批评这一格言。我喜欢的是马克思的"科学的门口如同地狱门口"的话，从事科学就不怕有堕入地狱、堕入深渊的危险。科学上有成就的人都是敢于献身于科学的人，即抱着"我不入地狱谁来入"、"我不靠近深渊谁靠近"的决心与信念从事自己的事业。最后赢得"宝藏"的人都是这些献身者。走入德谟克利特井底去发现真理的人，也正是这些献身者。

在《幽会》这篇小说的前边，引述了小说叙述者奇切斯特教区主教亨利·金在其妻子的葬礼上所说的一句话："为我待在那里！我一定会在那空谷里同你相会。"这个"你"，我们不妨把它设想为独居在德谟克利特深井里和其他深渊中的"真理"，我们也应当对它呼唤：请你待在那里，我一定在深渊中与你相会。

爸　爸

一九九八年十月二十日

论大器存于海底

爸爸：

你来信中赠给我"德谟克利特之井"这一意象，真是好礼物。昨天晚上想了好久，觉得记住这一意象，对我来说是极为重要的。人其实很容易变成"浮游生物"，老是在江湖的表层漂动。你那天问我，人是"少年得志"好还是"晚成大器"好，我一时竟答不出来，因为心里虽然明白晚成大器好，但总有及早成名的念头在心底作祟，便犹豫起来。昨晚我至少想清了一点，就是知道"少年得志"可能带来一种危险，即会变成"浮游生物"。一旦得志，便会满足于表面的名声，生活在虚幻中，不容易深下去。这才记起你以前提醒我的钱钟书先生说的那句话："大器从来晚成。"（《钱钟书散文选》）他的意思是说大器晚成才是学者生长的规律，不可在少年时就急于求成、陷入浮躁。昨天想起这句话时，便想到人间大器都在德谟克利特井底，或者说，大器都在海底。

悟出这个道理已不容易，而实行起来恐怕百倍千倍的不容易。钱先生不仅知道这一道理，而且找到"管锥"这一深挖井底的办法，几十年如一日地深锥下去，不管世事如何变迁，忧患如何骚扰，就是不放手中之"管"，一直往深处探索。这种精神要学到就很难，我担心自己将来会让你和妈妈失望。如果失望，要究其原因，恐怕就是我缺少管锥不止的韧性，不过，此时既然有这点自知之明，我当然会尽可能努力。

除了必须战胜自己的懒性之外，还得战胜虚荣心，这一点也是昨晚想到的。今天早晨，我把这一醒悟告诉黄刚，他说：这太对了，你昨晚的思考真有成果。确乎如此，我想到，在井底海底是寂寞的，井底海底的默默行走谁看得见，谁给你鲜花与掌声？当同龄人已在商场上变成千万、亿万富翁，在官场上变成塔尖明星，在文坛上变成风云人物的时候，你却还在井底海底一锥一锥地开凿，人们不知道你在干什么，以为你是傻子，是笨伯，是呆鸟，连爱自己的亲人与朋友都等得不耐烦，这种时候，倘若虚荣心未减，就难免要动摇。虚荣的欲望真的最难战胜。能不怕寂寞、数十年不倦地研究深思，是需要心灵力量的。在美国，吃得不错，也许体力还可支撑，但这种心力即意志力与精神力是否足够，我却不敢打保票。

谢谢你，爸爸，从今天起，"德谟克利特之井"的意象将会常常让我想起。

小　梅
一九九八年十月二十五日

小梅：

接到你的信，真使我高兴。你醒悟到的道理，对于你未来是多么重要！沉下去，管锥下去，你虽寂寞，但一定会有大快乐。

你的信还使我想到应当寻找一下"德谟克利特之井"的形式和内涵。在喧嚣的大街和欲望沸腾的社会中固然找不到"德谟克利特之井"，在校园与讲坛上，"德谟克利特之井"也未必就会自动向你展现。恐怕每个作家与诗人都应当自己去寻找、去发现。陶渊明在人们羡慕的官场中发现人生的迷途，那是一片精神的荒原，于是，他回到茅屋农舍中，在那里发现生活，也发现了"德谟克利特之井"。这个井，就是日常生活中的无限之美和无限诗意。就从这里挖掘下去，沉下去，这里有一个美丽的大海，人们视而不见的大海。但丁找到的"德谟克利特之井"则是那个一层又一层的地狱，地狱的门上写着："你们走进来的，把一切希望抛在后头吧。"门内便是地狱的深渊，这是人性恶的深渊，是罪孽的深渊。但丁通过对地狱的描述把人的灵魂一层一层地剥开，剥得如此深邃与令人惊心动魄。陀思妥耶夫斯基最初的"德谟克利特之井"，该是他的"地下室"，这是一个异常寂寞的地方，但就从这个地方出发，陀思妥耶夫斯基一步一步地向灵魂的深处挺进。在人类的文学史上，很难找到第二个作家像他这样深刻地剖析人们的灵魂。灵魂也是个大海，人的全部丰富、复杂与精彩就在这个海底。《卡拉玛佐夫兄弟》展现的正是这一大海的奇观。我所以要谈文学的忏悔意识，正是希望自己不要当一个社会表层的法官或审判者，而应当以罪人的身份潜入人类灵魂的海底，在那里发现污浊中的清白、清白中的污浊，即发现灵魂的双音与复调。我写《性格组合论》，也是为了使文学

231
两地书信

迈入人性的深海与灵魂的深海。

对于我国的文学，最值得我们骄傲又最值得我们学习的是《红楼梦》，曹雪芹是一个伟大的人性论者。他找到的"德谟克利特之井"是人的真性情，是情感的深井与大海。而引导人们在大海中航行的，不是中国人所崇尚的圣书典籍，而是那些未嫁的少女，是林黛玉、晴雯、尤三姐等未被世俗尘埃所污染的女神。在曹雪芹眼中，少女便是天地精英，便是本来就存在于天地间的大自然。世上最有价值的，就是这些美丽的、拒绝名缰利锁的生命自然，她们的天性是一个被曙光所照射的原始海洋与原始宇宙。在海洋的深处与宇宙的深处，站立着她们洞察人间全部龌龊的眼睛与性灵。如果说，陀思妥耶夫斯基开掘的是精神的深度，那么可以说，曹雪芹开掘的是性情的深度。他们两人都是在大海之底行进并拥有大海之美的先驱者。

爸 爸

一九九八年十月三十日

论 人 生 分 期

爸爸：

昨天收到你的生日贺卡，谢谢你。在三十岁的时候，我通过博士资格考试并找到工作，这也可以算是三十而立了。你在贺卡中写道："你三十而立，乃是自立而非他立，此后的人生也应是自立的人生，仰仗自己的力量，一步一步走下去。"

在这个生活的江津渡口上，我想到人的生命分期和一些思想家的说法。首先自然是想到大家都知道的孔子的话："三十而立，四十而不惑，五十而知天命，六十而耳顺。"耳顺如此之难，我尚不能理解，只是偶尔也觉得自己听起赞扬话心里就美滋滋，而一听到批评话就不高兴。这恐怕也可证明自己现在还远离耳顺。你在文章中所提到的尼采把人生分为"骆驼阶段、狮子阶段、婴儿阶段",我也注意到了。对这三个阶段,可以用存在主义的哲学语言阐释一大篇,但我还是简单地想到自己已经结束了骆驼阶段,该进入狮子阶段了,该结束学生生活进入另一场拼搏了。人生的创造期,应当在这个阶段。骆驼是坚忍的象征,狮子却是力量的象征。我意识到这个阶段,更需要力量,更需要探索、尝试、奋斗的活力。我是一个女性,这种活力当然完全是内在的精神创造力,而不是外在的那种叱咤风云的样子。我可能永远当不了那种从内到外都像狮子的"强者"。去年你让我读几本洛夫先生的诗,我读了之后注意到他用"石、火、雪"三个大意象来概述人的历史。世界本来没有人,就像贾宝玉原来只是一块顽石,但是经过无数年代的进化,石头有了灵性,终于变成人。人在世界上站立起来之后,最重要的是发现火,自己的生命也像火一样燃烧。燃烧过后,生命冷却,像雪一样飘落并化入大地,归于"石室"即墓地。任洪渊叔叔在《洛夫的诗与现代创世纪的悲剧》论文中对此作了精彩的阐释,他说:"如果换一种体验方式,我们也可以把洛夫诗世界的'石/血/雪'三原型,看作'黑色/血色/白色'三原色。'黑色'是无色无形无我无物的终极的空无。中间,瞬息即逝的,是有色、有形、有我、有物的'血色'的生命。"我把这种对人的历史的诗意概括带入人生的思考,觉得自己正好要踏入有色、有形、有我、有物的"血色"生命创造时期,这个时期,生命是需要燃烧的,热情是必要的。这点我总算是意识到了。

此时给你写信,我又想到爱默生的分法。他说,人生可分为希腊时期、浪漫时期和反省时期。在爱默生的辞典里,希腊就是人类的童年,指的是读书成长即理性生长的时期。对于我来说,这个希腊时期实在太长了,它侵犯了我浪漫时期应当享受的许多快乐。按照他的划分,我现在才真正进入浪漫时期。爱默生为什么用"浪漫"来概括人生的主要阶段,我开始觉得奇怪。后来才慢慢悟到这是一个从本本中跳出,开始用生命大自然即灵魂的活力自由探索的时期。没有框框,没有拘束,没有偏见,敢想敢说敢写,自由地创造,自由地表达,这也可以说是浪漫。而且这才是大浪漫。谈点恋爱,发点伤感,叙点悲欢,这只是小浪漫。中国当代文学中似乎小浪漫太多,缺少莎士比亚、雨果似的大浪漫。缺少想象力、创造力,缺少天马行空的大精神,就是缺少大浪漫。爱默生的分期法启发了我:进入人生的中期阶段,一面要脚踏实地,一面则要让生命充分燃烧,始终保持灵魂的活力。

爸爸,你的浪漫时期似乎不够长,在我的记忆中,你出国之后已进入了反省时期,而且反省出许多果实。

小　梅

一九九七年十一月十八日

小梅：

　　你一进入三十岁，就进入人生分期的形而上思索，这可以把眼光放远一些。我也注意到你提及的孔子、尼采、爱默生、洛夫等人的思想，并觉得无论是哪一位，他们都有可启迪我们的地方。爱默生的"希腊、浪漫、反省"三期，说得十分精彩。你把浪漫分解为大浪漫与小浪漫对我也很有启发。其实，人类文学史上最伟大的作品，如《伊利亚特》、《奥德赛》、《神曲》、《罗密欧与朱丽叶》、《浮士德》、《唐璜》、《堂·吉诃德》、《安娜·卡列尼娜》、《卡拉玛佐夫兄弟》、《尤利西斯》、《洛丽塔》哪一部不是大浪漫？我国的《红楼梦》也是大浪漫，大浪漫中有大真实、大性情、大关怀，这才能成其伟大作品。有些作家以为小说中加点"性作料"，放点做爱场面，便是浪漫主义，其实这是小浪漫。人的抱负、理想、雄心、梦，也往往包含着大浪漫。世界大同的理想，也是一种大浪漫。即便是学问家，他们企图为天地立心，为历史立魂，也是大浪漫，虽然做不到，但知其不可为而为之，就是一种大精神。庄子的扶摇直上九万里，也是大浪漫。人进入社会拼搏，有点这种鲲鹏之志才好，即使立志做生意，也要如鲲鹏去当个企业家，别只想当小商小贩。人的心理的确不可太庸俗、太猥琐、太势利。爱默生用浪漫来概括人生主要阶段的内容，说明他心思不凡，想得浩浩荡荡。

　　浪漫的对立面其实不是现实，而是世故与势利。世故的人，失去对人类的信赖，也失去生命的激情，并不幸福。世故者当然也聪明，可惜往往只有精明而无大智慧。对于孔夫子的"三十而立，四十而不惑"，我曾受其鼓舞，但对"五十而知天命"，则始终怀疑。我觉得天命永远不可知。好学的人，愈是追求知识，愈是感到宇宙的难知，天命的难知。倘若以为自己已经掌握了天命，人也容易变得世故。我宁可承认自己的无知，要不断尝试，不断叩问，不断冒险，这也许也可算作浪漫。

　　浪漫之后确实需要反省，这一点尼采想不到，或者是根本就拒绝反省。然而，他认为人最后要回到婴儿状态，却是极为精彩的思想，我们不妨把这种回归视为广义上的反省。爱默生的三阶段其实是不够完整的，如果他能在反省阶段之后再补充一个"二度希腊时代"就更好。反省可使人深化对世界的认识，反省之后头脑一定会更清醒，对人生一定会看得更透。但是，如果不能在具有洞察力与穿透力之后返回孩子状态，那么，他可能就会变得过于冷漠、冷峻。我常和朋友开玩笑说，倘若看穿世界之后而不回归婴儿，他就会成精成妖成怪，浑身冷飕飕，绝不可爱。我认为张爱玲最后就回不到孩子状态，她并未"成精"，但太冷了，这显然影响她晚年的成就，其实，只有回到孩子状态，生命能量才能充分释放出来。洛夫先生的"石、火、雪"三意象与三阶段，也很精彩。而雪的象征意蕴是"空无"。空无不是消沉、颓废，而是放下一切功利的宁静，是对现存之"有"和"色"的叩问与告别。只有赤子，才能悟到空，才能悟到无。像葛朗台那样的钱痴钱迷，像朱元璋那种极权帝王，他们到死亡前夕的最后一刻都想紧紧抓住黄金与皇冠，怎能悟到空无。所以，雪既是空无的象征，也是赤子情怀的象征。洛夫晚年所作的《走向王维》的诗写道："……前些日子，有人问起：你哪首诗最具禅机？/你闲闲答曰：/不就是从《积雨辋川庄作》第三句中/漠漠飞去的/那只白鹭"人走到最后时节，能像一只漠漠飞去的白鹭，这是只有赤子才能赢得的幸运。

　　如果我们对"浪漫"有另一境界的理解，那么，第二人生时期除了读书研究之外，还应当好好看看世界。康·帕乌斯托夫斯基在他的散文中曾提到波斯诗人萨迪把人的一生分为这样的三段。这位诗人与尼采所主张的人应"及时而死"（最好的四十岁就死）相反，他主张活到九十岁以上。倘若活到九十，那么，第一个三十年应当获得知识，第二个三十年应当漫游天下，最后三十年才从事创作，以便把自己"心灵的压模"留给子孙后代。能否活到九十岁先不讨论，但萨迪把"漫游天下"看得如此重要，对我们应当有所启迪。你对创作跃跃欲试时，我所以并不热心支持，心里就想到萨迪的话，觉得你虽然有了第一个三十年的完成，获得了许多书本知识，但缺了"漫游天下"这一大经历。杜甫所说的"读万卷书，行万里路"的道理与萨迪相通，你还不能算是"行万里路"。漫游天下是读天地间活的大书，用德里达的话说，是"眼睛致命的张开"，即打开视野。视野一广阔，人就全然不同，你在第一个三十年所学到的知识也会奇怪地获得生命。作家灵魂的活火全是在与"天下"的撞击中才燃烧起来。八十年代我国文学中新崛起的作家，虽然第一时期读书的时间不长，但他们上山下乡，在底层社会滚打，也等于漫游了半个天下，所以他们的作品，便有生气。天才必须经过苦难的磨炼，才能放出光泽。我这十年，命运把我带到西方，又把我带到亚洲、欧洲许多地方漫游，生命能量赢得一次大释放，这使我的内在生命真正伸延了，尤其是目光伸延了。我的"漂流手记"就是生命伸延后的"压模"。当然，我们不必真的需要用三十年的时间专事漫游，但生命历经的第二阶段需要拥抱天下则是无可争议。拥抱之后，你生产出来的"心灵的压模"才是坚实的。

爸　爸

一九九七年十一月二十日

论快乐的巅峰

爸爸：

最近我和几位朋友聚会，大家都谈起你，他们说，在海外漂流的知识分子中，你的心灵状态是最好的。要是用世俗的眼睛来看，你丢失的东西是最多的，但你并不在乎。你从"山顶"掉入"谷底"，但你依然在"谷底"里思索，而且思索的锋芒又从谷底射向山顶和山顶之外。你不是没有孤独与忧伤，但你又把这些孤独与忧伤加以"玄化"，把"被孤独所窒息"的感觉变成"占有孤独"的感觉。你在形而下的层面遭到挫折，却在形而上的层面上收获这挫折，从挫折中领悟到更深刻的道理。因此，你不是怨天尤人，而是抓住这段丰富的人生旅程努力工作与写作，一篇篇、一本本地问世，尤其可贵的是这些文字不卑不亢，不迎合、不媚俗、不自欺。你既对着自己的朋友、亲人诉说，也对未来无数年月的知音诉说。该说的话就尽兴地说，不愿意说的话一句也不说，从而使你的天真犹如一束芬芳。我的几位朋友都说，你的确是个心理上的强者。内心世界藏匿着非常坚韧的东西，只是我们说不太清楚这种东西是什么，是理想？是信仰？是性格？是气质？是意志？我好像缺少这个东西，要不，我怎么老想偷懒？我虽然也热爱我

236

们这一行，可我怎么没有你那种不断工作的欢乐？你仿佛从不倦怠，奇怪。

作为你的女儿，我也想作为你的一个知音，至少是半个，即对上述问题能有所了解。这十年来，我们比在国内，相互交谈的机会多了，但毕竟不住在一起，而且各忙各的，因此也没有多少时间可以谈谈你的"内心秘密"。将来有一天，我要来"解构"你的心灵状态，也许抓不住要领，你会感到失望，所以今天，我把我们几位朋友交谈的信息告诉你，请你给我一个回应。

小　梅

一九九七年八月五日

小梅：

读了你的信，知道你和你的几位朋友对我的评论，十分高兴。我并不是喜欢人家捧场的人，但是中肯、准确的描述，我是高兴的。例如你说我是个心理的强者，应当说是准确的。有人说，你们这一代大陆的知识分子，经过政治运动和劳动改造的千锤百炼，神经自然是坚韧的。其实未必。劳动场所，政治场所，包括牛棚、牢房等，并非注定会养育坚强的心理，这些场所也可能粉碎人的意志。集中营的效应是双重的，从集中营走出来的人，有的坚强得像钢铁，有的则从此失去人格的勇气。关键还是在于自身。作为一个写作者，经历过苦难也不一定就能写出好作品。有经历，还要有感觉，而且感觉是关键。把苦难反映到文字中来并非就是文学，但是，如果能够从多种视角来审视苦难，并能对苦难进行形而上思索，就很有意思，这些苦难经历就可以化作无尽的思想与情感的资源。

在海外这十年，我的确很少怨天尤人，相反，我常常对"天"与"人"心存感激。经历过一次濒临死亡的体验，我对这个世界更加依恋。此次大体验，犹如一次雷霆的震撼，让我"惊醒"，而"醒"的内涵竟是如此简单：这个地球，是宇宙中最美的所在，是蓄满鲜花、青草、森林、河流的土地，我以前把它忽略了。因为太忙，眼睛难以从书本移向书外更加辽阔的天空与大地。如果那一年死了，我给另一世界带去的印象就太偏窄了，而对这一世界的认识也太肤浅了。总之，那次大体验之后，总的结果是让我更加热爱生活。一个热爱生活的人也会遇到生活的各种挑衅，但他不会因此而埋怨生活。

这个世纪科学技术发展得太快，快得使我们缺少时间对现状进行思索。第二次世界大战之后，经济迅猛发展，市场席卷一切。中国现在也是如此。物质潮流的汹涌澎湃带来精神的萎缩，这是一个事实。在这种时代空气之下，道德是一个被普遍嘲笑的对象。在中国文学界，以往又以道德法庭代替审美法庭，一些伪道德的说教败坏了人们的胃口，这样，一讲起道德就更加被嘲笑。在探讨历史、社会问题时，确实不能以伦理主义取代历史主义，确实不能以道德评价取代历史评价，这一点我和李泽厚的对话录里已讲得很多。但是，当我们在谈论个体人生的时候，我们是不能不把道德视为最重要的精神本体的。你是我的女儿，我不能不用彻底的语言告诉你：道德不仅决定着你的成就，而且还将决定你的这一生是否拥有深厚的、真正的幸福。在海外十年，我的一切快乐的源泉都是来自内心反潮流的道德感。我觉得我所做的一切都问心无愧，我觉得我所做的一切都没有违背良善的本性，于是，我便赢得坦然，赢得自在，赢得说话的理直气壮。康德把地上的道德律与天上的星辰相提并论，这是一个伟大哲学家对宇宙、历史、人生最重要的感悟。这一感悟给我的启迪不是逼使我写出《论文学的主体性》，而是让我知道，什么才是人生的精彩，什么才是幸福取之不尽的源泉。

十几年前，我在阅读康德与写作《论文学的主体性》时，又很荣幸地读到一部让我永世难忘的好书，这就是英国学者威廉·葛德文所著的《政治正义论》。这本书使我把从小就开始的一种追求变成自觉。十几年前，我和你一样，觉得自己内心有一种特别的东西，这种东西使我的生命老是燃烧着，光明的部分总是压倒黑暗的部分。无论经历怎样的困难、不幸和苦痛，总是能感悟到生的价值与生的愉快。生活中一面热烈地爱恋着，一面也憎恶着，无论如何总是不能与品行卑劣的人沆瀣一气或为虎作伥。你说这是什么原因？是性格原因还是命运原因？我也不清楚。但读了这本书之后，其主题告诉我，那是因为你有一种天生的对于善良道德的热爱和倾慕。这一点决定了你是一个幸福的人，即使陷入劫难之中也不会失去骄傲与快乐。这本书的一些启悟性论述的语言至今还一直在鼓舞着我。我随手引述几段给你看看。威廉·葛德文说："道德是人类最好的天赋。""只有道德是配得上被看作是导向真正的幸福的，导向最实在、最持久的幸福。""个人愉快的持久程度、情操的优美程度，是同他的道德成正比例的。""善心是一个永不枯竭的源泉……丰硕的成就肯定在某种程度上是同磊落的节操相联系的。""在思想中经常充满庄严的想法的人，不太可能堕落到甘心去追求为一大部分人类所热衷的那些低级的事情。"

《政治正义论》第一卷第四篇《见解在社会和个人中间的作用》分析了世间几类被视为幸福的人，这些人包括拥有财富过着豪奢生活的人、拥有风雅过着"潇洒"生活的人，但是，只会享受的人并非是真正快乐的人。真正的快乐是一种被善所推动的公正无私的快乐。他说："完成过一件宽仁厚爱的行为的人知道：没有一种肉体的或精神上的感觉能够同这个相比。为了整个民族受益而斗争的人超越了机械的交易和交换的观念，他们不要求感激。看到他们得到好处，或者相信他们将要得到好处，是他自己的奖赏。他登上了人类快乐的高峰——公正无私的快乐。他享受人类所有的一切的善以及他所看到为他们保留的一切可能的善。没有人像忘记个人利益的人那样真正增进了他自己的利益。没有像只考虑别人的快乐的人那样收获到如此丰饶的快乐。"

我所以不厌其烦地引述这部著作中的话，是想让你知道，为什么我漂流海外之后仍然享有丰饶的快乐。你一定会相信，当我在自由表达对人类的信赖和为苦难的灵魂申诉的时候，我的确走上了人类快乐的巅峰。当我的心灵无所欺瞒、无所顾忌、无所算计的时候，我才真正明白"幸福"二字。引述威廉·葛德文的话，不仅为了我，也为了你，我希望你永久地拥有幸福，常常生活在幸福的巅峰中。物质享受与显示风雅，对你来说太容易了，但常常生活在高境界的快乐中却不容易，进入这一境界的人是需要艰苦跋涉与心灵洗礼的。这些人要有伟大的同情心，而且要有记忆，他们不会忘记天底下到处都有恶意、冷酷与残暴，这个住着各种生物的地球到处都有邪恶，对地球的依恋是不能放弃与这些邪恶进行抗争的。然而，抗争中不是扩大仇恨，而是以悲悯去化解仇恨。

爸　爸

一九九七年八月八日

论性格的诗意

爸爸：

你对人的性格似乎很敏感，常听你说"性格导致命运"。你认为歌德说"性格决定命运"可能说得太重、太绝对，还是用"导致"准确一些。我也朦胧地觉得性格确实可以导致命运。你还研究过文学中的人物性格，写了《性格组合论》，你是不是觉得在创作中也应当注意性格与命运的因果关系？

有些叔叔跟我开玩笑，说爸爸你偏爱妹妹。其实，你对我们俩都一样爱，即使有些偏，我也能理解。妹妹小我十岁，总得给予更多的关怀，只是你和妈妈别把她宠坏了。妹妹的性格和我的性格不太相同，她似乎更浪漫一些，更爱"玩"，但她天真、爽朗，不知计较，的确是非常可爱的。我似乎更执著一些，也许我小时候吃过苦，所以也实际一些。我喜欢把房子收拾得干干净净，即你所说的"有板有眼"，这是和浪漫不同的理性，当教师，是需要理性的。理性之中，有时便太严正，好批评，"好为人师"。不过，我觉得自己又很脆弱，批评别人可以，让别人批评就不舒服，心理承受力很差。只是我不会记恨而已。妹妹恐怕也是如此，我一批评多了，她就反感。当然，对少年和孩子，还是要多激扬其优秀之处。我对学生倒注意了这一点。

我和朋友、同学相处得相当好，老师对我都很好，一个真诚的朋友圈子、师长圈子使我感到这个家庭之外的人间很不错。这其实也是命运。能生活在人际的温带中，而不是生活在酷冷酷热的寒带与热带中，这就是幸福。而这种幸运似乎也与性格有关。尽管我没有妹妹那么多的热情，但对朋友还是真诚的，他们比我强时，我不嫉妒，他们比我"差"时我不觉得"差"。强与弱，成功与失败，常有世俗的尺度，如果超越了世俗的目光，如你常说的，看人最要紧的是看其心灵状态，那么，失败者与弱者，心灵常常比成功者与强者更美。许多成功的"大人物"都很卑劣，而许多失败的"小人物"都很高贵，不过，这里也包含着对"性格决定命运"这一论断的质疑。有的女子性格很健康可爱，本该有幸福的命运，却偏受冷漠、打击，非常悲惨，《红楼梦》中的晴雯就是这样的人。她的性格多么真纯，但是，邪恶的环境容不了这种真纯。坏环境吃掉好性格的例子很多，因此，说"性格导致命运"，似乎又需要有个"正常环境"的前提，也就是说，恶劣的环境不能强大到压倒一切，以致性格完全无能为力。当然，性格也可反抗环境，但环境一旦强大到如泰山压顶，这种反抗也就无能为力。晴雯不是不反抗，而是黑暗太庞大。这样想，你觉得对吗？

小　梅

一九九五年九月一日

小梅：

要说清性格与命运的关系，可能需要写一本书，至少需要一篇论文，这两者的关系，并不是那么简单的直线因果关系，这其中也有你所说的环境因素以及你未提到的时间因素（机缘等）。所以我不愿意搬用歌德的决定论，但又接受歌德的提醒，把性格视为导致命运的一个非常重要的主体因素。所谓性格悲剧，就是性格导致命运的悲剧。《哈姆雷特》、《奥赛罗》、《麦克白》、《李尔王》都是性格的悲剧。在这些悲剧中，我们看到悲剧主角的性格冲突，也看到这种冲突（特别是冲突中的性格弱项）怎样导致他们的命运。我的《性格组合论》，强调的是对于文学中的人物性格，不可"本质主义"地用好、坏、善、恶去概括。一旦本质化就会简单化。性格总是包含着冲突、对立，包含着悖论。绝对坏（或说绝对恶）的性格不能构成性格悲剧，麦克白暗杀信赖自己的国王，背信弃义，但莎士比亚并未把他写成绝对的坏人，他的性格充满矛盾。其性格方向中的二律背反，才构成精彩的悲剧。黑格尔的《美学》一书，其中论及悲剧时就讲到这一点，值得认真读读。（朱光潜先生翻译的文字极好，读起来像读散文。）悲剧主角在性格冲突中最后必须作一选择，这种选择便导致命运。选择得太久、太犹豫，如哈姆雷特，也导致命运。极其丰富的性格导致极为曲折的命运，文学如果能展示这种过程，就会显得十分精彩。

今天，我不想和你多谈美学，而想和你谈谈现实性格。你所描述的自己和妹妹的性

241
两地书信

格都是准确的。我不太承认自己的"偏爱"。爱有不同形式，我对你的爱与对你妹妹的爱，其形式有点不同。为了推动你成为学者，自然要严一些。不过，我得承认，我很喜欢你妹妹的性格，这是一种非常健康、非常美丽的性格。每次想到你和妹妹，我就会想到性格的诗意。你那种看淡名利、无嫉无猜、看到朋友比你强而不嫉妒的性格就有诗意。而你妹妹，至少是青春时期的妹妹，其性格更明显地富有诗意。曹雪芹说少女属于水世界，从妹妹身上，你便可确信这一点。她的性格的诗意就是她的清泉般的天真，这是真正的无猜无嫉无争无垢的天真。在很小的时候，她就不许我们说半句奶奶的缺点，是奶奶的绝对"保皇党"，长大之后，她的这种情绪又移向她的同学、朋友、老师，她绝对不许我们说他们的缺点。在她的绝对里，有一种对人类的绝对信赖。她的成绩那么优异，但绝对不会瞧不起成绩差的同学，有一次我取笑她的一位两科不及格的同学，她就不高兴，说："你也不看看她家里多穷，回家还得抱弟弟。"她对待什么都很真，在美国的篮球比赛中，完全站在迈克尔·乔丹一边。有次乔丹被打败，她受不了，跑到房里哭。她的这种泪水真会柔化许多顽石铁石。林黛玉的眼泪就柔化了贾宝玉这块顽石，所以他没有陷入浊泥世界之中。林黛玉的眼泪便是诗。

我们不能要求文学作品中的人物性格都有诗意。然而，一部大作品中应当塑造某些富有诗意的性格。莎士比亚、曹雪芹和托尔斯泰笔下的人物，其性格带有诗意的很多。这种诗意的性格很难描述，不像故事那么容易复述。然而，诗意性格可以感受到，我们可以感受到林黛玉性格的诗意，但很难感受到《金瓶梅》中潘金莲性格的诗意。不过，文学作品中许多塑造得很成功的形象，其性格并无诗意，像薛蟠、贾琏、贾雨村等，就一点诗意也没有，但不能说写得不成功。他的成功，或者说他的诗意是在作者对他的讽刺或幽默的笔调上。薛宝钗就其人物性格，也刻画得十分精彩成功，对她的描写也富有诗意，但她的性格不是真正具有诗意的性格。她太世故，太练达，似真人，又似假人。世故是天真的大敌。世故会毁灭天真和毁灭性格的诗意。人一旦进入官场、商场、名利场，性格的诗意就会荡然无存。在政治场合中，政客的性格没有诗意，但富有原创性的政治家性格则富有诗意，华盛顿、杰弗逊、林肯以及甘地、马丁·路德·金、曼德拉都有诗意。拿破仑的性格也很有诗意，他带着《少年维特之烦恼》上战场，把战争看得像文学，不太在乎成败，就很有诗意。薛宝钗当然不是处于官场、商场，但她处于争夺地位的关系中，因太会做人也失去了天真。

性格的诗意与天真密切相关，但诗意的性格不仅仅表现在天真上。有些非天真的雄伟性格、崇高性格、刚毅性格，也很有诗意。像恺撒、唐太宗、彼得大帝都很有诗意。这是一种力的诗意，如同狮虎鹰鹫，属于壮美的诗意。雄伟的性格，包含着很高的智慧，但这种智慧不是心机。心机没有诗意。在中国近代人物中，就其性格而言，我除了特别喜欢王国维之外，还比较喜欢梁启超与章太炎，这两人都敢于直言，敢说该说的话，很有智慧，但没有心机。尤其是章太炎，学问很大，政治资格也老，但常常像孩子，他痛骂称帝的袁世凯，袁世凯也拿他没有什么办法。袁世凯与章太炎的关系，是一个毫无诗意的野心家与一个富有诗意的学者的戏剧。只要是头脑与人性健康的人都只会爱章太炎而不会爱袁世凯。

爸　爸

一九九五年九月五日

论慧根与善根

爸爸：

钱钟书先生有一观点，就是学士不如文人。他说"文人慧悟逾于学士穷研"。类似的观念在《管锥编》一再出现。这才使我想到许多诗人作家确实比学者聪明。

我很喜欢"慧悟"二字。严羽在《沧浪诗话》中所说的"妙悟"，我也喜欢。但慧悟却使我知道妙悟并非凭空而来，它需要有智慧的助力。你在《散文与悟道》一文中说，写一篇散文总是先有所悟才下笔。有所悟，便有所得。所得的便是思想或者说是属于你自己特殊的情思。艺术发现恐怕就在这瞬间的顿悟之中。

不过，笼统说学士不如作家似乎也不妥。钱先生所说的学士，是指中国传统的经士、注家、学究，并不是我们现在所说的思想家、哲学家、史学家这类学者。这类学者的大慧悟常常会"惊天动地"。柏拉图、尼采、康德、马克思等，就可说是惊天动地。学者之中，有的是学大于识，有的则是识大于学。有的则是学识兼备。饱览诗书之后，如果未能慧悟，恐怕就难以有识。像我这种所谓"博士"，多半只是如钱先生所说的"穷研"与"学究"，将来也只能算是个"书橱"。天底下努力读书的人处处都能找到，但真正具有"诗识"、"文识"、"史识"、"器识"的人却很少。尼采的许多思想观念，我并不赞成；但读他的书，却不能不承认他才华过人，思想的激浪一直追拍着你。而这位洋溢着识见的思想家，并不是一个向书本讨生活的人，他甚至主张要丢开书本。他的学说主要是靠慧悟。我当然不可能走尼采这种路，但我非常羡慕他的慧悟能力。所谓天才，恐怕就是一种具有高度慧悟能力的人。

小　梅

一九九八年二月二十日

小梅：

"慧悟"一词确实可以让我们想得很多。你说得对，"顿悟"、"妙悟"背后得有智慧的助力。有知识不一定能悟，知识变成力量也不一定能悟，知识只有升华为智慧才能算是悟。知识与智慧是不同的，知识只有当它融入生命并化作对生命的一种观照能力时，它才会变成智慧。因此，智慧总是与内在生命和内在视野有关，知识则未必。

因为你提起"慧悟"，我便想到"慧根"。"慧根"与"慧悟"都是佛学的术语。我是佛学的门外汉，但对佛学中的"慧根"、"善根"这两个概念非常喜爱，当八十年代我国作家在"寻根"的时候，我暗自也在寻根，但寻找的是自己身上的慧根与善根，觉得可以去发现和培育这两种根蒂。除了在自己身上寻找、发现与培育之外，还可以在书本、朋友以及社会中寻找。具有慧根和具有善根的人都可以作为朋友，两者兼得的则可以建立很深的友情。我相信你有善根，你总是对人抱有信赖，不会算计，不知嫉妒，不会看轻比你弱的人，也不会嫉妒比你强的人，做错了事会感到不安，这正是善根在起作用。在我心目中，善根是苍天的伟大赐予，它是真正的无价之宝。人世间的诚实、正直、善良、仁厚、慈悲、同情心、献身精神及各种类型的伟大情怀，都是善根所生。善根扎在生命的最深处。人类史上的大师，他们所创造的不朽的精神森林，都与其生命深处埋藏着的善根有关。

大善不一定就是大智，但它能导致大智。他们以大悲悯的情怀感受世界，结果感悟到许多聪明人感悟不到的大真理，走到别人难以企及的精神境界。

你读了整整二十五年书，算是掌握了一些专业知识，但这些知识，只有当它转化为观照万物万有尤其是观照人的生命才华，才有价值。所谓天才，就是把知识、感受转化为大智慧和创造形式的特殊能力。而实现这种转化全靠身心中的慧根。所谓慧悟，就是扎在生命深处的慧根在某一瞬间推动生命达到对宇宙万物或社会人生的一种本真观照和特殊发现。精神价值创造者的灵感、灵性、发明、创造、"笔下生花"等等，全都是慧根派生出来的。

慧根与善根是先天就有的还是后天生长出来的，这是一个争论不休的问题。按照孟子"人之初性本善"的说法，人一生下来就有善根，但他没有说人一生下来就有慧根。而按照基督教的"原罪说"，则认为人一生下来就有恶根，但它也没有回答人生下来之后是否带着慧根。我一直把这两种说法视为一对悖论，确认人生下来均有微弱的善根，也确认有微弱的慧根。在做这种形而上的假设之后，我觉得重要的是对善根与慧根的开拓与培育，没有培育，这两种根都不可能壮大。微弱的善根与慧根没有意义。正是需要培育，所以我觉得"修炼"是必要的。修炼包括读书、思索、反省、实践等等。两种根都需要苦汁与汗水的灌溉，我至今还想不出有用蜜糖水浇灌出来的强大的慧根。慧根与善根都没有成熟之日，它的强大是没有边界的。

那么，慧根与善根是生长在脑子里还是心里？我觉得主要是长在心里。有人用脑子写作，有人用心灵写作。作家所以往往胜于学究，原因就在他们不仅用脑子，更重要的是用心灵。托尔斯泰、陀思妥耶夫斯基、卡夫卡等都是用心灵写作的人，他们完全不必头脑化、学者化。如果学者化，上帝一定会发笑。

爸　爸

一九九八年二月二十五日

论拒绝世故

爸爸：

在《今天》杂志上读到你的"童心说"，你写道："回归童心，这是我人生最大的凯旋"，"我的凯旋是对生命之真与世界之真的重新拥有。"这两句话使我想得很多。

自己的父亲把"回归童心"当作人生最大的凯旋，而我总不能在年仅三十岁的时候就失去童心，就学习一套人生的技巧和策略，开始世故起来。从教我写文章如何"起承转合"起，二十几年中你既是我的父亲又是我的老师。黄刚有句话说得很对，他说："你比我更幸运之处是你有一个父亲作为你的心灵导师。"然而，许多人都不知道，你对我最大的影响，并非在"作文"，而是在做人。作文难，做人更难，但你不是刻意去做人，变成"很会做人"的人，而是向做假人的各种策略与技巧挑战，即"向世故挑战"。

我还想到，人生的凯旋最重要的应当是心灵的凯旋。你常对我说，不要太计较一时的得失、一时的成功与失败，但对心灵的优劣要有敏感。由此我想到休谟所说的人性的高贵与卑劣的区分，是必须守住的一种心灵边界。我偶尔也会感到一种心灵的胜利，例如当我看到同一辈朋友，当了作家赢得名声，我也会在刹那间产生一种不健康的情感，心里嘀咕说，这没什么了不起。但过后我却反省，觉得这是一种人性劣质的表现，于是，又怀着欣喜和正常的心情去欣赏同辈朋友的成果。此时，我便觉得自己获得一次心灵的胜利，是战胜虚荣的胜利。我在这种胜利后，感到一种说不出的快乐。

我把你的数十则"童心说"都仔细读了，读后我真的感到你获得了心灵的胜利，你的回归童心，意味着你放下世俗的许多精神重担，意味着你撕毁社会逼迫你曾戴上的各种"面具"和紧绷在你心中防范他人的"弦"与"堡垒"，意味着你放下往昔的是非恩怨只面对自己的良知和你感悟到的真理和光明。回归童心，真的是一种大解脱与大自由，我能想象你的内心具有怎样的快乐，只是我不知道用什么语言来祝贺你。

小　梅

一九九七年十一月一日

小梅：

　　你能看到我的回归童心的内涵，真使我非常高兴。这说明你并没有死读书。你能够看到天真与世故的对立，知道回归童心之所以是人生的凯旋——心灵的胜利，乃是对世故的拒绝，这真使我高兴。许多阅历丰富的人，包括金钱上富有与知识上富有的人，最后都走入世故，被世故所征服，完全丧失赤子之心，我们能看到这点，然后尽量地保住正直与天真，便是一种胜利。许多伟大的思想家与作家，敢于向世故挑战，所以到了晚年仍然像孩子一样单纯，这是很值得我们诚心诚意去学习的。我所以喜欢托尔斯泰，就是觉得他直到晚年，还像一个孩子，一点世故都没有。他的出走，是孩子的行为语言，而不是老人的行为语言。是心的语言，而不是脑的语言。这种语言包含着他的全部天真。尽管是孩子的语言，它却向世界宣告：我拒绝世故。每次想到托尔斯泰的"出走"，我都激动不已。

　　我在美国多年，可以说，相当喜欢美国人。这原因就是美国人较为天真，一般都没有世故。美国文化从总体上说，没有欧洲文化的深刻，也没有中国文化的成熟，在许多方面甚至让我觉得相当肤浅。但是，美国文化的肤浅中有天真，没有世故。他们甚至很看不起世故。一个人如果显得事事洞明，很有心机，美国人是不喜欢结交为朋友的。因为没有世故，所以就坦诚、直率、诚实，不说假话与敷衍的话，不会做"今天天气哈哈哈"这种应付场面的圆滑相，也因此，他们最憎恨撒谎，你一旦撒谎，他们就会认为你无价值。克林顿的白宫私情被揭露后，美国人不是不能原谅他的私情，而是不能原谅他的撒谎。克林顿是比较年轻的总统，美国人本来喜欢他具有较多的平民气息而较少世故，而一旦撒谎，就暴露出内里的世故来了。肤浅而有天真的文化是可爱的文化，肤浅而又世故的文化，则一定不可爱。我在大陆、香港、台湾，都看到一些肤浅而又世故的文化人，学识不多，却摆出一副姿态，精明得很，我不喜欢这种人。

　　在《红楼梦》中，我不喜欢薛宝钗、袭人这种人，并非像某些红学家那样，是因为她

247

们代表着封建思想传统，而是因为她们太世故。尤其是薛宝钗，她有太多的生存技巧与做人技巧，所说的话往往不是从心灵中流出来的，而是从利害关系的考虑中说出来的，不像林黛玉那样直抒胸臆，敢说敢骂敢于歌哭。她的真性情完全被世故所扼杀。在中国学术界中，有许多薛宝钗似的人物，非常聪明，但没有天真与真性情。我也害怕与他们接触，他们的世故大于学问，大于思想，和这种人在一起，很难交流由衷之言，很累又没有意思。

你理解得很对，回归童心，就是征服世故、战胜世故。人的经验、知识多，可能让人变得很有智慧，也可能让人变得非常世故，如同老狐狸。人首先需要拥抱知识，但拥抱之后，还得用生命去穿透知识、升华知识，让知识变成活泼生命的一部分，而不是把知识当作资本，当作敲门砖，当作面具；如果这样，就会变得世故起来。拒绝世故，拒绝成为薛宝钗，这是我给你的赠言。

爸　爸

一九九七年十月二十八日

论罗素的三激情

爸爸：

读了你的《罗丹的启迪》，我真的受到启迪了。茨威格这个作家不仅才华洋溢，而且非常单纯、谦虚，这种人格在现时的中国比较难以找到。生活中和文学生涯中还是要有自己的楷模，你竭力推崇的茨威格应当是我的一个楷模。你说过，有才华已很难，有才华而有思想就更难，而有才华有思想又有品格，三者兼而有之，就更是难上加难。茨威格大约就属于这三者兼备的作家了。最后这一点的难处我没有太多体验，而且常常不太在意。

茨威格说，他从罗丹身上得到三点启示：一是伟大人物的心地总是最好的，二是伟大人物的生活总是简单俭朴的，三是伟大人物的工作总是聚精会神的。每一点说起来都容易，但做起来很难。例如说，心地要好，就得对比自己强的人不嫉妒，对比自己弱的人不摆架子，对自己犯下的过错和欠下的心债要有负疚感，对弱者与残疾人要有同情心等等，这都不是很容易的。心地肉眼看不见，但能感觉到。不可视的东西往往更重要。聚精会神也不容易，尤其是踏入社会之后更不容易。我刚刚踏入社会，总觉得社会在与我抢时间，各种关系都让你难以精神集中。除了社会，自己的意志薄弱也是个原因，我总是经不起诱惑，放不下许多琐事。前些时，我对自己这种缺点有所警惕，特把加缪的一句话写在桌边的笔记本上，加缪说：

心的贞洁——不要让你的欲望四溢，不要让你的思想四散。（《加缪札记》）

小　梅

一九九六年十月八日

小梅：

　　那天我告诉你茨威格关于罗丹的三点启迪，是想告诉你，你要注意采集世上一些最美好的情思以造就你自己。你真的留心了，而且有所领悟，这很使我高兴。人活在世上本就不容易，倘若要活得更像人样，要使人生有些光辉，就更不容易。曾国藩的"八本"，茨威格的三点启迪，都能帮助我们努力做好一个人。当然，每一个人所处的时代、环境不同，我们不必机械地理解，而应对其精髓进行吸收。也正是从这一意思出发，我还要你注意一下罗素的三种激情。罗素说："三种单纯然而极其强烈的激情支配着我的一生，那就是对于爱情的渴望，对于知识的寻求，以及对于人类苦难痛彻肺腑的怜悯。"他解释说，他所以追求爱情是为了减轻孤独，"还因为爱的结合使我在一种神秘的缩影中提前看到了圣者和诗人曾经想象过的天堂"。而他又以追求爱情"同样的热情"追求知识，因为"我想理解人类的心灵。我想了解星辰为何灿烂。我还试图弄懂毕达哥拉斯学说的力量，是这种力量使我在无常之上高居主宰地位"。最使我感动的是他的第三种激情，这就是同情弱者的人道激情。他说："爱情和知识只要存在，总是向上导往天堂。但是，怜悯又总是把我带回人间。痛苦的呼喊在我心中反响、回荡。孩子们受饥荒煎熬，无辜的被压迫折磨，孤弱无助的老人在自己眼中变成可恶的累赘，以及世上触目皆是的孤独、贫困和痛苦——这些都是反对人类应该过的生活。"

我所以要把罗素的这一思想告诉你，是因为我觉得这三者的结合是完整的生命激情，是一个真正的人的生命组合。许多人的人生有婚姻但未必有爱的激情，且这种激情毕竟比较容易，仅有这种激情的人生有快乐但未必精彩，也未必有大幸福。具有大幸福的人应当对于知识和对于弱者投以生命的激情。愈来愈多的人正在把知识当作商品当作猎取名利的手段，并未把追求知识化作一种生命的激情。如果我们与这种半学人半商人区别开来，而在追求知识中把生命放进去燃烧，那么我们的人生境界就会大不相同。好的学者与好的作家应当退出市场的道理就在这里，一进入市场与名利场，就难以保持生命纯然的激情。

第三种激情也是人生的一种强大动力，在中国能深切感受到这一点的人不一定很多。中国的当代学人往往鄙视人道激情，以为这是肤浅的。但对人道激情恐怕只能用"有无"去衡量，而不能用"深浅"去苛求。把人当人，是至浅的道理，又是至深的道理。人道主义的理论虽不能算深刻，但要说明人道主义为什么总是无法在中国生下根来，人道激情总是与高深而冰冷的学者无缘，却是一个相当深的问题。这涉及中国学者"世故大于学问"的问题，涉及中国格外成熟的势利、虚伪、狡猾等性格问题。罗素是一个卓越的思想家，但他不仅不轻蔑人道激情，而且把它视为人生动力。如果说，我是一个有动力的人，那么与罗素一样，人道激情也是一个大的动力源。弗洛伊德说"性压抑"是文学源，而对于我，"良知压抑"也是根本的动力源。对人间底层弱者的同情与爱，既带给我忧思，也带给我力量。休谟有一段说明人道激情可以使人充满力量的话一直在我耳边回响。他说：

> 最柔和的慈爱、最无畏的坚毅、最温厚的情感、对德性的最崇高的热爱，所有这一切都成功地使他震颤的心房充满生气和力量。当一个人反省内心，发现那些最骚乱的激情都已经变为正确的、和谐的，发现各种刺耳的杂音都已经从迷人的音乐中消失，那该是何等的欣慰！

爸 爸
一九九六年十月十八日

序跋

XUBA

不为点缀而为自救的讲述
　　——"红楼四书"总序
今昔心境
　　——《独语天涯》上海版自序
亲情与才情的双重诗意
　　——剑梅《狂欢的女神》序
诗意从摇篮里诞生
　　——杨喜莱散文诗集《年轻的海》序

不为点缀而为自救的讲述

——"红楼四书"总序

　　去国十九年，海内外对拙著"漂流手记"（散文九卷）有不少评论，其中我的年轻好友王强所作的《漂泊的哲学与叩问的眼睛》一文道破了我的写作"奥秘"：讲述只是拯救生命的前提和延续生命的必要条件。他以讲述《一千零一夜》故事的动因为喻，说明我的作品不是身外的点缀品，而是生命生存的必需品。相传萨珊国国王山鲁亚尔因王后与一奴隶私通，盛怒之下将王后及奴隶处死。这之后又命令宰相每天给他献上一少女，同寝一夜，第二天早晨杀掉，以此报复女人的不忠行为。宰相的女儿谢赫拉查德为拯救少女，自愿嫁给国王。她每夜给国王讲一个故事，国王因为还想听下一个故事就不杀她，结果她讲了一千零一个故事。她的讲述是生命需求，是活下去的需求。

　　我的"漂流手记"第五卷《独语天涯》，副题叫做"一千零一夜不连贯的思索"，全书写了一千零一则随想录。王强的评论击中要害，说明我的讲述理由完全是谢赫拉查德式的生存理由。王强讲的是我的散文，其实，我的《红楼梦》写作，也是同样的理由、同样的原因。动力也是生命活下去、燃烧下去、思索下去的渴求。不讲述《红楼梦》，生命就没劲，生活就没趣，呼吸就不顺畅，心思就不安宁，讲述完全是为了确认自己，救援自己。正因为这样，在写作《红楼梦悟》之前，我就离不开《红楼梦》，喜欢和朋友讲述《红楼梦》，与那个宰相之女一样，不讲述就会死。至于讲完后要不要形成文字，倒不是那么要紧。倘若不是学校、朋友、出版社逼迫，我大约不会如此投入写作，几年内竟然写了"红楼四书"（包括《红楼梦悟》、《共悟红楼》、《红楼人三十种解读》、《红楼哲学笔记》）。这一点，剑梅也可作证，如果不是她的逼迫，我大约不会对她讲述，而且讲完还认真地整理出《共悟红楼》对话录。

除了个体生命需求之外，还有没有学术上的需求呢？当然也有。不过，这不是缔造学术业绩的需求，而是追寻学术意境的需求。说得明白一点，是想把《红楼梦》的讲述，从意识形态学的意境拉回到心灵学的意境，尤其是从历史学、考古学的意境拉回到文学的意境，做一点"红楼归位"的正事。《红楼梦》本来就是生命大书、心灵大书，本就是一个无比广阔瑰丽的大梦（有此大梦，中华文化才更见力度）。梦可悟证，但难以实证，更难考证。在人文科学中，我们会发现真理有仰仗逻辑分析的实在性真理与非逻辑非分析的启示性真理，后者就难以实证。熊十力先生把智慧区分为量智与性智，前者可实证，后者则只能悟证。世上几个大宗教和中外文化中的一些大哲学家都发现第一义存在（上帝、道、无等）难以言说，既不可证实也不可证伪。康德说"物自体"不可知，与老子的"道可道，非常道"相通。文学蕴含的多半是感性的启示性真理，是难以考证实证甚至是难以论证的无穷意味。《红楼梦》中的所谓"意淫"，是一种想象活动。这种想象本身就是神秘的、反规范的、无边无际的心理过程。这恰恰是典型的文学过程。贾宝玉和他的许多"梦中人"的关系，都包含着这种"在想象中实现爱"的关系，这是《红楼梦》很重要的一部分精神内涵，但很难实证与论证，只能悟证。再如小说文本中多次出现的"幽香"、"香气"，也无法实证。第五回宝玉梦中到太虚幻境，"但闻一缕幽香，竟不知其所焚何物。宝玉遂不禁相问。警幻冷笑道：'此香尘世中既无，尔何能知！'"第十九回中，宝玉在黛玉处，又"只闻得一股幽香"，于是"一把便将黛玉的袖子拉住，要瞧笼着何物。黛玉笑道：'冬寒十月，谁带什么香呢？'宝玉笑道：'既然如此，这香是那里来的？'黛玉道：'连我也不知道，想必是柜子里头的香气，衣服上熏染的也未可知。'宝玉摇头道：'未必，这香的气味奇怪，不是那些香饼子、香球子、香袋子的香。'"到底警幻仙子和黛玉身上飘散出的是什么香味，有的学人说，这是美人身上的体香，也有人说是衣服中的物香，而我却通过悟证，说明这是警幻、黛玉"灵魂的芳香"，对于黛玉，也许正是其前世"绛珠仙草"的仙草味。这种不可实证却可让人通过感悟进行想象和审美再创造，便是文学，便是历史学、考古学和其他学科难以企及的文学。我在"红楼四书"中使用的"悟证"法，既不同于知识考证与家世考证，也不同于逻辑论证，虽近乎禅的通过直觉把握本体的方式，但我却在"悟"中加上证，即不是凭虚而悟，而是阅读而悟，参悟时有对小说文本阅读的基础，悟证过程虽与"学"不同，却又有"学"的底蕴与根据。这算不算独立的自性法门，只能留待读者去评论。

《红楼梦》的情思浩如渊海，有待一代一代读者去感悟，而悟证又有益于《红楼梦》研究回归文学。期待"红楼归位"，自然是有感而发。二十世纪红学兴旺，但也发生一个文学在红学中往往缺席的问题。以意识形态判断取代文学研究且不说，上世纪一些具有代表性的红学家，固然有王国维、鲁迅、聂绀弩、舒芜等拥抱文学的学人，但无论索隐派、考证派、新证派都忽略了文学本身，所以才有俞平伯先生晚年"多从文学哲学着眼"的呼唤。蔡元培是我最为敬爱的知识分子领袖人物，但以他的名字为符号的"索隐"研究，却把《红楼梦》的无限自由时空狭隘化为一个朝代的有限时空，尽管其经世致用、以评红服务于反清的目的可以理解，但其结果毕竟远离了文学。在考证上开山劈岭的胡适，其功不可没，没有他的努力，我们可能还不知道我国最伟大的小说，其作者叫做曹雪芹，也不知道《红楼梦》大体上是作者的自叙传，作品的故事框架与曹雪芹的人生家世框架大致相合。可是，胡适作为一个"历史癖"，却不会欣赏《红楼梦》的辉煌星空，他竟然认为"《红楼梦》比不上《儒林外史》；在文学技术上，《红楼梦》比不上《海上花列传》，也比不上《老残游记》"。他甚至认同苏雪林的论断："原本《红楼梦》也只是一件未成熟的文艺作品。"（一九六〇年十一月二十日致苏雪林的信，引自《胡适论红学》第二六七页，安徽教育出版社二〇〇六年）胡适这种看法十分古怪，他断定《红楼梦》"未成熟"，恰恰暴露了自己文学见解的幼稚。鲁迅说："博识家的话多浅，专门家的话多悖。"（《且介亭杂文二集·名人和名言》）专门家胡适倒应了鲁迅"多悖"的评价。把胡适的考证推向更深广也更见功夫的周汝昌先生给我们提供了非常丰富的曹氏家族沧桑的背景材料，使我们在阅读文本时更明白曹雪芹在处理"真事隐"与"假语村"两者关系时费了怎样惊人的功夫（这可能是世界文学史上独一无二的个案）。周先生的《红楼梦新证》成了二十世纪红学的一个里程碑，可是，周先生竟然把对《红楼梦》的文学批评、文学鉴赏排除在"红学"之外，把红学限定在曹氏家世的考证和遗稿的探佚之中，这又一次使红学远离了文学。俞平伯先生早期也错误地认为

"《红楼梦》在世界文学中底位置是不高的"、"应列第二等"（《红楼梦辨·红楼梦底风格》）。后来他做了修正，认为可列"第一等"。可是，在一九八〇年五月二十六日的国际研讨会上他却说："我早年的《红楼梦辨》对此书评价并不太高，甚至偏低了，原是错误的，却亦很少引起人注意。不久我也放弃前说，走到拥曹迷红的队伍里了，应当说是有些可惜的。"（见王湜华编《红楼心解》第二七六—二七七页，陕西师范大学出版社）连俞先生也未能理直气壮地肯定《红楼梦》为世界一流一等作品，勉强肯定之后又发生摇摆，这不能不令人感到困惑不过，前贤的努力毕竟为我们提供了再思索的前提，即使偏颇也提供我们再创造的可能，无论从哪一个角度上说，我们都应当铭记前人的功劳与足迹。说要把《红楼梦》研究从历史学、考古学拉回文学，这只是我个人的意愿，并没有"扭转乾坤"、"改造研究世界"的妄念。

德国天才诗人海涅曾把圣经比喻成犹太人的"袖珍祖国"，我喜欢这一准确的诗情意象，也把《红楼梦》视为自己的袖珍祖国与袖珍故乡。有这部小说在，我的灵魂将永远不会缺少温馨。

是为序。

今昔心境
——《独语天涯》上海版自序

在海外除了继续进行学术思考之外，还用不少时间写作"漂流手记"散文系列。《独语天涯》属于"漂流手记"的第四卷。这之前，出版了三卷："漂流手记"、《远游岁月》、《西寻故乡》；这之后出版了第五卷《漫步高原》。第六卷《共悟人间——父女两地书》也已付印。这些散文抒写的虽有世界各地，实际上却是自己的内在旅程，所以可称作"心传"或"心灵史"。我把写作当作自我修炼，愈写愈平静，愈写距离原先那个峻急的自己愈远。

十五六年前给上海文艺出版社发出《性格组合论》的稿子，此时则发《独语天涯》。两次的心境很不相同。那时急着出书，急着"问世"，今天却一点也不急。只觉得已发表的作品和将发表的作品，都不过是留在雪地上的足迹。时间化解了白雪，也将化解雪地上的脚印。消失的命运无可逃遁。虽求比肉体更久远的生命，但我并不相信自己留下的足迹能够永恒。这么想之后仍然努力写作，是因为写作本身就是灵魂的呼吸。每部书都像生命的船只，不断地负载着我前行，也似乎都把我带到新的地方，使我更贴近那个心灵憧憬之处，这种体验使我难以停笔。不过有一天，真的上岸了，到了一个该落脚的地方，这些船只已完成它的使命，便可以放一把火烧毁，人间绝不会因此而减色。其实出几本书并不太重要。天地无言，最伟大、最美丽的宇宙天体并不著书立说。存在比语言更美。

急于"问世"，无非是急于成名。今天不急了，也不是因为已经有名，而是同样感悟到伟大的存在不仅无言而且也无名。所谓宇宙，所谓天地，都是人给予命名的。除了伟大的天体存在本无名之外，好些卓越的语言创造也没有名字，如我心目中两部总是读不尽说不完的天书——《山海经》和《易经》，就不知道作者是谁。远古的天才作者在著写这两大奇书时，一定没想到要赶紧发表，更不会想到流芳千古与万岁万万岁等。海德格尔最钦佩我国哲学家老子，可是《道德经》却完全是被迫写出来的。海氏追问存在的意义，而老子则是存在本身。卓越的存在无须自售，无须争名于朝和争利于市。开启二十世纪世界文学荒诞新传统的卡夫卡，临终时叮嘱友人烧毁自己的手稿，大约也是想到，没有他的作品，太阳照样升起，星星照样发亮。倘若卡夫卡在世时想到自己的小说要进入市场光荣榜和文学史英雄谱，一定不会写出《变形记》、《审判》、《城堡》等开创一个文学时代的作品。二十世纪八十年代中期我发出《性格组合论》时想的不是这些，心境自然也就难以平和。

与十多年前在国内所写的散文诗相比，在海外所写的散文也很不相同。那时最能反映我心境的意象恐怕是"山顶"，不管山顶上有什么，就是要攀登，这种生命激情虽然至今还没有完全消失，但更能代表我心境的意象则是"谷底"（见《远遊岁月》）。谷底不是幽黑，而是静穆，不是放歌，而是沉思。谷底比山顶更适合于默默修炼。谷底没有无限风光，但有潺潺泉流。谷底不能像站立于山顶那样容易吸引人们的目光，但有益于安静地表达内心深处那些自由而真实的声音。除了基调上的变化之外，在海外因为进入第二人生，便多了一个"第一人生"的前世之维。我真的把出国前的那段岁月当作"前世"。曾经写过文章，曾经投入爱恋，曾经出过书籍，但这一切都是前世的事了。这种想法，使我获得一个全新的开始，一个新的童年。《独语天涯》的主题正是童心说，书中有一个童心视角。

《独语天涯》写于九十年代最后四年。这几年我常反省二十世纪的语言暴力。觉得这是"前世的细菌"，千万不要让它进入"今生今世"。中国的古汉语几乎没有暴力，中国的先贤如先秦诸子等，即使进行激烈辩论，也很有风度，很有文采。五四运动虽然有其功勋，但它把农民造反中的"打倒"、"推翻"一类暴力带进了语言，从而开始了语言暴力连绵不断的历史。语言暴力不仅影响了意识形态，而且影响了中国现代文化的深层结构，变成集体无意识。这种发觉，使我对现代汉语开始警惕，并尽可能摆脱暴力倾向，避免在"熟练"的书写中也"熟练"地滑入语言暴力的陷阱。除了语言暴力之外，还有一个语言遮蔽的问题。玩语言、玩技巧玩得走火入魔的时候，就会用语言遮蔽真生命、真性情。中国的诗文，包括诗话、词话，均十分洗练，都不愿意让太多语言覆盖住生命自然与真切的情思。这种经验，直到上世纪末我才有较深的领悟。《独语天涯》所选择的形式，与此领悟相关。此外，叔本华有段话也可以帮助我表述选择的理由，他说：

> 每一个心灵优美而思想丰富的人，在他一有任何可能就争取把自己的思想传达于别人，以便由此减轻他在此尘世中必然要感到的寂寞时，也会经常只用最自然的、最不兜圈子的、最简易的方式来表达自己〔的思想〕。反过来，思想贫乏，心智混乱，怪癖成性的人就会拿些牵强附会的词句，晦涩难解的成语来装饰自己，以便用艰难而华丽的词藻来为〔他自己〕细微渺小的，庸碌通俗的思想藏拙。这就像那个并无俊美的威仪而企图以服饰补偿这一缺点的人一样，要以极不驯雅的打扮，如金银丝绦、羽毛、卷发、高垫的肩袖和鹤氅来遮盖他本人的委琐丑陋。（《作为意志和表象的世界》第三一八页，商务印书馆，一九八二）

叔本华所说的"最自然的、最不兜圈子的、最简易的"方式，正是我想尝试的一种方式。

去年安徽文艺出版社出版了我在国内时所写的散文诗选本，今年上海文艺出版社又将首次出版我在海外所写的书籍，这使我感到很高兴。我把此事看作是故国故园对我的情意。为此，我要衷心地感谢本书的责任编辑高国平先生和两家出版社的朋友们。

亲情与才情的双重诗意
——剑梅《狂欢的女神》序

这次到马里兰大学看望剑梅，除了在草圃上跟着小孙子追逐蝴蝶与蜻蜓之外，就是敦促她编出一部中文写作的集子。昨天，她的第一部英文著作《革命与情爱》（Revolution Plus love）刚刚由夏威夷大学出版社出版，正在高兴，便趁机又催促她。可是，她说："过去所写的好像是匆匆走过的台阶，总觉得以后会往上走，还是等等吧。"无可奈何之下，我只好说："你忙，我来替你编。"她点头答应后竟然找不到许多已发表的文章，我只好凭记忆为她搜索了好几天。我虽然有点不满她如此满不在乎，但也喜欢她生来就有的不太看重名声的脾气。不知道为什么，她天生就有一种老庄气质，虽喜欢读书思考，却更喜欢生命自然。她的同事、马里兰大学东欧亚洲语言文学系的美国教授曾对剑梅说，我喜欢并研究中国的老庄哲学，但在你身上，才明白什么是道家文化。剑梅的这种气质，派生出与世无争的从容与潇洒，但也派生出不愿意"拼命硬干"的慢吞吞，远不如我的刻苦与勤奋。

我的英文不好，对她的英文专著，只能读懂大意，感受不了她的文采与格调。欧梵兄曾称赞她的英文十分优雅，可惜我没有品赏的幸运。而她的汉语文章，无论是散文，还是论文，我则每篇必读，也深知它的得失。前几年，她和我合写《共悟人间——父女两地书》，集中精神地练了一次笔，很有长进。以后，我们又应《亚洲周刊》总编辑邱立本兄的邀请，共同为该刊开辟"共悟天涯"的专栏，每篇近两千字。她写的这组文章（十几篇）相当好，既有思想又有独到的文字，香港许多朋友也十分赞赏。这之后，她

258
◎ 序 跋

又独自写了一组评论分析世界上一些女性艺术天才的文章，从《费丽达：自我画像的极致》到《凯特·萧邦：一坏女人的百年震撼》每一篇读后都让我惊喜不已。这些文章她真下了工夫。写作时，她阅读了评论对象的英文传记或自述，参考许多英文评论书籍，自己也认真地进行了思索。剑梅本来就擅长女性批评视角，这次她选择的又是人间的女性诗意生命，因此，文气相当痛快淋漓，对那些歪曲女性天才的世俗偏见，也作了相当尖锐的批评。这组文章，内地的文学艺术批评者由于难以阅读英文原始资料，大约较难写出。我很欣赏她的这组文章，并觉得她找到了自己的中文写作路子——可以充分发挥自己特长的路子。这是典型的学术散文。其中有对女性天才的炽热情感，有不容置疑的辩护，剑梅称她们是拥有凯萨般的灵魂的狂欢女神，献给她们以至情至性的礼赞文字；又从自己的女性批评眼睛，对她们进行超脱世俗的评论，从而在思想与文采中显出诗意。可惜学院职业角色的既定逻辑，要求剑梅必须立即进入第二部英文著作的写作，否则这组文章不断写下去，成果一定会十分丰硕。

我不避讳和剑梅的父女关系，向读者首先推荐她评述女性艺术天才的几篇文章，同时也欣赏她在耀明兄敦促下所写的小品文，如《抱着娃娃到香港》、《"第二祖国"门前的徘徊》、《帘外秋雨正潺潺》等，这些短小散文是她生命景观的自我描述，不失真性真情。我曾调侃她的这些散文是"诉苦文学"，这些文字的确有许多人生艰辛的诉说，但在"叫苦"的背后，却让人感到她如荷尔德林所说，追求的是诗意地栖居在大地上。在她的思索世界里，诗意不是教授的头衔，不是学问的姿态，而是生命之真与情感之真，是把对孩子、父母、丈夫、姐妹、朋友具体的爱推向全人间的脉脉情怀。

剑梅把张爱玲的"流言"概念和法国的女性主义理论家伊莉格瑞（Luce lrigaray）的"流质体"概念加以引申，把自己的写作方式定义为"水上书写"，并逐步成为一种自觉的写作理念。我很喜欢"水上书写"这一意象性理念，这说明剑梅确实拒绝固定化的写作心态，向往不拘一格的精神漫游者作风，而且还反映出她的写作低姿态。水流总是在低处。在热衷争夺话语权力的文坛中，写作真是一种冒险，搞不好反而越写越自大，越写越不知天高地厚。"水上书写"至少不会越写越自大，而会越写越自由，越写越谦卑。

剑梅很重亲情，她把《共悟人间——父女两地书》献给奶奶叶锦芳，把第一部英文著作献给我，在扉页上特题下：To may dear father, Liu Zai Fu。剑梅小时候一片天真憨态，胆子又小，为了激励她，我和她妈妈菲亚在她上幼儿园时把她的名字从"棠棣"改为"剑梅"，棠棣就算是她的名字。棠棣之花乃是兄弟之花，我们期待她永远拥有四海之内皆兄弟的襟怀，但又希望她刚毅自强，便给她一个侠女般的名字，盼望她带着一点侠气开辟自己的路。她后来果然不负我们的期望，在课堂上总是很敢提问，在海外的学术场合，也总是不回避问题，很有质疑的勇气。有次她的博士生导师王德威教授对我说：没想到剑梅还很有大将风度。今天我为她编辑集子和作序，心情格外欣喜，真感受到亲情与才情的双重诗意。

二〇〇三年十月十二日

诗意从摇篮里诞生
——杨喜莱散文诗集《年轻的海》序

在美国的落基山下，在科罗拉多高原的树影里，我读着杨喜莱的散文诗集。跟着他的行吟，我走进他思念的、也是我思念的那个世界：

沿着村边的小溪，我走着……

慢慢地，我走进了幼年的感情中，走进了孩子的思念里；

我走进了三哥牧羊的原野；

我走进了屋檐滴水的那间小屋；

我走进了二姐凝望夏夜的窗边；

我走进了妈妈永远也说不完的故事中……

那时妈妈把我带进了溪畔绿色的世界里，这是妈妈交给我的第一本书。妈妈很忙，全家都很忙，我只好依着这本书——妈妈给了我野百合、雏菊、蒲公英，给了我蝴蝶、蜜蜂和蜻蜓，给了我一颗童心，给了我朴实和勤劳，给了我观察和思考……

　　夕阳在西边的林中沉落，村子里冒着缕缕的轻烟。是该回去的时候了，东方已升上了一只月亮在天边，月亮是不是妈妈在书里夹着的一页彩色书签呢？当年它像书一样总是和我在一起……

　　读完杨喜莱的散文诗，我感到非常惊讶，几乎不敢相信，此时在故国北京的郊区（大兴），竟有一个农家子，一个小学教师，一个散文诗人，其心思，其心地，其心境，其心路，其整个心灵的眷恋、憧憬、梦想，和我那么相像。我也是个农家子，来自福建南部的山村，直到今天，我仍然觉得，我的人生是被这个质朴的村庄与童年决定的，是母亲所给予的第一本书所决定的。月亮是妈妈在书里夹着的一页彩色的书签，这个美丽动人的意象是喜莱散文诗的创造，但它也久藏在我心中。而那些永远的朋友，蝴蝶、蜜蜂和蜻蜓，还有那颗童心，那一份朴实与勤劳，则跨过沧海与大洋，伴随着我来到异国他乡。一九九二年出国之初，我就写过"科罗拉多高原上的黄蜻蜓"，抒写的正是"他乡遇故乡"的惊喜。感谢喜莱，从遥远的那一边寄来了诗集，让我重新看到了自己，重新听到母亲的嘱咐与呼唤。

　　喜莱寻找我，找到我，然后把诗集寄给我。这才使我记起二十多年前他曾给我写信，说他喜爱我的散文诗，自己学写散文诗。我读了他的处女作，还给回了一封短信，鼓励他写下去。没有想到他如此真诚，如此珍惜，把我的信一直保留着，而且抒写不断。喜莱现在已步入中年，并有了可爱的孩子，可是，读了喜莱的散文诗，却让人觉得他始终是一个孩子，一个赤子，一个始终用故乡的叶笛吹奏生活的牧歌与恋歌的孩子。他的诗具有孩子般的纯粹，清溪般的透明，每一首诗都高举着孩子般真、善、美的篝火。这个诗意的大孩子，天生有一种屏障，任何社会烟埃都污染不了他的心地，更破坏不了他的歌喉。于是，他的散文诗旋律和主题也变得极为单纯：始终热爱生活，热爱生命，热爱书本，热爱校园，热爱自然，热爱音乐，热爱老师，热爱朋友，热爱每一天，热爱每一个黎明与黄昏，每一个日出与日落。热爱身边那些寻常的花朵、小草、绿叶以及蓝天、白云、风筝、炊烟。对于德国诗人荷尔德林提出的"如何诗意栖居于大地之上"的问题，喜莱的回答格外简单，这就是应当持守生命内心的那一片美丽的风景，那一片由父亲的肩膀、母亲的笑脸、故乡的村庄所构成的地平线和那颗从地平线上升起的婴儿太阳。喜莱找到人生诗意的源泉，这源泉不在功名、财富与权力结构里，而在自己每天每天的生活里、工作里、思索里，诗意就在附近，就在身边，就在本真的心坎里。有了本真的、纯粹的心灵，不仅可以听到山的歌唱，水的低语，而且可以闻到星星的芳香。

在那夜晚，你看着星么？就是我指给你的那颗。

我送羊群归栏，把一束鲜花插在了门边。

早上你说：星星，是芬芳的。

——喜莱诗《星星》

到处都有生活，到处都有诗意，而人生又这么短促，所以要珍惜，要抓住一切美好的瞬间，这是贯穿于喜莱散文诗里的"珍惜美学"。这里没有高头讲章，没有理论体系，也没有当代时髦的各种主义，却有中国文化最核心的真理：把握独一无二的真实人生，一次性的人生，这就是生存本义。幸福不在未知的天堂里，也不在各种色相的幻觉里，而在时间性的珍惜里。这是中国先贤的根本启迪，也是喜莱散文诗的诗核。

喜莱诗具有孩子般的纯粹性，也许与他的经历有关。虽然他也会遇到难以逃遁的困难与波折，但毕竟没有遇到大苦大难的试炼。我最初写的散文诗大体上也是清纯的牧歌与恋歌，但是在生活的大风浪颠簸之后，便写了悲歌（如《寻找的悲歌》）和挽歌（在海外对第一人生的眷恋），歌哭里多了一个灵魂的张力场。但在灵魂变得丰富也变得复杂之后，我也觉悟到不可一味复杂下去，而应当在复杂的生活中纯化自己，守持生命中原初的那一片天真天籁，努力"复归于朴"与"复归于婴儿"（老子语），因此在著写"深刻"的悲歌与挽歌时，仍然缅怀"清纯"的牧歌与恋歌。我也希望喜莱永远是在母亲地平面上放风筝的孩子，永远吹奏爱的牧歌与生活的恋歌。而自己，能像喜莱笔下那个受过磨难的少女，"一个最有资格抱怨生活的人，却对生活充满了感激之情"（参读《一个少女的情愫》）。

说到这里，本该停笔了，但又突然想到，喜莱是个小学教师，于是又想到，能当喜莱的学生是多么幸运啊。这么好的老师，这么真的心灵，就在你面前，就在黑板那边站着，你意识到了吗？老师所写的散文诗，就是你能读到的最好的教材，你知道吗？老师所唠叨的"珍惜"二字你记住了吗？喜莱老师说"童年不再"，童年不可复制，童年只有一次，可是，人生就是童年所决定的，小学这个摇篮，可是命运之神。这样说，绝非夸张。法国大思想家托克维尔在他的名著《美国的民主》中说："人的一切始于他躺在摇篮的襁褓之时。"（《美国的民主》中译本第三十页，商务印书馆）母亲的摇篮是第一摇篮，小学的摇篮是第二摇篮，一切都从这里开始，一切都在这里举行奠基礼。这里正是你生命的地平线，辉煌的人生黎明，就从这里诞生。

后　记

　　林建法兄约我"自选"此部集子时说明，阅读的主要对象是中学生。所以我立即决定不选学术论著，也不选文学评论文章，只选老少皆宜的散文，故称"散文自选集"。

　　自选了两遍，第一遍选了三十万字，超过了"二十万"字的限定，只好删除一大部分。我在八十年代就出版了五六本散文诗集，到了海外，写得更多，仅"漂流手记"就有十卷。自己的散文写作，完全是"无心插柳"、"无求自得"。没有功利目的，只说内心想说的话，写作就变成一种快乐。但愿少年朋友们阅读时也会感到轻松愉快。

　　这本集子编选得很快，除了自己全凭记忆编出目录外（无须查阅工夫），还得益于我的叶鸿基表弟的帮助。他利用已建立起来的著作数据库，立即按目录顺序组织好文章并建立文档，和我东西呼应，电脑技术在文档的编辑中应用，十分便于内容的调整，也就顺利成书，这是应当感谢的。还要感谢建法兄，他天生是一个编辑才俊，有鉴别眼光又甘心为他人"作嫁衣裳"，身兼《当代作家评论》、《东吴学术》的主编与执行主编，还积极编辑多种丛书。没有他的推动，我是不会想到要编一部"自选集"的。

刘再复

二〇一二年二月二十五日于美国